JN082846

Dear

～149日間の旅～

目次

——ところで、あんたの人生どうじゃった

　　陰鬱を抱え、ふらりと入った喫茶店で耳に飛び込んで
きた言葉。心の抽斗に大切にしまってきた。時を重ね醸
成された。還暦を迎えた今、取り出して問いかける。
「私の人生どうじゃったろう」

　　それを考えるにはあの入院生活を抜きにはできない。
辛く苦しく、けれども幸福感にも彩られた日々を書き留
めておこう。心の声を文字にしてみよう。土の言葉を紡
いでみよう。

第1章

2021年3月2日―ふりだし

2021年3月2日火曜日。入院当日。今回の旅の始まり。雨が
ひどく降り風も強い朝。私の心を見るようだ。溜め息と共に
コートを羽織る。

　これまでの数週間、私は絶望の海で踠いていた。私はもう
一生この病気から離れられないのだ。この病気になってから
何度入退院を繰り返したことだろう。前回の入院は5カ月近く
に及び、昨年2月末に退院したばかりだ。なのに1年経ってま
た振り出しに戻ってしまった。鏡に映る情けない顔の私。本
当の私はこんなんじゃない！って心が叫ぶ。このままじゃ駄
目だ。自分じゃどうしようもできないのか。誰か助けて。で
も、もう入院なんてしたくない、したくはないんだ。

　心が苦しくて「私なんか消えた方がいいんだ」と夫や両親
に泣きながら言葉をぶつけた。朝が来ると、まだ私は生きて
いるのか、と重い心を抱えたまま一日を過ごした。不安と情
けなさですぐに涙が溢れてきて、出勤前の夫に抱きしめても
らうことでやっと心を落ち着かせていた。私なんか……と自
分自身に匙を投げかけていた。

　そんな私に、T先生は「治るよ」と言ってくれた。治療の
途中から長年に亘り私を診てくれている先生が、私の可能性
を信じてくれたのだ。この入院はこれまでのどの入院よりも
数段辛いものになる。それでも、本当に治るのならば、と覚
悟を決めた。

　私の病気、それは摂食障害のひとつ、神経性やせ症である。
治療方法は食べて体重を増やすこと。シンプル極まりない。
しかし、この「食べる」という極々当たり前のことができな

いのだ。体重が増えるのが怖くて。どんなに痩せていても体重を増やすことに抵抗があるのだ。体重が増えていくなんて許せない。太っていくのは我慢ならないのだ。だから治療に拒否的になる。そして、治療は本人にとっては恐怖でさえあるのだ。しかし、治るためには、その恐怖を抱えながら、恐怖と闘いながら食べていくしかないのだ。治りたいのに治りたくない。その葛藤と共に一日3回食事と向き合うのだ。毎日欠かさず休むことなく。

　主治医はT先生とO先生、管理栄養士H先生、担当看護師Nさんを中心としたチーム田本が始動した。O先生とNさんとは初対面だった。

　私は治ることを選択したんだ。治療はこれまでになく辛いものになるとわかっていても。治るものなら治りたい、このままでいたくはない。

　入院時、身長159.8㎝、体重31.65kg、BMI≒12.4、ひどい痩せである。T先生は点滴を勧めた。5〜6時間ぐらいかかるという。そんなに長時間拘束されるのは嫌だった。何より、口から食べないのに勝手に体内に栄養が入ってくるという、実感を伴わない自身の身体への栄養注入に強い抵抗感があった。受動的な栄養補給は、食事を前にして食べるか食べないかという葛藤がなく合理的ではある。楽なようにも思える。けれども、私は苦しくても「食べていく」ということを大切にしたかった。変な拘りなのかもしれないが……。T先生は、2〜3日は何もしないでゆっくり過ごしたい、との私の思いを聞き入れてくれて、点滴をするか否かは後日話し合って決めるこ

とになった。

　昼食から食事療法が始まった。食事内容は、ご飯100gとおかず普通食に、昼食に牛乳1本、夕食にヨーグルト1個を加え、1日約1700kcalから始めて徐々に増やしていくことになった。最初の食事は豚の生姜焼きがメインだった。私にとって、肉の脂身や炭水化物は強敵である。おかずは何とか全部食べられたものの、100gのご飯でさえ食べ切ることができなかった。溜め息と共に箸を置く。やっぱり怖い。でも食べなきゃ。でも食べたくない。はァー、我ながら不甲斐ない。これが現実なんだ。点滴の方が楽なのかな、との思いが過ぎる。でもやっぱり嫌だ。怖くても食べるしかない。入院初日は心と身体に酷い疲れを抱えたまま眠りに落ちた。

　3月3日水曜日。快晴。ひなまつり。入院してやりたかったことを実行する。それは、一日中パジャマでベッドに横になって過ごすこと。入院前は、動くのもしんどいくせに、家事だけはしなければ、と気を張って無理を続けてきた。家事さえできない、しないでは、自分の存在価値がない、と思い込んでいたのだ。誰もそんなことは言っていないのに、無理しなくていいと言ってくれているのに、自分だけが頑なに身体の声も聴かないで。

　入院すると、気を張っていたのが解放されたのか一気に疲労感が襲ってきてベッドから離れるのが億劫になった。相当に疲れていたんだなァ、私。無理に無理を重ね自分を痛め付けていたんだ。もう止そう。体力を付けて本当にやりたいこ

とをやろう、やり続けよう。

　掃除も炊事もすることなくただ横になっていれば、部屋は
きれいになり食事は配膳される。何て楽なんだ。パジャマは
心も解放してくれる。安心して疲れを受け入れられる。どっ
ぷりと疲れに身を任せて過ごすことは心地良かった。しかし、
その一方で一日3回の闘いは続けなければならないのだ。今日
は勝てるか。

　最初の入院は十数年も以前のことだ。初めて摂食障害と診
断され治療が始まった。最初は1200か1400kcalから始まった
と思うが、ほとんど食べることができなかった。怖くて仕方
ないのだ。食べようとすると、「食べるな」という声が聞こえ
てきて箸を持つ手が止まってしまう。一口食べただけでボン
ッって一気に太ってしまう。そんな恐怖心から食べることが
できないのだ。結局ほとんど手付かずのまま席を立つ。一日
3回その繰り返し。できない自分、待ってくれている人たちの
思いに応えられない自分が、辛くて情けなくて毎日泣いてい
た。当時の私は、映画「ロッキー」のテーマ曲を頭の中で響
かせながら食事と向き合っていた。一食入魂。そうまでして
自分を鼓舞しなければ、全身で対峙しなければならないほど
の緊張感を持たなければ、食事と向き合うことができなかっ
た。食事というリングに立つボクサー。悲壮感を漂わせ、心
一杯の恐怖を抱え、肩に目一杯の力を入れて試合に臨む。結
果はいつもKO負け。そんな真剣勝負を一日3回毎日毎日繰
り返す。今度こそは勝とう、勝ちたい、勝つんだ、と勇気を
振り絞ってリングに立つのだ。しかし、結果はいつもKO負

け。その惨めさ、悔しさといったら、自己嫌悪に陥ってしまうほどのものだった。当時の主治医は言った。

　── 一日3回試合をするボクサーで、それを毎日続けなきゃならないマラソンランナーで、辛いよね。

　こんなこといつまで続けなきゃならないんだ、と悲しくて辛くてもう遣り切れなくなって主治医に言った。

「1日でいい、1回でいい、休んでいいって言ってください」

　返事はわかっていた。そんなこと許してくれるわけないってことは。

「食べる」この当たり前のこと、本来は楽しいこと。それが私にとっては辛く苦しい修行のようなものでしかなかった。配膳車の音に緊張し、トイレに暫く籠もり食事から逃げようとするのだが、やっぱり行こうと意を決して食堂へ向かうのだ。今度こそは勝ちたい、と。

　たかが「食べる」こと。日々当たり前に行われること。極々普通のこと。それに対して、試合だ修行だと心を騒ぎ立てるなんて馬鹿げている、と思われるだろう。今現在の私もそう思う。けれども、そうでもしなければならないほどの恐怖を抱えていたのだ。「食べる」ということに。そして、来る日も来る日も一日３回の真剣勝負を繰り返していた。負けても負けても一度も休むことなく。馬鹿で愛しい、悲しくて笑える私だった。一日を十分過ぎる程の緊張感と疲労感、そして徒労感と共に終える私だった。

　最初の入院は1年に及んだ。その後も何度か入退院を繰り返してきた。大抵30kg近くにまで体重が減少しての入院だった。

入院時に退院のための目標体重を設定する。これまでは35kg
だった。それが今回は40kg。私にとっては途方もなく怖くて
遠い数字だ。5kg増やすのだって辛い治療だったのに今回は
その倍、10kg近くも増やさなければならない。40kgなんて私
はどんなふうに変わってしまうのだろう。そう思うだけで怖
くてたまらなくなる。けれども、治っていくためには通らな
ければならない数字なのだ。どうする。治ることを諦め一生
摂食障害と共に生きていくのか。一生体重が増えることを恐
れながら、ビクビクした気持ちを抱えながら生きていくのか。
それとも、「美味しい、嬉しい、楽しい」と、細やかで小さな、
けれども深くて大きな幸福を感じながら生きていくのか。今
回はこれまでとは比べようもないほどの辛くて苦しい治療に
なる。それに耐えていく覚悟はあるのか。自分自身に問いか
ける。どう生きていきたいのか、と。心が叫ぶ。私は当たり
前に食べたい。普通に食べたい。夫と、家族と、友人と、心
からの笑顔で「美味しいね」って言いながら。本当は怖いの
に平気な顔を装って、自分を偽って食べるのはもう厭だ！
食べることをただただ心から楽しみたいんだ！　みんなと喜
びたいんだ！　覚悟を決めた。目標体重を受け入れる。怖く
てもとにかく食べていくのだ。
　そうは言っても、実際に食事を前にすると、その決意は雲
散霧消してしまう。やっぱり体重が増えるのが怖い。再び意
を決して恐る恐る食べていく。怖い、治りたい。治りたい、怖
い。治りたい、治ろう、治るんだ。点滴なしで自分の力で治
っていきたい。怖くても食べていくんだ。やっとの思いで食

べ進め、今日は3食とも完食できた。やった。私、勝った。

　夕食はひな祭りの特別献立だった。鮭のタタキ、ハマグリの潮汁、菜の花の辛子和え、季節感溢れる彩りも美しい食事。魚好きの私にとってタタキは最高のプレゼントだ。思わず笑顔になる。口に入れゆっくりと味わう。うーん、ふふっ、おーいしーい！　ああ、私、ちゃんと美味しいって感じられるんだ。嬉しい。食べることは辛いことばかりじゃないね。「食べる」を続けていけるよね。決意・実行・継続。完食すると決意し、実行し、継続する。愚直に、確実に。「食べない」ことで身体を痛め付けてきた。無理に無理を重ねてきた。もう止そう。身体の声に耳を傾けよう。もっと自分を労ろう。「食べる」を続けて体力をつけよう。このままじゃ自分が可哀想過ぎる。40kgは心底怖いけれども挑戦する価値がある。幸せを掴むんだ。2日目は、疲労とほんの少しの喜びを胸に眠りについた。

　3月4日木曜日。心に響いてくる素敵な言葉に出会う。「未来は過去を変えられる。過去に辛いことがあっても今が幸せなら、あのおかげで今があると思える。だから未来は過去を変えられる」

　そうなんだ、私、みんなが幸せな世界をみんなと創ってゆくのだ。そのために病気とサヨナラするんだ。

　今日も一日ベッドで過ごす。だるくて横になっていた。身体の声を聴こう。身体の声に素直になろう。自分を大切にしよう。40kgは怖いけれどトライする価値がある。きっと今度

こそ治ってみせる。

　3月5日金曜日。急に泣きたくなり面談室を借りる。思いっ切り泣く。堰を切ったように涙が溢れてくる。繰り返してきた入退院のことが走馬燈の如く駆け巡る。十何年経っても私はまた入院して食事療法を受けている。何も変わってないじゃないか。不甲斐ない、情けない。こんなに長い間病気と共に生きてきた。今更もう離れられないんじゃないか。絶望がまた頭を擡げてくる。治るなんて諦めてしまえ、と。治ろうなんて思うからこんな辛いことをしなけりゃならないんだ。そこそこ生きていけりゃいいって思った方が楽なんだよ。そんな声が聞こえる。

　最初の入院では、体重は30kgを切り20kg台になっていた。生命の危機にあった。恐ろしいことに、それほどの危機的状況にも拘わらず、本人は無自覚なのだ。自分自身、「生きる」はどうでもよくなっていた。自分で名付けた「消極的自殺企図」。手首を切るじゃなく、列車に飛び込むじゃなく、ビルから飛び降りるじゃなく、「食べる」を止めていけばいつか死ぬ。「食べる」はどうでもよくなった。「食べない、食べたくない」が心を支配した。生よりも死へと心は向かっていた。それなのに、それなのに、最初の主治医との面談で私は泣きながら訴えたのだ。

「生まれ変わりたい」と。

　1時間近くのうち、ほとんどを私一人が話し続け、主治医はじっと聴いていた。そんなに長時間も何を話し続けていたの

か、ほとんど覚えていない。唯一つだけ、涙で顔をグチャグチャにしながら全身で「生まれ変わりたいんです。最後のチャンスなんです」と言ったのを覚えている。どうしようもなく心は死へと向かっていたはずなのに心の奥底では「生きたい」と叫んでいたのだ。その時から始まった。摂食障害とサヨナラするための思ってもみなかった長い長い旅が。

　間も無くして思いもかけないことが起きた。全幅の信頼を寄せていた主治医が突然転任することになったのだ。私は狼狽えて泣き顔で言った。

「先生がいなくなったら私はどうしたらいいんですか」

　――それはわかっているでしょう。

先生は静かに言った。私はほぼ反射的に言っていた。

「決意し実行し継続することですね」

　――そうだよ。

「その先には何が待っているんですか」

　――普通の生活。

と一言、微笑みながら言った。えっ？　「フ・ツ・ウ・ノ・セ・イ・カ・ツ」？　ああ、そうなのだ。私は今、普通に食べることができないでいるのだ。それが悲しくて辛くて仕方ないのだ。この苦しみから、食べ続けることで解放されるのだ。これは希望の言葉だ。深く胸に刻み付けて旅を続けてきた。今でも宝石のように煌めいている。燦然と。

　しかし、入院中は継続できるものの、退院すると次第に食べられなくなり、30kg近くまで体重が減少し入院。その繰り返し。不甲斐なさ、情けなさに自分で自分に愛想をつかしそ

うになる。そんな私をずっと支え続けてくれている人がいる。食べることのあまりの辛さに「あんたなんかに私の気持ちがわかるもんか」と泣きながらひどい言葉をぶつけてしまった夫。後任の主治医の助けを借りて、幼い頃からの溜まりに溜まった感情を吐き出し伝えた両親。どちらも酷く傷つけてしまったはずなのに、変わることなく最初からこれまでずっと側にいてくれている。有り難いことだ。

　今また入院し食事療法を始めたが、あの頃と同じではない。「食べる」ためにロッキーのテーマ曲は今はもう必要ない。食べる食べないの葛藤は少なくなり、体重が増える怖さを抱えながらも、「食べていく」と決めて、恐る恐るながらも完食を継続できている。少しは進歩しているのだ。決意、実行、継続。愚直に行っていけば、いつかは病気とサヨナラできるのだ。自分のために、支えてくれる人たちのために食べ続けていこう、今度こそ。

　泣くだけ泣いたらすっきりした。とにかく食べていこう。完食継続あるのみ。心はどうであれ。これからのためにこれまでがあったのだから。

　夜、T先生との面談。摂取カロリーを増やすことを提案される。手段は様々ある。ご飯の量を増やすとか栄養補助飲料を付けるとか。私はおかずを大盛りにすることを選んだ。通常の1.5倍になり、200〜300kcal程度の増加になる。苦手な肉や揚げ物の量が増えるのは辛いが、好きな魚が増えるのは嬉しい。何か楽しみがないとやってられない。明日の昼食から変更になる。1日約2000kcalだ。頑張ろう。

3月6日土曜日。昼食からおかずが大盛りになった。メインは鰯のかば焼き。といっても焼いてなくて揚げてあるのだ。これではかば揚げじゃ。通常は1尾なのだが私は2尾。正直苦しいが嬉しくもある。今日も3食完食できた。目指せ40kg。みんなが支えてくれているのだ。希望に向かって歩いてゆくのだ。無邪気に笑って屈託なく、美味しく食べていた幼い頃の可愛い私になるのだ。来年は還暦なのだし、振り出しに戻るんだよ。

　3月7日日曜日。夫の面会。コロナ感染症予防のため面談室で30分だけだけど、嬉しい。ありがとう。今度こそ病気とサヨナラするのだ。大丈夫、きっとできる。無邪気に笑っていればいい。何者でもなく私そのままでいのだよ。それで十分だよ。

　3月8日月曜日。入院1週間。数日前から浮腫が出てきた。入院して食べ始めるといつも現れる症状だ。わかってはいたが、身体が重だるくなり歩きにくくもなってくる。
　最初の入院は浮腫が本当に酷かった。身体中がパンパンに張り、引っ張られた皮膚が痛いほどだった。土踏まずは腫れて土踏めずになった。脚は膝が曲がりにくく丸太のようになり、赤ちゃんのように足を開いてバタバタとしか歩けなくなった。顔も手足もお腹も全身が重かった。一日中鉛のように重くなった身体で過ごす毎日。浮腫んだ姿で過ごす日々は辛

くて厭で嫌でたまらなかった。あまりの苦しさに利尿剤の処方を主治医に求めたが「一時凌ぎににしかならない。食べていけば治る」と拒否された。完食は難しいもののそこそこ食べていると思っていた私は、いつまで経っても浮腫が引かないことに苛立ち、

「食べていったら治ると言ったのに全然治らないじゃないか。いつまで続くんだ。先生たちは嘘つきだ」と怒りをぶつけた。重く痛みさえある身体で過ごす日々は数カ月にも及んだ。しかし、ある時、信じられない程の大量の排尿が何日か続くと嘘のように浮腫が引いていった。身体が一気に軽くなり痛みもなくなった。先生たちの言葉は本当だったのだ。

　食べていけば、どんなに酷い浮腫も、いつかは必ず引いていく。このことを体験した私は、入院の度に出てくる浮腫に対して、やっぱりきたな、でも食べていって身体が整ってくれば君は消えるんだ、それまでの辛抱なんだ、一時期だけの付き合いさ、と受け止められるようになった。ある看護師は言った。

「これまで栄養を与えてこなかった。だから栄養を与えていっても身体が信用しない。これからも続けて栄養が与えられるんだと信じられると浮腫は引いていく」

　この言葉にひどく納得させられた。自分の身体・細胞に不信感を持たれるなんて、それほどまでに自分の身体を痛め付けてきたのだ、と気付かされた。心はどうあれ細胞は生きたいと思っているのだ。食べることは自分を大切にすることなのだと改めて思った。

浮腫んだ身体をやさしくさすりながら、ごめんなさい、今度こそずっとずっと食べ続けていくからね、と詫びた。

今回の入院、私は妙に明るい。病気とサヨナラすると覚悟を決めたからか？　敗北感を抱えていたが、治るかも、治るんだと希望を持てた。体重が増えることへの抵抗はある。浮腫んでプニュプニュしたお腹を見るのは嫌だ。その一方でくまモンみたいって思う自分がいる。これまでの私にはなかったことだ。変わっていく自分を受け入れようとしているのかな。

『宮沢賢治の食卓』という本に出会う。

──面白いがらやる。楽しいがら頑張る。だから辛くても勉強だって仕事だって続げられるんだ。

と彼は言う。変わっていく私を面白がってみよう。抵抗はあるけども変化を楽しもう。辛くても続けられる。今度はきっとサヨナラできる。今度こそきっと。私を信じる。自分を信じる。

3月9日火曜日。朝は浮腫も少しは楽だ。お腹が空くようになってきた。週1回の体重測定の日。33.9kg、2.25kgの増加。でもこれは浮腫を含んだ偽りの数字。だからこの数字を見てもあまり実感がわかない。食べていけば浮腫は引いていく。そうすれば本当の体重がわかってくる。その時には実感を伴って怖くなるのだろうな。

部長回診。

──頑張っている時は疲れを感じない。休み始めると疲れ

ていたんだと感じるようになる。

　その通りだなァ。私、本当に疲れていたんだ。

　樹木希林さんの言葉。

「何でもおもしろがって毎日を過ごしていたら、いい歳のとり方ができるんじゃないか」

　摂食障害になった。摂食障害であることは悲劇ではある。しかし俯瞰してみれば喜劇でもある。「食べる」ことにこれほど苦しむなんて滑稽でもある。でも本当に辛いんよねぇ。本人にしかわからんじゃろうなぁ。ハーァ、溜め息が出ちゃう。泣くだけ泣いて落ち込むだけ落ち込んだら、あとはもう笑うしかない。

　私きっと良くなる。病気とサヨナラして自分を取り戻す。

第2章

2021年3月10日——二人だけの幸せな時間

3月10日水曜日。体重が増えるのを怖がる自分と体重を増やして治ろうとする自分との鬩ぎ合い。正直とてもしんどい。

　O先生との面談。最初の主治医と同じ名字。他愛ないことに勝手に縁を感じ嬉しくなる。先生は、食べ続けて体重が増えてくるにつれてしんどさが減ってくる、と言った。ちょうど気分が沈んでいた時にこの面談。何て嬉しいタイミングだろう。先生の言葉を信じて前に進めば良い。少しずつ、焦らずに。私は結果をすぐに求め過ぎる。もっと大らかに、笑って。曲がりなりにも私は今日まで生き延びてきた。この病気は生命まで取られてしまうこともあるのだ。

　入院して初めて敷地内を散歩する。森では緋寒桜が咲いていた。冬の厳しい寒さを耐え抜き生命を輝かせている。生命芽吹きゆく季節。私もそうありたい。私に春よ来い！

　3月11日木曜日。一面の青が広がる気持ち良い天気。絶好のお花見日和。今日の昼食は森でお花見ランチなのだ。病院内のドトールの期間限定のミラノサンドが美味しそうなので食べてみたい、とT先生に言ったところ、他の物も加えて700kcal以上にすることを条件に許可してくれたのだ。サンドにサラダと牛乳とヨーグルトを加え計716kcal、ランチセット完成。顔綻ばせつつ、足取り軽くいざ緋寒桜の元へ。ベンチにランチセットを広げ、まずは深呼吸。外界の空気を胸一杯に吸い込む。はあー、この解放感、いいねえー。さあ、手を合わせて「いっただっきまーす」。光を浴び風を感じながらサンドをパクリ。しっかりと噛み締めながら一口一口ゆっくり

と味わう。うっふーん。ああ、おーいしーい。私、食べてみたいものを食べているんだ。思わず頬が緩む。満面の笑顔になる。し・あ・わ・せ。怖さもあるけど、美味しい、幸せって感じられていることが嬉しい。完食継続している私へのT先生からの御褒美ランチ。笑顔で完食。満足満腹。手を合わせて「ごちそーさまでしたぁ」

　O先生との面談。

　──今はしんどいけどその先には必ずいいことがあります。希望があります。

　その言葉を信じて、辛いし怖いけど前に進むよーっ!

　3月12日金曜日。入院して10日程経った。入院生活にも何かしら小さな幸せはある。例えば朝食にだし巻き卵が出た。昼食は魚が2切れあった。それを喜べる私。小さなことの積み重ねが日常を作っていく。人生を作っていく。
『宮沢賢治の食卓』から賢治の言葉

　──日々の暮らしを……生きる事を楽しまないと勿体ねぇよ

　その通りだ。

　私、ちょっとユーモアを持った、心がほっとあったかくなるような、そんな本を書きたい。

　3月13日土曜日。『宮沢賢治の食卓』を何度も読み返す。賢治は、私のない人、自分を勘定に入れない人、人の幸せを考える人、そして生きることを楽しんだ人。私もそうなりたい。

今生きていることに感謝して、生きていることを楽しもう。治療は本当にしんどいけれど希望へと向かう道。怖いけど歩いていこう。支えてくれる人たちがいる。きっと大丈夫。

　3月14日日曜日。夫の面会。二人で森でお花見。コブシも一輪咲いていた。モクレンも。緋寒桜は少し色褪せていた。30分なんてあっという間に過ぎていく。改めて夫と一緒にいたいと強く思った。怖いけど目指せ40kg。でも、でも、怖いんだあ——。

　——If winter comes, can spring be far behind.　冬来たりなば春遠からじ。辛い時期を耐え抜けば必ず幸せな時期は来る。

　3月15日月曜日。入院2週間。まだだるさが抜けずベッドに横になったりしながら過ごしている。やっぱり相当疲れていたんだなぁ。無理を続けてごめんなさい。身体の声を聴いて疲れを感じたらすぐ横になっている。家事から解放されたんだ、のんびり過ごそう。

　完食は初日以外継続できている。けれども怖がる自分が体重が増えるのに抵抗しようとする。その一方、もう二度と入院することなく夫の側にいたい、治りたいと思う自分もいる。二人の自分が常に共存している。宙ぶらりんでいるストレス。全くもって本当にしんどい。それでも前に進んでいくんだ。

　3月16日火曜日。32.2kg、1.7kgの減少。浮腫は引き始めたようだ。これまでにない速さ。浮腫がこれぐらいですんだの

は初めてだ。いつも5〜6kg以上もあり本当に辛かった。これまで程の危機的状況ではなかったらしい。そうだな。32kg近くでの入院は初めてかも。いつももっと少ない体重だったなぁ。

　T先生との面談で更に摂取カロリーを増やすことを提案され、ご飯を150gに増やし約2200kcalぐらいとすることにした。夕食から変更になる。加えて、何と自分から朝食にゆで卵を付けてもらいたいと提案した。家では毎朝食べていたので食べたい、と。自分から更なるカロリーアップの提案なんて凄いんじゃない？私。

　さて、夕食だ。ご飯の器は茶碗から丼になった。蓋を取ると、たった50gの増量なのにそれ以上に思える。まぁ1.5倍になったのだからさもありなん。いざ目の前にするとやっぱり怯んでしまう。こんなに食べたら確実に体重増えるぞ、嫌だあー、という叫びと、食べるんだ、という声とが闘いを繰り広げる。それでも何とか完食。ああー、もう本当に厄介な病気だよ全く。一日3回疲れるワ。溜め息出るよ。

『本日はお日柄もよく』読み始める。

　──CHANGE は CHANCE

　──いいほうに変わるなら変わるほうがいい

　私、いいほうに変わるんだ、変われるんだ。自分を信じる。変われるチャンス、変えるチャンス。何者にならなくても生きているだけで丸。二重丸。花丸だ。

　3月17日水曜日。朝食にゆで卵が付いてくる。久しぶりの

ゆで卵は嬉しい。家では半熟だけどしっかり固ゆで。それで
もいい。嬉しいこと毎日ひとつ、私へのプレゼント。

『本日はお日柄もよく』読了。

　　──いますぐ、まっすぐ。

　　──ほんとうに歩き出そうとしている人には、誰かにかけ
てもらった言葉が何よりの励みになる。

　入院してから、どうしてこうも心に響く今の自分に力をく
れる言葉と出会うのだろう。神様のお導きだろうか。病気と
サヨナラするために走り抜ける。怖さを抱えながらも言葉＝
心に支えられながら進んでいく。

　3月18日木曜日。完食を続けて元気になる。40kgになった
自分を想像してみよう。怖いけど行きたい!!

　　──タレント渡辺直美の活動を表す言葉として「ボディポ
ジティブ」がある。従来の画一的な「美しさ」にとらわれず、
多様な美を認める考え方。

　なるほど、彼女生き生きとしているもの。痩せている方が
美しいなんて単なる刷り込み。そこから脱却せよ。自由にな
れ。

　3月19日金曜日。五輪式典統括佐々木宏氏に容姿を侮辱す
る演出を提案された渡辺直美。

　　──私自身はこの体型で幸せです。それぞれの個性や考え
方を尊重し認め合える、楽しく豊かな世界になれることを心
より願っております。

——今まで通り、太っていることだけにこだわらず「渡辺直美」として表現していきたい所存でございます。

　　ああ、何てカッコイイのだろう。自分への自信に溢れている。私もそうありたい。そのままの自分を愛したい。

　3月20日土曜日。
　　——人生は何歳からでもやり直せる。何度でもやり直せる。
　　私、諦めない。今まで病気とサヨナラできなかった。でも今度こそはサヨナラするんだ。自分を再構築していくんだ。摂食障害のトンネルを抜けて、同じ病気で苦しむ人たちに、大丈夫、行けるよ、行こう、と伝えたい。
　　午後、夫の面会。彼は毎週欠かさず来てくれる。今日も二人で森を散歩する。満開の枝垂れ桜。誰かに見せるためでなくただ咲いている。自分の生命を輝かせている。
　　——人見るもよし、見ざるもよし、我は咲くなり
　　あの日も桜が満開だった。最初の入院で初めて許された外出。もう3カ月以上経っていたのに浮腫は酷く、夫が車椅子を用意してくれた。久しぶりの外の世界。閉ざされた空間から解放され、五感が一気に目を覚ます。美しい桜並木が続いている。一緒に歩きたくて車椅子から降りてヨタッヨタッと歩く。見上げればどこまでも続く桜の帯、川面には花筏。川を渡る風、春の匂い、指先から伝わる花弁の儚なさ。彼の穏やかな微笑み、二人だけの幸せな時間。生きていればいいことあるんだ。心からそう思った。
　　今も変わらず彼は側にいてくれる。ここじゃない所でお花

見できたら良かったね。ごめんなさい。来年こそはきっと、今度こそ病気とサヨナラして満面の笑みで。二人で。

　3月21日日曜日。大切な友達から待ちに待ったメールが届く。
　──私自身が人生に投げやりになっている時に出会って、私の唯一の親友と呼べるお友達です。心から応援していますね！
　ありがとう。待ってくれている人がいる。涙と共に誓う。私、頑張る!!
　昼食のメインはサンマの塩焼き1.5尾。嬉しい、美味しい、でも苦しい。怖がる自分もいるけれど、こんなに食べられるなんてシアワセって思う自分もいる。それが嬉しい。これをエネルギーにして走り抜けよう。怖いけど、怖くても。今日は幸せいっぱいの日だった。

　3月22日月曜日。O先生との面談。本当の私は良くなろうとしている。食べないようにしようとするのは私じゃない、幻想だと。本当の私は良くなりたい、これからずっと入院することなく夫の側にいたい、そう叫んでいる。足を引っ張るのは病気の私、本当の私じゃない。
　自分を取り戻す。自分のすべてを活かす。自分を全うする。このままで終わってたまるか。私は勝つ!!　40kgまで走り抜ける。怖くてもしんどくても行く、行ってみせる。

3月23日火曜日。32.7kg。0.5kg増加。ほっとする。このペースでいきたい。と同時に、こんなに増えたと怖がる自分もいる。けど、もういい。本当の自分は治ろうとしている。食事を見ると条件反射的に出てくる食べるのを止めさせようとする力、感情は、病気の間はしょうがない。それでもいい。その力に惑わされず完食できればそれでいい。できるだけ楽しく食事するよう心掛けよう。せっかく生きている、生かされている。楽しまなきゃ勿体ない。私は一歩一歩、一食一食、希望に向かって歩いているのだから。怖さを抱えながらでも。

　今日は1日早い誕生日祝いのお花見ランチ。本日はアボカド・エビ・サーモンのミラノサンド、サラダ、牛乳、ヨーグルト。先生の指示したカロリーをきちんと摂る。外で食べるとどうしてこうも美味しいのだろう。心も解放されるからか、五感が覚醒するからか。森の空気をいっぱいに吸い込む。ああ、気持ちいい。桜を愛でつつゆっくりと味わう。美味しいなぁ。幸せだぁ。完食継続の御褒美満喫しました。御馳走様でした。ありがとうございます。

　管理栄養士H先生との面談。チーズが好きなので食べたいと言ったところ、朝食に付けることになるが既にゆで卵を付けているのでゆで卵と隔週なら可能、と。私が迷っていると
　――ちゃんと両方食べられる？
「はい」と答えると先生は、
　――それなら私が治療のためだからと頭を下げて認めてもらう。
と言ってくれた。私の前向きな提案を無理をして叶えてくれ

るというのだ。私を信頼してくれているからこそだ。嬉しい。ありがとうございます。明日から約2350kcalに増加だ。信頼に応えられるよう食べ続けていきます。

　58歳最後の日はとってもハッピー。いい一日だった。

第3章

2021年3月24日——訣別宣言記念日

3月24日水曜日。59歳の誕生日おめでとう。ここまでよく生きてきたね。幸せになろう。今日もきっといい日になる。お祝いは朝食のチーズだよ。味わっていただこう。

　摂食障害をBちゃんと名付けた。彼とは長い付き合いになった。これまで助けられたりもした。守られもした。彼が必要な時があった。けれども私は幸せではなかった。自分の生命を削っているのだ。幸せなわけがない。けれどもそれに気づきもせずに気づけもせずに厭な現実から逃避する手段として彼を頼ったのだ。彼に依存したのだ。

　彼とは闘ってきた。「食べる」この「生きる」に必要なことに直面すると彼が現れるのだ。食べようとする健康な私に「食べるな」とブレーキを掛ける。「太ってもいいのか。体重が増えてもいいのか」と。そんな対立・対決を幾度繰り返してきたことだろう。それが、昼食での私と彼との有り様は今までとは違った。対話しているのである。

「いただきます。さぁ食べよう」

　——いいのか体重が増えるゾ、太るゾ、食べるの止めちゃえ。

「今日のメニューは私の好きな鰆が2切れあって誕生日のお祝いみたいで嬉しいもの」

　——嘘つけ。豚汁の豚の脂身残そうかなって思ってるじゃないか。栗の甘露煮だって甘くて太りそうって思っているじゃないか。本当は太りたくないんだよ。このままでいたいんだよ、そうだろ？

「そうだよ。体重増えるの怖いよ。でも私幸せになりたいん

だ」

　——幸せ？　俺これまでお前を守ってやったんだぜ、助けてやったんだぜ、幸せだったんじゃないのか？

「そう、君が必要だった時があった。厭な現実から逃げるために。守ってもらった。耐えがたい状況から逃れるために。君が必要だった、君に依存した。でも幸せだったのかなぁ。幸せになれるのかなぁ。私、気付いたんだ。幸せじゃなかったって。せっかくもらった生命を削るようなことをして幸せなわけがない。私、幸せになりたい。だから君とサヨナラしたいんだ」

　——これまで守ってやったこの俺に酷いんじゃないか。俺はイヤだぜ。ずっと二人三脚でやってきたじゃないか、これまでも。これからも仲良くやっていこうぜ。

「今までありがとう。でもやっぱり君とサヨナラしたいんだ。君には感謝している。おかげで両親に対する思いも少しは良くなった。君がいてくれたおかげで両親と向き合うことができた。夫の大切さもよくわかった。彼は私のアンカーマンなんだ。私の心が激しく揺れ動いて『あんたなんかに私の気持ち、こんな辛い思いをしているなんてわかるもんか』って酷い言葉をぶつけた。それでも変わらず側にいて支えてくれているんだ。あんなに優しい人はいないんだ。私、彼と幸せになりたいんだ。彼を幸せにしたいんだ」

　——俺がいなくなって本当にいいのか。これからだっていろんなことがあるぞ。どうやって解決するんだ。お前は俺がいなきゃ駄目なんだよ。

「今まで本当にありがとう。でももういいんだ。不安もある
よ。でももう君に逃げ込むのは止めようって決めたんだ。君
に逃げ込んでも解決にはならないってわかったから。自分に
は価値がないって思ってた。何者かでなければならないって
思ってた。そうじゃなきゃ愛されないって思ってた。でもそ
うじゃないんだ。そうじゃないって気づいた。彼が教えてく
れた。家族が教えてくれた。友達が教えてくれた。生きてい
る、それだけでいいって。側にいる、それだけでいいって。何
かが『できる、する』とかじゃなくて、そこに『いる』それ
だけでいいって。馬鹿だよねぇ、自分一人で何とかしようと
してどうしていいかわからなくて病気に逃げた。でも、これ
からは助けを求める。自分一人で抱え込まない。だからきっ
と大丈夫」

　——俺はそんなこと信じない。お前には俺がまだ必要なん
だよ。人を心から信頼できないお前にできるわけがない。き
っと俺の元へ帰ってくるさ。どうせ別れられないんだ、別れ
ようたって無理さ、無駄な努力はやめろ！　俺の言うことを
聞いた方がいいぜ。

「そうだね。これまで君と別れようとして頑張ったけど別れ
られなくて、それを何度も繰り返してきた。でも今度こそは
君とサヨナラしたいんだ。私、来年は還暦なんだ、生まれ変
わるんだ。残りの時間、もうそんなに多くはない。だからこ
れからの人生を彼と離れて過ごしたくはないんだ。もう入院
するのは厭なんだ。君がいる限りまた入院する可能性がある。
そんなのもう厭だ！　ずっと彼の側にいたい。そのために君

とサヨナラするんだ。今までありがとう。でも今度の入院は今までとは違うんだ。本気で君とサヨナラしたいんだ」

　——俺はイヤだぜ。これまでの恩を忘れて勝手なことを言うなよ。これまで守ってやった俺にそんな仕打ちはないだろう、酷い奴だな。

「わかってる、でもサヨナラするって決めたんだ」

　——お前の意志が強いほど、俺は離れてやらないゼ。試してやる、本気度を。抵抗してやる、とことん。俺の居場所がなくなるなんて絶対にイヤだからな。

「わかっているよ。今まで本当にありがとう。でも私幸せになりたいんだ。だから私、健康な私を育てていくの。君より強い健康な私を作っていくの。私を強くするもの、それは『食べる』こと『食べ続けていく』こと。そりゃ苦手なメニューもあるよ。天ぷらを見れば反射的に衣を剥がしたくなる。お肉を見れば脂身や皮を残したいって思う。甘いお菓子には、太りそうって怯んじゃう。でも『食べる』って決めた。決意し実行し継続するって決めた。身体と心に栄養つけて健康な私を育てていくの」

　——そんなことをしたら俺はどうなるんだ。お前が育っていけば俺は弱っていくんじゃないか、そんなの止せ！

「もう決めたの。本当の幸せに気づいたんだからそれに向かっていくの。あなたがいても私がすることは唯一つ、『食べる』こと。『食べる』って決めて一日3回完食してそれを続けていくこと。それが君とサヨナラすることだと信じて。私、幸せになりたいの」

——どうあっても別れるっていうのか、今だって怖々食べ
ているくせに、「食べる」をずっと続けていけるのか。
「怖々でもいいの。今はこれを続けていけば怖くなくなって
くるの。私、心から美味しい楽しいって思いたいの。怖々で
も何でもとにかく食べていくの。今だって私おいしいって思
える時あるもの。嬉しいって思える時あるもの。トンカツだ
って美味しいって思ったりするよ。私、今度こそ本気だもん。
怖くっても40kgまで行くって決めたんだもん。今はまだまだ
怖くて怖くてその思いを抱えたままだけど、信じてくれてい
る主治医がいるもん。私に『自分で食べられる人だから』っ
て力をくれた栄養士さんがいるもん。その信頼に応えたいも
ん。今は君がいてもいい、君は少しずつ小さくなっていくか
ら。健康な私を大きく育てていくから」
　——どうあっても俺とサヨナラしたいのか。
「そう、今度こそね」
　——そうか。でも俺も、はいそうですかって引き下がれな
い。食べる度に出てきてやる。
「わかっているよ。でも、できたら私の幸せを一緒に喜んで
ほしい、過去の私として。私、幸せになる」
　突然別の声が聞こえてくる
　——お前の本当にやりたいことは何だ。
「私は人の笑顔が好き。人を喜ばせたい。楽しませたい。そ
れが私の喜び。幸せ」
　——では摂食障害でいることは人を喜ばせるのか。
「否。私も人も楽しませない。悲しくさせる。私のしたいこ

とじゃない」

　——ならば止めよ。摂食障害であることを捨てろ。

　——お前の本当に欲しいものは一体何なのだ。

「彼の笑顔、彼との幸せ」

　——そのためにどうすればいいのだ。

「摂食障害とサヨナラすること」

　——そうだろう、それに気づいたならやるだけだ。「食べる」を続けるんだ。

　還暦を目前にした誕生日は病気に訣別宣言をした記念日になった。食べて良くなろうとする自分と、「このままでいろ、食べるな」と言う自分。どちらも本当の自分と捉え苦しくて悲しくて。自分は本当にどうしたいのか分からなくなって混乱して。いつも、いつだって、二人の自分がいるなんて。そのうち私は分裂してしまうんじゃないかと怖くてたまらなかった。しかし、はっきりと分かったのだ。本当の私は治りたいのだ。病気とサヨナラしたいのだ。食べるのを止めようとするのは病気の部分、私に取り憑いたもの、本当の私ではないのだ。私は病気に訣別宣言をした。病気は当然抵抗する。私の不安に付け込もうとする。けれども今度こそ摂食障害をきっぱりと捨て去ると決意した。あとはただ完食を継続していくこと。今度こそ生まれ変わるのだ。

　3月25日木曜日。病気に訣別宣言をした私。急に、どうして今まで訣別できなかったんだろう。こんなにも長い時間がかかって。自分を周りを苦しめて。申しわけなくて情けなく

て自責の念に駆られる。懺悔の思いが湧き上がる。苦しい。

　Ｏ先生は、これまでのいろいろな準備が整って今この時期になった。これまでのことは決して無駄ではない。遅くはない。きっとできる。と言ってくれた。救われる。

　この病気は最悪死ぬ。死なずに生きてきたことだけでも凄いこと。生きてきたからこそ病気とサヨナラできるチャンスを手にした。最初の主治医は言った。

　——低空飛行でも飛び続けていれば、いつかは浮上できる。

　今がその時なのだろう。信頼で結ばれたチーム田本が応援してくれているのだ。一人じゃない。千載一遇のこのチャンス逃すまじ。必ず実らせる！　治る、治ってみせる！

　ふとイメージした。治るって、私の脳に捏り付いた摂食障害が次第に小さくなってカラカラに干涸びていって瘡蓋が剥がれるようにポロっと脳から落ちる、って感じなのだろうか。病気が強い時はメロンパンのクッキー生地のように脳にピッタリと貼り付いているから病的思考に支配されている。その状態から、食べ続けていくことで病的思考から徐々に解放されていき、健康的思考を取り戻していく。更に食べ続けていくことで病的思考は干涸びていき、瘡蓋が取れるように剥がれ落ち消滅する。それまでは怖さを抱えながらも苦しみながらも食べ続けていくのだ。

　3月26日金曜日。病気を分析？してみる。病的思考が嫌悪する、炭水化物・脂肪・甘い物、等。これは健康的思考を育む応援団なのだ。特に炭水化物。脳の唯一の栄養源は糖質で

ある。これを十分に供給することが大切なのだ。即ち、病的思考の敵は健康的思考の味方なのだ。勇気を出して食べていこう。

　T先生が、この年齢で変化しようとしているのは凄いって。そうなんだ、私、凄いことをやっているんだ。怖くても40kgまで走り抜ける。弱音吐きながら支えられながら治っていくんだ。私、きっとできる。

『ねことじいちゃん』読み始める。何でもない日常が愛情に溢れている。それは本当に愛おしい日々。何者でなくても幸せだと思う。これでいいのだ。病気とサヨナラ＝幸せが待っている。そこに行かなきゃ勿体ない！

　3月27日土曜日。夫の面会。二人で森を散歩する。週1回の30分デート。幸せな時間。

　3月28日日曜日。応援団のヴァージョンアップ大切だよなァ。朝は空腹感出てきたし、ご飯増やしてみようかなァ……。迷いながらも怖いご飯を仕方なくではなく積極的に摂ろうとしている。この変化は大きいんじゃないか。

　3月29日月曜日。『ねことじいちゃん』読了。
　──私ね最近気がついたんです。本当に大切なことっていつも笑っていられることだなーって。美味しいご飯食べてぐっすり眠って、朝起きるの楽しみって感じ、この島に来るまで忘れてました。こーゆーのも幸せっていうんですよね。必

ずしも大きな夢を追いかけなくたっていいんだってわかった
んです。

　私もそうだ。大切なこと。私は私でいい。

　T先生との面談で、私の応援団としてご飯を200gにしてみ
たいという思いと怖がる思いとがあって迷っていることを素
直に伝える。明日の体重測定の結果をみてから決めることに
する。T先生は、自分から食べる量を増やそうと提案するの
は凄いこと、増やすメリットはたくさんある、と言ってくれ
た。

　ご飯を増やしてみたいと自分から言ったもののBちゃんが
　　──本当は怖いくせに。止めとけ止めとけ、無理すんな。自
分から増やすって言うなんて馬鹿じゃないのか、そんな怖い
ことお前にできるのか。

　と強く抵抗する。私も言わない方が良かったかなァと後悔
したり。はあー、全くもってこの病気って本当に面倒だわ。

　3月30日火曜日。32.85kg、0.15kgの増加。4週間で1.2kgの
増加。1週0.3kgの増加ペース。これまでの入院なら悪くはな
い。しかし今回のゴールは40kg。治療目安は週0.5kgの増加
と言われている。0.3kgのペースではゴールまで24週。半年
近くもかかってしまう。0.5kgペースならば15週、4カ月ぐら
いだ。どうする？　やっぱりカロリーアップは必要だ。どう
やって？手段は1つじゃないぞ。どうする？　やっぱりご飯を
200gにしてみよう。決めた。1日240kcalの増加。計算上は週
0.5kg強のペースになる。

T先生の面談。

「やっぱりご飯を200gにしてみようと思う」

　——200gしんどくない？　ドリンク（＝栄養補助飲料）も
あるよ。

「ドリンクの方が楽かなって思いもある。200gのご飯を怖が
る自分はいるし、何を馬鹿なこと言い出すんだっていう声も
する。一日3回葛藤する。ドリンクなら1回でいい。でも、
200gいけるんじゃないかなって思う自分がいる。自分から
200gにチャレンジするって言ってできたら、治っていける自
信にもなる気がする」

　——象徴的意味もあるかもね。

「それに私、ご飯200g食べる女ってカッコイイって思ったり
するんです」

　——カッコイイよ。

　やっぱりご飯を200gにすると決めた。

　H先生にも相談すると、ドリンクもあるけどたくさん食べ
られた方がいい、と言ってくれた。よしやるゾ。一丁やった
るか。

　スタートは空腹感が出てきた朝食からにしてもらった。ご
飯を200gも食べるなんて、そんな怖いこと自分から言うなん
て馬鹿か、とんでもない。って思う私もいるが、やってみた
いと思う私もいる。怖いけどちょっとワクワクもする。こん
なに食べようとするなんて治療当初の私からはとても想像で
きない。こんなに変われたのは、行きつ戻りつしてサヨナラ
できないままできたけれど、これまでの過程は無駄ではなか

ったのだと思える。これまでの蓄積があってこそ。同じこと
を繰り返してきたとしか思えなかったが、少しずつでも進歩
し変化していたのだ。最初の入院時にベテラン看護師が
　　──君は治っていける。
と言ってくれた。かつて栄養指導を受けた管理栄養士のS先
生は
　　──あなたは自分で食べていける人だから。私にはわかる。
と言ってくれた。その言葉は、私は治っていける力を持って
いるのかもしれない、と思わせてくれた。心の宝石箱で燦然
と煌めきながら、今も私を支え続けてくれている。心の支え
はそれだけじゃない。何よりの支えは、自分でも厭になって
しまうような私の側にいてくれる夫。私が自分を見捨てよう
とした時にもずっと変わることなく支え続けてくれたのだ。
彼こそ神様からの最高のプレゼントだ。今も私の心の中に二
人の自分がいるように感じる。治ろうとする私と病気と離れ
たがらない私とが共存しているように思える。苦しい、辛い、
悲しい。
　しかし、ふと思ったのだ。きっとこの苦しみには意味があ
るのだ。だって、こんな体験は誰でもはできないんだから。ま
あ、したくもないけど。私は選ばれたのだ。この苦しさに耐
えていけるはずだから。苦しいけれど苦しんでいるばかりで
は余計に苦しい。この状況を楽しめないかなァ。馬鹿みたい
って笑ってみようか。食べるのが怖いなんて理解不能だろう
し、滑稽でさえあるだろう。本人にとっては苦し過ぎるほど
に苦しいんだけれど……。

さぁ明日からご飯200gがスタートだ。よっしゃ一丁やったるか、カッコイイ女になってやろうじゃないか。

　3月31日水曜日。晴れ。今日は天赦日、一粒万倍日等いい日が重なる一年で最高の日なのだそうだ。物事を始めるのにいい日らしい。図からずもそんな日にご飯200gが始まる。まるで天まで味方してくれているようではないか。テンション上がるワー。きっと食べられるよ、うん。
　さて朝食。ご飯の器を持ってみると結構ずっしりくる。しかし150gに増えた時ほどの衝撃はない。あの時は器も大きくなって、たった50gがひどく多く思えた。今回は器は同じで盛りがこんもりと大きくなったという印象。150gで少しは慣れたのかもしれないなぁ、さあしっかり食べよう。と、Bちゃん登場。
　——今日から200gだな。全部食べたら太っちまうぜ、止めとけ、止めとけ。
「そうだよねぇ。糖質は脳の唯一の栄養源だからBちゃんにとっては敵だもんね。でも私にとっては健康な思考を育てる味方なんだ。健やかな心を育んでくれる味方なんだ。それを増やすってことは私の応援団を強力にするってこと。Bちゃんにとっては脅威だよねぇ」
　——その通り、だから止めてくれ。
「お生憎様。私、食べるって決めたから、Bちゃんとサヨナラするために。私、一丁やったるかって気になっているんだもんね」

──何でそんなに強気になったんだよ。俺と別れるって本気なんだな。

「そう、今までの私とは違うよ、気合が。自分からご飯を増やしてクリアできたら自信になると思うんだ。怖がる自分ももちろんいるよ。でも、食べて健康な思考を育てていくんだ。何でもっと早くにって思うけど、今までの蓄積があってやっと心からそう思えるようになったんだ。さあ食べるよ──」

　──なーんだ、やっぱり怖々じゃないか

「そりゃそうさ、急には変われないさ。でも少しずつでも美味しく楽しく食べられるようになっていくのさ。昨日、素敵な言葉に出会ったよ。『自分が自分でいることを喜べたら人生は大成功』『楽しむことが生きること』私、周りを自分を苦しめてばかりきた。これからは自分を喜ばせていくんだ。だって私こんなに食べられるようになったんだよ。自分からもっと食べるって言ったんだよ。凄いよ私。生きたいって思えばこそだ。何でも面白がって楽しんでやるんだ。Bちゃんとの対話でさえもね」

　──参ったなぁ、何か変わったな。

「そう、大切な人たちに支えられ、出会った言葉の数々に支えられ、自分を信じて、自分を信じてくれる人たちの思いに応えるためにも生きるを楽しむ、『食べる』を楽しむんだ」

　朝食完食。

　S先生が今日で退職される。お会いして、先生のくださった言葉が大きな支えになっている、と感謝の思いを伝える。先生は

──自分がいちばん信じられなかった頃だものね。

と。その通り、私にそんな力があるとは思えなかった。

　　──頑張り過ぎると食べられなくなるから。みんなの期待に応えようとし過ぎるとしんどくなる。頑張り過ぎず自分のペースでね。大丈夫だから。

と言ってくださった。本当にありがとうございました。握手して、そして抱き合って別れた。

　前回までの入院ではとにかくご飯を避けたかった。200gなんてとんでもない。150gが一杯一杯。それ以上は怖くて端から挑戦しようともしなかった。出来るだけ糖質の少ないおやつ、例えばチーズやナッツなどを加えることでカロリーを増やそうとした。それじゃ結局脳に十分な栄養がいかなくて病気の私を抱えたまま。こんな姿勢じゃ再び病気に捕らわれても当然だったかも。だから、食べられなくなってくるとすぐに病気が元気を取り戻し、私を支配していく。その繰り返しだった。しっかり糖質も摂ってきっぱりと病気とサヨナラしなきゃね。誰でもない私を生きるのだ。還暦前に私に帰ろう。決意・実行・継続をただ愚直に、自分を取り戻すまで。

　昼食：鶏肉の照り煮3個、キムチ和え、里芋のあんかけ、ご飯200g、牛乳。

「キムチ和えにはエビがゴロゴロ入っている。キムチ大好き、苦手なのは里芋と揚げてる鶏肉、それにご飯も」

　　──な、そうだろ、やっぱり食べるの本当は嫌なんだろ。無理しなくていいゼ。

「それでも食べていく。おっ、うん、どれもご飯が進む味付

けになってるんだ。でも、いきなりご飯は口にできないなァ。エビや野菜を食べてからにしよう」

　——ほーら、そうだろ、やっぱり太るのは怖いんだよ、無理すんなよ。

「無理じゃないよ。とにかく食べるんだ、邪魔しないで」

　何とか昼食完食、お腹苦しい。

　夕食：鮭のマッシュポテト焼きグリーンソース2切れ、グリル野菜のスープ、和風サラダ、ご飯200g、ヨーグルト、Caウェハース。

「やったァー鮭2切れ！　しかーし、その上に山のようなマッシュポテトが鎮座在しまっている。ああ、きついワ。ソースの緑、鮭の赤、ポテトの黄色、と三色が美しく、美味しそうなんだけどジャガ芋さんに拒否反応。こんなにいらない。残したくなっちゃうよォ。Caウェハースはいらないし、スープのカボチャもいらない」

　——そうだろ、やっぱり太るの嫌なんだろ、無理すんなよ。止めとけよ。大量のマッシュポテトにご飯200gなんて、覿面太っちゃうゼ、いいのか？

「そう、太るの怖いよ。でも食べるんだ、全部食べるんだ。私のために、治ってゆくために、食べるって決めたんだ」

　あ、鮭のマッシュポテト焼き、美味しい。美味しいんだ。嬉しい。私食べてる。全部食べられた。

「やっと3食完食。ご飯200gをちゃんと食べられたんだ。嬉しい。これだけ食べられるなんてちょっとカッコイイ」

　——アホか。無理すんなよ。

「無理じゃないよ。無理とは違うんだ。苦手なものでも味わって食べるとどれも美味しいんだよ。ご飯だって甘いし、美味しいって感覚を忘れていたかも。楽しんで食べてなかったもんね。そりゃ体重増えるの怖いけど、それ以上に、私こんなにたくさん食べられるんだ、美味しいって思えるんだ、って感じられるのがとっても嬉しいんだ。自分を取り戻している気がするんだ。子供の頃の私はきっと何も考えずにただ美味しくご飯を食べていたんだろうな。食べて寝て朝が来て、朝が来るのが嬉しかったんだろうなァ。その頃の私に戻りたい。私、いつもしっかりしなきゃ、ちゃんとしなきゃって思ってきた。でも私、本当はしっかりもしていないし、真面目でもない。弱いし人に頼りたいし、おふざけもしたい。でも期待されている自分を演じてきたんだろうな。疲れて笑えもしなくて……。私は私でいいのだよ」

　──アホか。ほら見て見ろ、しっかりお腹出てるゾ。いいのか。

「本当だ、お腹出ちゃった。ポッコリ狸みたい。嫌だなァ。私の身体これから変わっていくんだ。変わるの嫌だなァ、怖い」

　ああ、もう面倒な奴だなァ。変わりたいのか変わりたくないのか。変わりたいけど変わりたくない。変わることを受け入れる勇気が欲しい。勇気はどうしたら手に入る？　勇気はどこから湧いてくる？　きっと食べ続けていくことから。外見は変わっても私は私。

　4月1日木曜日。今日から新年度。私自身も一新して、Ｂち

ゃんがいなくなっていればいいのにって思った。けれどそんなはずもなく彼は歴然として今日もいるのだ。朝起きたら病気が治ってたぁーって、そうだったらどんなに嬉しいだろう。でも、そんなことあるかー！って、自分で自分にツッコミ入れて泣き笑い。

　昨日はお腹がパンクしそうな程苦しかったのに、朝にはちゃんとお腹が空いている。すごいなぁ身体って。朝食が待ち遠しいなんて久しぶりの感覚。嬉しい。

　しかし、いざ食べ始めると、Bちゃんが止めろって五月蠅い。朝食のメニューは、

　味噌汁、和風サラダ、ゆで卵、チーズ、中華風煮浸し、バナナ1本、ご飯200g、牛乳。

「あーあ、今日のフルーツはバナナの日、通常は1/2本だけど大盛りは1本。味噌汁はじゃが芋ゴロゴロ入っているし、煮浸しには春雨まで。ご飯とバナナなんてW主食じゃん。ああ、もう、糖質のオンパレードじゃー。ああ、嫌、テンション下がりまくりじゃワ」

　──それ見ろ。やっぱり太るのが怖くって食べる意欲ないじゃん、止めとけよ。

「そう、体重増えるの怖いよ。でもちゃんと頭に栄養やらなきゃ。いつまでも君と一緒なんて、いい加減に別れたい」

　──つれないなァ。無理しないでこれからも仲良くやろうゼ。俺たち長い付き合いなんだからさ。

「止めてよ！　私は私を取り戻していくの。さあ、牛乳飲んで好きなゆで卵から食べていくゾー」

はァー、苦しい。お腹パンパンだよ。食べ終えて、こんなにも食べられるようになった嬉しさと食べてしまった後悔と。

　ずっと私の中には二人の自分がいて右と左に屹立している。しんどくて遣り切れない。どちらも私なのだと思うといつか私は引き裂かれてしまうんじゃないかという恐怖と絶望感に心は塗りたくられる。でも二人の自分なんてまやかし。私とBちゃんは別物、なくすことはできるんだよ。そう信じて進んでいく。10年以上同じようなことを繰り返してきたようでいて決して同じじゃない。だって今ご飯200gの献立を完食できているんだよ。私は長い雌伏の時期にあるんだ。いつかきっと雄飛できる。食べ続けることがその力になるんだ。決意・実行・継続を呪文のように唱えながら、一食一食、一歩一歩進んでいこう。

　昼食。200gのご飯を見る度に体重増えちゃうなって思う。透かさずBちゃん、

　──そうだよ。無理して食べなくてもいいんだぜ。止めとけよ。

って嘲笑う。糖質は大切な私の味方、脳の唯一の栄養源。それが苦手って病気の思う壺じゃないか。ダメよダメダメ。そうだ、糖質制限している人たちって考え方が偏ってきたりしないんかな。って人のこと心配してる場合か！

　以前の主治医に、

　──脳足りんの頭じゃ碌なことを考えない。

ってよく言われたなぁ。でもいくら言われても抵抗が強くて満足に食べられもしなかった。200gのご飯なんて当時は考

えられもしなかった。ましてやそれを完食するなんて信じられないほどの変化じゃないか。

　午後、森を散歩する。いつも気づきを求めて遠近と眺めながら。桜吹雪の中を一人歩く。空が青い。

　桜を見ると思い出す。最初の入院の初めての外出を。あの頃、本当に食べるのが怖かった。完食なんてほとんどできなかった。「食べる」が闘いなんて、一日3回もなんて疲れちゃうよ。食べようと思っても食べられない。フツーに食べられる人にはわかんないだろうなァ、多分、この辛さ、苦しさは。

　悲しくて辛くて情けなくって、何でこんな病気になったんだろう。神様、私そんなに悪いことした？なんでこんな罰を与えるの？って恨んでみたり。とにかく毎日のように泣いて泣いて、人間こんなに泣けるのかっていうくらいの涙流した。一生分くらい泣いた。辛かった苦しかった。1600kcalの食事に四苦八苦し疲れ果てる毎日。出口のない真っ暗闇の隧道。こんなことやってられるかって逃げ出したくなったりもした、あの頃の私。今、2600kcalの食事を完食しているんだよ、凄いよ私。

　何のために私はここにいるのだ。治るためだ。幸せになるためだ。考えてみろ。そりゃ苦手なものも出てくるけど、栄養バランスのとれた食事をお前は作れるのか？　そして、それを食べ続けていけるのか？　できないだろ？　だからここにいるのだ。何でも食べていくんだ。人間の身体は食べたものでできていく。それは心も同じこと。偏った誤った食べ方では健康な心、健康な思考は生まれないのだよ。糖質は大切

だよ。心を取り戻せ。自分を取り戻せ。でも怖いよ。この身体が変わっていくなんて。今の私が私なのに、嫌だあー。じゃあ今のままでいいのか？　いいのか？　本当にいいのか？

　変化を受け入れる強さを持とう。その強さはどこから来る？　考えが変わっていくことから。それは食べ続けることで叶うんだ。私は今、そこへ向かっているんだ。希望に向かっているんだ。

　桜は bittersweet.

　夕食。ご飯200g、鰆の菜種焼き2切れ、彩り椀、和え物、桜餅、ヨーグルト。

　春のお膳だ。彩り椀は美しいし鰆2切れは嬉しい。桜餅は無くてもいいんだけどなァ。鰆は美味しいけど、さすがに多いかな。ご飯がなかなか減らない。お腹が痛くなってきた。もう止めようかなァ。

　——止めちゃえ、止めちゃえ。こんなに食べたら太るゾ、桜餅まであるんだゾ。

「やっぱり食べる。桜餅だって食べる。完食するんだ。邪魔しないでよ」

　やっと完食、でも太るよなァ。はあー。

　何故こんなに太ることを恐れるのか。痩せているこの身体がいいと思っているのか。痩せていることに価値を感じているのか。痩せた身体にしがみつくのは何故？　変わるのが怖いのは何故？

　怖いのに食べているのは何故？　こんなにも食べられているのは何故？　怖くて食べられない。怖いけど食べていく。こ

の違いは何故？　どうして食べられているのだ？　何が変えたのだ？

　治りたい、治りたい、治りたい……。

　4月2日金曜日。痩せた身体に拘るのは、そこにしか価値を見出せないからか。それでは悲しいだろう。本当にそうなのか疑ってみよう。自分の価値は生きていること、既にそこにあるのだ。痩せた身体を手放す勇気を持とう。外見だけの囚われ、そこに何の意味がある。痩せていることのメリット・デメリットは？　痩せていることで守られたこともあったが解決にはならなかった。私の可能性を狭めた。幸せだったのか？幸せならそれもいいだろう。でも私は気づいたのだ。本当に幸せではなかった。

　私を活かすんだ。どうやって？　自分を大切にする。自分を痛め付けることは自分を殺すことだ。いい子でなくていい。まんまの自分をみんなはきっと受け入れてくれる。それを信じる。

　生まれてきた。それでまずOK。生きていていい。そのままで。〜べき、〜すべき、〜でなければ、なんて誰が言っているの？　自分が言っている。それは本当の心の声？　私はどうしたいの？

　生きる！　死なないで！　自分を痛め付けないで！　自分を痛め付けるのはもう止めよう。抑圧から解放してやろう。死ぬな、死なないで！　カーペンターズのカレンは拒食症で亡くなった。心に染み入るあの歌声はもう聴けないのだ。可能

性を潰してしまうこの病気。それでも幸せというのなら、それはそれぞれの人生だ。けれども、何とかしたいという思いがあるのなら一緒に歩いていこう。しんどいけど病気から抜け出そう。病気と共にいれば、こんなしんどい思いはしなくて済むのかもしれない。でも、その苦しみを引き受けて進んで行こう、一緒に。私も行きつ戻りつしてきた。もう諦めかけた。それでもここまで辿り着いた。まだ道は遠いけれど、私進んでいきたい、怖いけど。

　最初の入院時に、ある看護師に言われた。

　──あんなこともあったなァって、後で笑えたらそれでええんよ。

　私、そうなりたい。ああ、私これまでいつも笑顔に救われてきた。笑顔には力がある。私も人を元気づける笑顔でいたい。笑顔でいるには幸せ、喜んでいること。私、今、幸せに向かう途中。今度こそそこまで行くんだ。怖くても行く。

　何故怖い？　痩せた自分しかイメージできないからか？太ったらどうだっていうんだ。私は私だ。痩せた私をいいと思って満足してりゃいい。痩せてた方がスマートねって言われて嬉しかったりする。けど、それより元気そう、幸せそうって言われる方がいいよね。

　私、ずっと思ってた。

　あの子の側は何か温ったかいね

って思われるような人になりたいって。そして、竹のようにしなやかに生きたいと願ってきた。今、全然違う私だ。何かあれば逃げるかポキッと折れちゃうか。

時が来たのだ。思い上がりでもいい。私、同じ病気で苦しんでいる人たちに諦めるなと伝えるために病気になったのだ。生命芽吹くこの時期に力をもらって、必ず治っていく。

　私、何度も挑戦しては引き戻されてきた。病気に取り籠められてしまった。もう厭、嫌なんだ。やりたいことも途中で諦めなきゃならない。痩せていることが守ってくれたこともあったけど今はもういらない、なくていい。ない方がいいのだ。痩せていることで失うものの方が多いのだ。そのことにやっと気づいたのだ。痩せがいいと思っていた。そこに価値を見出していたのかもしれない。そう思い込まされていた。けれどそれじゃ駄目なんだ。私が活かされないんだ。せっかく生まれてきて「自分」を生きられないなんて。「病気」を生きるのは止めようと決めた。もう一生病気と付き合っていかなければいけないんだと諦め、自分に匙を投げかけた。それでもいいと納得させようとした。治ることを諦めた。その方が楽だと。けれどT先生は言ってくれた。

　──治るよ、体重さえ増やせば。

　それはとても怖いことでもある。しんどいことでもある。諦めた方が楽かもしれない。もう60歳になるのだし今更無理だ。でも、心が叫ぶ。それで本当にいいのか？このままでいいのか？本当の望みなのか？と。諦めた方が楽なんだと思うから、体重増やすなんて怖いこと嫌なことをわざわざしたくない、しんどい思いしたくない。でも治るなら、治るならしんどくてもやってみたい。勇気を出して歩いていきたい。一緒にやってみようよ。きっとできる。私もまだ100％自分を信じ切れ

ているわけじゃない。本当に治るのか信じ切れないでいる。でも治るなら怖くてもしんどくても進んでいきたい。心から美味しいって笑って食べたい。そんな単純で、でも大切なことを取り戻したい。いつまでも逃げて生きていたくない。食べていく、食べ続けていく。いつだって大切なのは決意、実行、継続。自分一人の力じゃしんどくてとてもできない。だから支えてもらって、すべてのことを力に変えて進んでいく。一緒に行こう。一緒に進もう。私、みんなに諦めるな、できるって伝えたい。だから頑張る。自分が治らなかったら伝えられないもの。

前へ歩く。私のためにみんなのために。体重増えるの怖いけど、私、健康になっていく。自分を取り戻していくんだ。

食事はいつも、たんぱく質嬉しい、野菜も嬉しい。でも、カボチャやサツマ芋みたく甘い野菜や芋は苦手、ご飯も苦手。でも私の味方、しっかり食べる。苦しくっても、胃薬もらいながら。

人生楽しんだ者勝ち。このしんどさも未来に繋がると思えばやっていける。楽しんでやる。だって苦手なメニューもあるけど栄養バランスのとれた食事。カロリー計算もしてくれている。ある意味安心して食べられるじゃないか。それを作らなくて食べるだけでいいなんて。まァ「食べる」が本当にしんどいんだけど。でも、作るのも、後片づけもしなくてもいいなんて「楽」じゃん。「楽」は「楽しい」につながるのじゃ。こじつけでも何でもいい。すべてプラスに変えてやる。強気で行くゼィっ。体重にいつまで囚われているんだ。いつ

まで恐れているんだ。ずっとビクビクしながら生きていくの
か。いい加減止めようゼ。体重増えるの受け入れよう。忘れ
ていた自分がきっと見えてくるはず。病気の私でなくていい。
病気の私じゃない方がいい。摂食障害はサヨナラした方が幸
せな病気。治る、を諦めない。よし、行くゼィっ。

　辛い、しんどいと思うばかりじゃ余計に辛くて悲しくなる。
メニューを楽しもう。面白がってみよう。体重増えるは、治
る、に近づいていくこと。嫌なことじゃないよ。嫌がる自分
も怖がる自分もいる。病気がそうさせる。でも治りたいと思
う自分がちゃんといる。大きく育てていこう。そしたら楽に
なっていく。楽は楽しい。ご飯は甘くて美味しい。甘いもの
も美味しい。「美味しい」を押さえつけるのは止めよう。心の
ままに、素直になろう。私は毎日栄養バランスの整った食事
を摂っていくのだから健康になっていけるのだよ。

　毎日辛いことをやっているの？　ウン。今までずっとそう
思っていた。実際しんどいもん。心も身体も。体重増えるの
怖いのに体重増やそうとしてるんだもの。なぜ体重増えるの
が怖いの？　だって痩せてた方がカッコイイじゃん。スマー
トって言われるよ。人は幸せになるために生まれてきたんだ。
ガリガリに痩せてて幸せだったの？　……幸せじゃなかった。
ビクビクしながら食べて、本当の心を抑えつけて。美味しそ
う、食べてみたいを抑えつけて。体重増えるは幸せに繋がる？
多分、きっと。じゃ、幸せに繋がるなんて嬉しくない？ワク
ワクしない？　せっかくなんだから楽しんでみようよ。苦手
にチャレンジして食べてみれば美味しいって発見できたじゃ

ん。今まで押さえつけてたんだよ。解放してやりましょう。美味しいは美味しいんだよ。生きているんだ、楽しもうよ。勿体ないよ。嬉しく楽しく食べたーい!!

　しんどいと思うばかりじゃ本当に辛い。毎日が苦しくなる。せっかく生きているんだ。楽しまなきゃ勿体ない。日々行っていることは未来へと希望へと繋がっているんだ。ワクワクするじゃないか。一日3回の食事を面白がれないかなァ？　楽しめたら頑張れる。辛くても続けられる。今が過去を未来を変えていくのだから。

　4月3日土曜日。今朝もちゃんとお腹が空いている。どんな楽しいことが待っているかなァ。楽しんでしまおう。せっかくだから。

　200gのご飯の見た目のインパクトにも慣れてきた。まァ器を持つと結構ずっしりくるんだけどね。希望をもって、コツコツを愚直に一歩ずつ、喜びを持って。

　考えてみて、食べたいものも食べられず一日3回ビクビクして生きる。それがこれからも一生続く。すぐ疲れたりしてやりたいこともやれないまま日々を過ごす。今はしんどいけど、ここで踏ん張れば、この数カ月頑張れば明るい日々が待っている。楽しい人生につながる毎日。しんどくても喜びがある。

　私が前例になる。その気合で一丁やったるか。

　ここで諦めて逃げたら、また同じことの繰り返し。ビクビクしながらこれからも生きていくなんて、それはそれでしんどいだろう。どうせしんどいなら、ここで諦めず逃げず歩い

ていけば幸せが待っている。一生悲しい思いで生きるのは嫌だ。とにかくやるだけだ。

やっと思い至った。摂食障害は自己への虐待なのだ。自らの身体を心を痛め付けていた。私、とんでもないことをしていたんだ。病気にそうさせられていたんだ。ごめんね、私が私を大切にしないで。摂食障害が私を守ってくれたと思っていたが、決してそうではなかったのだ。逃げることはできても守ってくれたわけじゃない。私、幸せじゃなかったもん。自分の身体を心を痛め付けて幸せなはずがない。もうサヨナラしなきゃ。自分を取り戻そう。今からでも遅くはない。しんどくても食べ続けていけば病気は治るんだ。

夫の面会。桜吹雪の中を二人で歩く。残りの時間少しでも長く一緒にいたい。楽しく笑って暮らしたい。しんどくてもやっぱり病気とサヨナラしたい。

今日も3食完食。こんなに食べられた。でも、食べちゃったって思いもある。ポッコリ出たお腹は嫌だなって思いもある。でも、ポッコリ出たお腹も幸せになるため受け入れていこう。

4月4日日曜日。今朝もちゃんとお腹が空いている。うれしい。食事が待ち遠しい。今日は大好きな納豆の日だ。

もう自分で自分を悲しませるのは止めよう。一日1mmでも進歩している。体重増えるのは怖いけど、完食継続できている。それを1カ月以上も続けてきたんだ。凄いよ私。もう少し自信を持とう。きっと治っていけるから。

一日3回トレーニング。怖さを抱えながら食べていく。これ

を続けていけば、きっと怖さがなくなって、美味しい、嬉しい、楽しい、だけになる。屈託なく笑って食べていける。一日3回の喜びが待っている。今しんどくても未来は幸せ。幸せになる道を歩いていこう。よく頑張っているよって励ましながら、自分に力を与えながら。

　しんどいも楽しんでしまえ。幸せに繋がる食べる苦しさ。苦しみに繋がる食べないお気楽さ、どっち取る？　心から変わろうと踠きながらも前へ行く。支えられながら。

　あーあ、お腹出ちゃったなァ。ご飯200gにおかず大盛り＋α、毎食お腹120％の量を完食していりゃ当然、2600kcalだゾ。身体の変化を受け入れる覚悟というか諦めというか、それ必要だなァ……。

　新聞の人生相談での高橋源一郎氏の答え

　──ときにくじけそうになり弱気になる「自分」を鼓舞し、力づけ、優しく支える義務がわたしたちにはあるはずです。なんでも悪く考えるのは「自分」への虐待です。もっと大事にしてください。たったひとりの「自分」なのだから。

　そうだ、よくやってきている自分を褒めてやろう。よしよし、よくやっているよ。偉いゾ、私。凄いゾ、自分。これからもファイト！

　4月5日月曜日。O先生が、努力は必ず報われる。世の中には努力しても報われないこともある。けれども、摂食障害の治療では努力は必ず報われる、と。頑張ろう、しんどくても。しんどいのは治ろうと努力し頑張っている証拠なのだ。

池江璃花子（20）東京五輪代表決定。

　──すごくつらくてしんどくても努力は必ず報われるんだなと思った。

　彼女は白血病と闘ってきた。私も病気と闘っている。努力は報われる。いつかきっと、必ず。それを信じる。

　4月6日火曜日。33.95kg。1週間で1.1kgも増えた。努力の結果だ。と、嬉しくはあるけれど、一気にこんなに増えてしまったという怖さもある。これからこのペースでどんどん増えていくのかと思うと恐怖でさえある。でも、こんなに増えても思っていたほどには体型は変わらないんだってちょっと安心感もある。もっとブタブタしてるイメージを持っていたから。これって正にボディイメージの歪みなのだろうな。T先生が以前、

　──体重増えるのを怖がるけど増えてしまえばこんなもんかと思う。

　と言っていた。ちょっと理解できたかも。体重増えるのをそんなに怖がらなくてもいいのかもしれない。

　しかし、食事を前にするとBちゃんが、

　──無理して完食することないゾ、胃薬までもらって完食続けてきたけど、そこまでしなくたって体重は適当に増えていくんだよ。完食なんて止めちゃえ止めちゃえ。無理すんな。本当は怖いんだろ、止めとけよ。

　体重が一気に増えて心が揺れている私。不安に付け込み、攻勢に出てくる。悪魔の囁きで私を惑わす本当に厄介な奴。体

重増加を怖がる私の心の声なのだろうな。

　デイルームから森が見える。柔らかな新緑から濃さを増した深緑へと変化しつつある。冬を耐え春に芽吹く。厳寒の中、己の生命力を蓄え、時を待ち、生命を輝かせている。辛さを力に変え、輝きへと飛び立つ。私もかくありたし。

　4月7日水曜日。オレンジ色の朝日を見た。上履きをベビーピンクの靴に変えた。偶然にも本日のラッキーカラーはピンク。いいことあるかも。すべてを力に変えて今日を大切に生きていこう。

　昨日とは違うパンツを穿くと、腰回り等がちょっときつくなっている感じがある。やっぱり体型は変わっているんだと実感する。怖さはあるけど受け入れていかなきゃね。

　食事は食べたいものを食べているわけじゃない。苦手な物も色々出てくる。嫌だなって思う。やっぱり体重が増えることへの抵抗、恐れがある。そんな中で、それでも、これだけの量を、カロリーを摂っていくのは嫌なことに違いない。けれど、"嫌"なことを一日3回続けていくんじゃ私が可哀想だ。心を喜ばせるにはどうすればいいかなァー。ウーン、そうだ。食事を"幸せ御膳"と名付けよう。一食ずつ幸せに近づいていくんだ、そう信じて食べていこう。"一食一幸"幸せ貯金していくんだ。すべては気持ちの持ちようで変わってくるのだ。笑顔で過ごせるように。

　さて昼食。天ぷら（エビ2尾、キス、シイタケ、カボチャ、ピーマン）酢の物、冷奴、牛乳、ご飯200g。

さァ、幸せ御膳いっただきまーす。って、天ぷらの衣ご
っつ厚い。もうこんなん"幸せ御膳"じゃのうて"苦しみ御
膳"じゃが。神様の意地悪、こんなんとご飯200gも食べたら
確実に体重増えてしまうがー。

　――なー、そうだろ、無理しないでいいぞ、衣なんか剥が
しちゃえ。ご飯なんか残しちゃえ。
「本当はそうしたい。けど全部食べるんだ。体重増えるの怖
いけど怖くっても。ああ、でも、ウヘッ天ぷら油っこい。レ
モン汁かけてさっぱりさせよう。あぁ、ご飯が残ってる。こ
れも食べなきゃ」

　――無理は続かないゼ。止めとけ止めとけ。
「無理してるけど、お腹も痛くなってきたけど、食べるもん
ねぇ。食べて治って幸せになるんだもんねぇ。あんたがいた
って私、良くなっていくんだ。ご飯は私の味方だし、揚げ物
だって何だって食べられるようになるんだ。みんなと心から
美味しく楽しく食べたいんだ。そんな当たり前を取り戻すん
だ」

　やっと完食、どうしたって病気の間はしんどいんだ。だっ
たらそのしんどさも笑い飛ばすくらいでやっていこう。

　夕食：キノコデミソースハンバーグ3個、マカロニサラダ、
洋風煮浸し、ヨーグルト、Ｃａウェハース、ご飯200g。

　幸せ御膳いっただきまーす。ってハンバーグ3個はきつい。
マカロニも苦手。ああ、ヘビーだァ。でも、サラダのハムは
結構あるし、煮浸しも豆に野菜って私の好きな物。でもＣａウ
ェハースまではいらないんですけどォ。私一日牛乳2本、ヨー

グルト、チーズまで食べてるからCa十分なんですけドォ。ああ、だけど、食べることが幸せに繋がるのです。体重増えるの怖くても食べていきましょう。ここまで1ヵ月以上完食続けてきたんだよ、ここで止めたら、“モッタイナーイ！”。ああ、でも、やっぱりお腹痛くなってきた。でも胃薬あるから大丈夫。やっと完食、御馳走様でしたァ。さァ、胃薬もらおう。

　私、やってきた、できてるよ。偉い!!

　4月8日木曜日。今日も晴れ。さァ、朝食。

　ご飯200g、サンマの南蛮漬3切れ、カボチャの味噌汁、ゴマ和え、ゆで卵、チーズ、バナナ1本、牛乳。

　幸せ御膳、ってご飯200gにバナナ1本なんて超W主食やないかーいっっ。何が幸せ御膳だ！　でも、ゆで卵、チーズ好き、サンマ好き。うれしい。さァ、手を合わせて、いったっだっきまぁーす。食べ始めると急に頭の中で歌が回り始めた。

　♪体重増えるのイヤイヤー

　駄々っ児みたいにイヤイヤー

　だけど私は食べるのォー

　何でも全部食べるのォー

　♪揚げ物本当にイヤイヤー

　お肉の脂身イヤイヤー

　だけど私は食べてくゥー

　いつも全部食べてくゥー

　♪本当はご飯イヤイヤー

　だけど私の味方さァー

治るためには大切ゥー

　　私を取り戻すんだァー

　♪ご飯を噛めば甘いよォー

　　本当はとても美味しいィー

　　私の強い味方さァー

　　良くなるために食べるよォー

　どう足掻いたって、しんどいし辛い。ならば、それも面白がってしまえ。悲劇を悲劇のままで終わらせたくはない。最後にこんなこともあったなァと笑えればいい。悲劇も離れてみれば喜劇だ。楽しんでしまえー。

　私、本当に嫌なことを一日3回毎日続けているのかなァ。まァ、最初のうちは嫌だったし、今でも心も身体もしんどい。だけど嫌だけのことなの？　体重増えるの怖いの？　ウン、やっぱり怖い。でも40kgまで行ってみたい。行きたいって思いもある。怖いけどワクワクもする。そうなんだね。だったら！「嫌」だけじゃないね。ウン。まだ怖々だけど食べていると美味しさに気づいた。ご飯はよく噛んでいると甘くなる。カラッと揚がったトンカツやエビ天は美味しいんだって思った。お魚たちは嬉しい。じゃ、楽しみや喜びも感じながらだね。ウン。朝食もボリュームあるけど、ゆで卵にチーズ、牛乳、って、私、アスリートかーいってツッコミ入れたくなるくらい嬉しかったりする。それ、それを大切に育てていこう。辛さも面白がろう。

　昼食。ご飯200g、鮭のムニエル2切れ、フレンチサラダ、ケチャップ煮、牛乳。

キャー、鮭2切れ、うっれしいー。サラダの彩りきれい。おっしゃー、食べるよォ。

　まず牛乳から、って、これで結構お腹膨れるんよねぇ。サラダ美味しい。やっぱり鮭っておーいしーい。トマト煮のジャガ芋も結構おいしい。ってまた歌が回り始める。

　♪ご飯もお芋も味方さァー

　治っていける味方さァー

　食べよう食べてみ、美味しいィー

　♪何でも食べる　大切ゥー

　心と身体に大切ゥー

　ご飯とお芋も心をヲー

　頭を育てる大切ゥー

　♪食べてりゃ治っていけるよォー

　きっと必ず治るよォー

　それまで辛くて苦しいィー

　だけどその先しあわせェー

　♪食べよう幸せ御膳をー

　幸せ貯金しましょうゥー

　きっと掴むよしあわせェー

　何でも笑い飛ばせよォー

　森は今日も美しい。生命力に溢れている。冬に蓄えたエネルギーを爆発させている。その生命力は私にもあるはず。私も自然の一部なのだから。すべてを力に変えて私は40kgまで走り抜く。私が食べているのは"勝ちメシ"だあー。

　何故こんなに苦しい病気になってしまったのだ。神様、私

そんなに悪いことをしましたか、って神様を恨んだこともあった。でも、今は分かる。神様は私を選んだのだ。私に、同じ病気で苦しむ人に一緒に治っていこうと呼びかけさせるために。私、きっと治っていける。

　私は私の人生を肯定する。病気になったことも、治ろうとしても何度も病気に取り込まれてきたことも。それでも治ろうと挑戦している私を美しいと思う。そうでなければ、こんな辛いことやってられるか！　私は全生命力をかけてこの挑戦に勝利する。もう迷わない。

　夕食。ご飯200g、トンカツ3切れ、赤だし、変わり漬、ヨーグルト。

　おお、これは幸せ御膳じゃ。トンカツ、揚げ物だけど脂身がなくて食べやすいしカラッと揚がっている。赤だしも変わり漬も好き。ラッキー。いっただっきまーす。トンカツって強敵だけど、美味しさがわかってきた。さすがに量が多くてお腹痛くなるけど、何とか完食。即、胃薬だァ。ささ、幸せ貯金チャリーン。毎度ォ。これだけ食べている私ってカッコイイゼイっ。

　食べていく、は幸せに繋がる。ただ美味しく楽しく食べたいんだーっ。細やかな、でもとっても大切な幸せ。今は怖々だけど今にきっと必ずそうなれる。食べ続けると、ただ美味しく楽しく食べられるようになる。

　夜、ラジオで知った幸せホルモンのオキシトシンが分泌される方法を実践する。両手で身体を1分間抱きしめ「今日も一日御苦労様。よく頑張ったね」と労る。そして、背中・手・

足・お腹をさする。抱きしめていると手の温もりを感じて何か落ち着く。手や足、お腹をさすっていると、本当によく頑張ったね、ありがとうという気持ちになってくる。私、自分の心、身体を痛め付けてきたなァ。本当にごめんなさい。これから心の声、身体の声に耳を傾けよう。自分を大切にしよう。

　4月9日金曜日。昨日、胃薬をもらうくらいたくさん食べても朝にはちゃんとお腹が空いているのが嬉しい。ご飯が待ち遠しい、この感覚とっても大切。

　昼食：ご飯200g、クリーム煮、焼ビーフン、和風サラダ、牛乳。

　ふへーん、もうこのメニュー嫌い!!　ご飯にビーフンってW炭水化物やないかーい。大盛りだからビーフンは器に山盛りだよォ。食べても食べても終わんないんじゃないのってくらい。こんな献立を管理栄養士が作るんかーい！　ああ、もう食べたくなーい。んっ？　待てよ。W炭水化物ってことは私の味方がW＝強力タッグを組んだってことじゃないか。でもこんなん食べたら確実に体重増えちゃうよォー。食べるんかーい。ウン、食べる。それが私の治る道!!　ああ、もうこんなにグダグダ考えんといかんのかい、たかが食べるってことに。こんなに手間っちゅうか考えんといかんなんて笑ってしまうよなァ、全く。あーあ。はい、完食、御馳走様でした。

　どう足掻いても病気である間は食べることはしんどい。まァ、闘いだからな。でもその先には、小さな小さな、でもと

っても大切な、ただ心から楽しく食べる、心から喜んで食べる、そんな幸せが待っている。しんどくても食べ続けていけば必ずそこへ行けるんだ、必ず。

『火花』読了。

　——生きている限りバッドエンドはない。僕たちはまだ途中だ。

　——自分らしく生きる。

　涙する。そう、ハッピーエンドにする。この旅を。

　しんどいが一生続く苦しみか、期限付きの苦しみか、どちらを選ぶか。どうせ辛いなら期限付きを選ぶ。その先には必ず笑顔が、心からの笑顔がある。本当の私を取り戻す。

　今日も自分を抱きしめる。ありがとう、ありがとう。本当にありがとう。これまで痛め付けてきたのに生きていてくれて。この身体は私だけのものじゃない。両親からご先祖様から神様から授かったもの。この世に生まれてきた奇跡。今も生かされている奇跡。有り難いこと。この身体大切にしていこう。今のままでは私はまた私を痛め付けてしまうかもしれない。それはもう二度としたくはない。そのためには40kgという体重が必要なのだ。この痩せた身体で何年も生きてしまったから、これが私と思っている。だから変わることが怖い。かつては40kgなんてあったはずなのにもう忘れてしまっている。未知の世界へ行くような恐怖があるのだ。でも行かねばならぬ。二度と病気に取り込まれないために。行ってしまえば怖くなくなる。大丈夫。きっと行ける。苦しいままで一生を終えるなんて絶対に嫌だ。私でいいのだ。それで十分なの

だから。朝目覚めると、まだ生きていたのか、と絶望的になるような、食べることを拒否し生きることに投げやりだった「消極的自殺企画」と称した状況の中でさえ、身体は細胞は生きようとしていたのだ。心はどうあれ身体は生へと向かうのだ。生かされている間は生きようとするのだ。それを自らの手で止めてはならない。生きていればやり直しはできるのだ。

第4章

2021年4月10日——すべてを力に

4月10日土曜日。入院40日。今日も一日が始まる。いい一日にしたい。今が過去を未来を変えるのだから。今日は夫が面会に来てくれる。大切な時間。治療はしんどいけど、ご機嫌で過ごそう。人は幸せになるために生まれてきた。しんどいことも楽しんでしまえ。こんな体験、誰でもはできないのだから。ま、したくもないけど、しないですめばそれがいいけど。

　どうしたって病気の間は体重増えるの怖いんだ。なら、もう笑ってしまえ。体重増えちゃってもいいじゃん、っていうか増えた方がいいんだよ。病気から抜け出せるんだから。体重増えるのをビクビクするな。体重増えるは幸せに近づくんだよ。嬉しいことなんだよ。完食1回ごとに幸せ貯金がチャリーンって貯まるんだ。一食一食笑顔に近づいていくんだよ。怖いことじゃないんだ。嬉しいことなんだよ。それもバランスのとれた食事で近づいていくんだ。なんてラッキー、サァ笑って。

　今日から窓側のベッドに変わった。ああ、明るい。窓からの景色最高。これから毎日朝日を見ることができる。昇る朝日、太陽の力を毎日いただけるなんて幸せ。この病棟の特等席だと思う。頑張っている私への神様からのプレゼントだ。すべてを力に変えて私は治っていくんだ。きっと治っていける。完食これからも続けていくよ。それさえブレなければＢちゃんがいてもいい。ウン、大丈夫。

　森を見ながら食事ができるなんて素敵。ここは洒落たカフェのテラス席って妄想しながら今日も完食。偉い！

夫の面会。満開の八重桜の下で二人の写真を撮る。二人揃っての写真なんて何年振りだろう。幸せなひととき。ずっと側にいたい。そのために頑張る。

　4月11日日曜日。5：40頃から昇りゆく朝日を見ていた。何て贅沢。生まれてくるパワーを全身に注入。ベッドに横になれば青空が見える。何て幸せなんだろう。きっと治っていける。今日も3食完食。

　夜には夜景が見える。ベッドの場所が変わり、壁しか見えなかったのが、一日空か森が見えるというだけで気分は大きく違う。どても嬉しい。自然と笑顔になる。

　私はとにかく完食継続していけば望む幸せに近づいていくのだ。何て分かりやすいのだ。まだトンネルの中だが遠くに見える光に向かって歩いていけばいいのだ。

　Ｓちゃんが私に自ら拒食症であることを打ち明け、悩みを話してきた。私も同じ病気であることを伝え、私の経過、治る過程の考え、病気の捉え方など話す。Ｓちゃんは、すっきりしたと言ってくれた。彼女の力になれたのなら嬉しい。

　4月12日月曜日。入院6週間。今日も昇る朝日を見る。超贅沢ゥ。パワーいただいて今日も3食完食だァ。サァ、頑張ろうゼイっ。

　朝にはちゃんとお腹が空いている。嬉しいことである。こはカフェのテラス席って妄想しながらいただく。いいねえ、食べる意欲が増すってもんだ。怖くても食べていけば完食1回

幸せ貯金チャリーン。1円ずつでも貯まっていけば億万長者。幸せ両手一杯になるんだ。よーし一丁やったるゾー、今日も。

　治療は、体重が増える怖さを抱えながらも食べていく辛いものだ。だけど完食していけばいつかゴールに辿り着ける。必ず幸せになれる。至って明快・明確なものだ。大切なことはそれをするかしないか。決めるのは自分自身。食べていって何も悪いことはないんだ、そう信じて一食一食完食していって幸せに近づくんだ。決意・実行・継続。これ以外良くなる術はない。ならば、よっしゃやっていこうじゃないか。怖くても何でも40kgまで行くと決めた。Bちゃん邪魔しないでくれ。

　明日は体重測定。パンツ少しきつくなったし、お尻のあたりもお肉がついてきた感じがする。確実に増えているはず。どれくらい増えているんだろう。怖い気もするけど。これ以上食事量増やすのは正直きつい。700gくらい増えているといいなァ、怖いけど……。

　もう、治るためには体重増えるのはしょうがないって諦めるんだ。そしたら楽だ。よっしゃー、って簡単じゃないけど。入院して6週間ぐらい完食続けてきた。ご飯200gになっても朝ちゃんとお腹が空いている。これはもう感動もの。トンカツ、お芋、カボチャ、ご飯の美味しさも分かってきた。空腹感もなく義務的に食べていたことを思えばすごい変化だ。太りそうって考えて、美味しそう食べてみたいを過剰に抑圧し、自然な欲求を歪めていたことから解放されてきたのだろう。これもしんどくても完食を続けてきたからこそ。これを続けて

いけば良い。迷うことなど何もない。田本英子よ、幸せに向かって進めー!! 体重が増えていくことを受け入れよう。それは幸せへと向かっていくことなのだ。

Sちゃんが、私に感化されて早速ノートを買い、日記をつけたり病気を分析したりする、と。そして私の本に励まされる人は多いと思うと言ってくれた。ありがとう。

4月13日火曜日。33.7kg、0.25kg減少。ショック。今朝大量の排便があり、一気にお腹が凹んだ。排便量に影響されたか?あんなに頑張って食べたのに何で? もう泣きそう。ご飯200gにして2週間で0.85kgの増加。1週0.425kgのペースは悪くはないと言い聞かせるも、更に食事量を増やすべきなのか、今まで胃容量120%で頑張ってきたんだけど、本当しんどいんだけど、と悶々とする。そんな中でもやることは一つ、完食すること。ウン。

部長回診では、今回体重が減っていたがこういうこともある。全体として見れば増えている。誤差の範囲、と。そして6週間の努力と評価してくれた。そして、今回は体重が増えることより体重が減ったことで悲しむようになったことの方が価値がある。以前なら減って安心したり嬉しかったりしたろうと。

そうなんだ。私は本当に悲しかった。喜ぶなんてとてもできなかった。

2人の主治医は、肌の色や、ボロボロだった爪の状態も良くなってきている。これまで食べてきたから。体重が減って悲

しむのは良くなっていること、頑張っているから、とこれまでの努力を認めてくれている。体重が減って酷く落ち込んだけれど、体重が減ったのを悲しむ私になったってことはいいことなんだ。前へ進んでいるんだ。努力は報われているんだ。諦めず、くさらず、ブレずに完食継続していこう。

　H先生も、今回体重は減っていたが排便なんて500gもあったりする。全体で見たら増えていっている。まだ足りないところの修復などに使われていてすぐには増えにくい。マイナスからのスタート。これからプラスされていく。十分栄養を摂っている、と。今後もしカロリーupの必要性が出たとして、その手段は、おやつや栄養補助飲料などの選択肢もある。ドリンクの方が栄養バランスもとれていて、100mlで200kcalのものもある。負担が少なくて、味も私たちが試してみてこれならというものを選んでいる。家に帰った時に、ちゃんとした物を作って疲れて食べられないってよりも、時に利用してその分他の食事のための作り置きを作ったりするという方法もある。そのための練習のつもりで。田本さん"食べ物で"っていう思いが強いけど、今回は今までより前向きだし、感じ方も違うと思う、と。

　説明を聞いてドリンクも選択肢に入った。"食べ物"に拘わる必要はない。手段はどうあれ、体重upできればOKなのだ。実際3度の食事でとなると、ご飯250gという方法もあるが正直きつい。今でもう一杯一杯。おやつをまず考えたが、栄養バランスやカロリーの摂りやすさを考えてもドリンク優先かな、と変化した。先入観など捨ててやるべきことやっていこ

う。今後更にカロリーup必要ならドリンクにもトライだ。何かすっきりした。

　今日は落ち込んだけど、先生方の言葉に力づけられた。ありがとうございます。

　もう何でも来い。食べてやる。私は美味しく食べていく。食べて食べて治ってやる。

　4月14日水曜日。朝日の光を全身に浴びて抱きしめてマッサージしてエネルギーチャージ。今日もいい日にしよう、いい日になる。もう、このベッド位置最高幸せ！

　朝食：ご飯200g、味噌汁、ゴマ和え、金平ゴボウ、ゆで卵、牛乳、チーズ、オレンジ3切れ。

　今日のゆで卵は、いつもの固茹でと違い黄身がオレンジ色でしっとりしている。もう踊り出しそうなくらい嬉しい。おーいしい。他の物も美味しい。時々Bちゃん出てくるけど、それは脇に置いといて、美味しく嬉しく食べ進めて完食。ああ、こんな気持ち本当に久しぶりだァ。どれも嬉しく美味しく幸せって思いながら食べられるなんて、凄いな私。この感覚続くといいなァ。

　今日の担当の看護師さんに話すと笑顔で

　──この病気の人は食べるのが苦しい、そう思えるのはとてもいい。

って。嬉しい言葉、病気の部分が弱くなってきているのかな。あーもうテンションMax。行け──。

　ふと思った。私、向日葵になる。夏の強い日射しにも凛と

して立っている、地上の太陽のような花。おこがましいけど、私、ちゃんと治って同じ病気で苦しむ人悩む人に力を伝えられるようになりたいって心から思った。

　昼食：ご飯200g、鰆の香味焼き2切れ（和え物、栗甘露煮添え）、豚汁、モズク酢、牛乳。

　豚肉の脂身苦手だけど全部食べまーす。栗も甘いけど食べまーす。鰆2切れ嬉しいでーす。いっただっきまーす。食べながら森を見ていたら、ベンチで寛ぐ人々がいる。いいなアーって思っていたら突然夫が頭の中に出現。思わず語りかける。
「見て。私こんなに食べているんだよ。こんなに食べられるようになったんだよ」
　――凄いな。こんなに食べているんだ。
「うん。そうなの。凄いでしょ私」
　ああ、芳則さんと一緒に食事したい。美味しく楽しく食事したい。やっぱり結構量があるから途中からお腹痛くなってくるし、Bちゃんは相変わらず何度も言う。
　――無理すんなよ。止めとけよ。
って。でも帰りたい、芳則さんの元へ。その思いで完食。Bちゃんがいるけど芳則さんと会話しながら食べていく私。そうか、Bちゃんが口にするのは悪魔の言葉。芳則さんが笑顔で言ってくれるのは治る力を与えてくれる天使の言葉。離れていても側にいてくれているんだ。よし、やるゾ。

　夕食：鶏手羽元の甘辛煮3本、ポテトコロッケ、生姜じょうゆ和え、ご飯200g、ヨーグルト。
「コロッケかァ、苦手だなァ」

──ハードル高いな、でも頑張れ。

　芳則さんが出てきてくれた。嬉しい。

「うん。食べてみるとちょっと油っこいけどレモン汁をかければいけそう」

　　──コロッケも結構おいしいんだよ。

「そうだね。食べるよ」

　と、ここでまたしてもBちゃん。

　　──そんなもん食べてたら太るゾ。無理するな。

「邪魔しないでよ。私、食べるんだから」

　やっぱりお腹痛くなったけど完食できた。やった。嬉しい。幸せに近づいていくんだ。私、絶対治ってやる。治ってみせる。だって栄養バランスのとれた食事で心と身体を作っているんだよ。こんな贅沢ある？辛いけど。でも、私、今も幸せ感じるんだ。少しずつ美味しいって思うこと増えてきたし、朝お腹空くようになってきたし、完食続けているし。期限付きの苦しみなんて、これから一生続く幸せのためなら耐えられる、耐えてみせる。それも楽しみながら。幸せを見つけながら過ごしていくんだ。弱気になんてなってられるか。Bちゃんに付け入れさせてたまるか。私はこの6週間ずっとやってこれた。これからも続けていく。その先にあるものを手に入れるために、待ってくれている人たちのために、信頼してくれている人たちのために、心からの笑顔のために。暗いトンネルを通り抜け、光の世界へと翔けていくんだ。

　4月15日木曜日、入院45日。昇る朝日を今日も見た。体重

増えるの怖がっているのは、食べるの止めさせようとするの
は、病気のＢちゃん。私は治りたい、食べたいのだ。日々一
食一食"治る"に近づいているんだ。何を恐れることがある。
と、芳則さんが現れた。
「お腹プヨプヨになっちゃったよ」
　──そうか、カワイイじゃん。
「そうかなァ」
　──そうだよ、ガリガリよりずっといいよ。
「そうだね、ありがとう」
　いつだって彼は私の味方、私に力をくれる。私は彼に何が
できるだろう。治ってずっと側にいること。体重増えるの怖
いことじゃないよ。より良く変わっていくんだよ。喜びを持
って体重増やしていこう。
　朝食時、3本の飛行機雲が目に止まる。青空に描かれる真っ
白な上昇線。私も「治る」に向って伸びていく、進んでいく。
ふと、芳則さんは何を食べているのかなァって思った。私は
バランスのとれた食事を摂っている。早く帰ってご飯を作っ
てあげたい。彼はＢちゃんが出てきても「頑張れ」って守っ
てくれる、力をくれる。そうか、わかった。彼は神様がくだ
さった助っ人なんだ。ありがとうございます。この闘い勝て
る。勝つ。
　この闘いに負けるわけにはいかない。必ず勝つ。弱気にな
ればＢちゃんは付け込んでくる。突っ撥ねるくらいの強さを
持つ、遣り過ごすくらいの強かさを持つ。私は君と必ずサヨ
ナラするのだ、せねばならぬ。何故なら、これから先の人生

を喜びの中で生きていくため。今には今の幸せもある。けれど、その先にあるずっと求め続けてきた本当の幸せを勝ち取る。勝ち取ってみせる。

　自分からご飯200gにしてもらってそれを2週間完食継続している。偉い、凄い。昼も夜も胃薬もらっているけど、こんなにも食べられるようになった。私できるんだ。私できてるんだ。素晴らしい。自分で自分を褒めてやって、すべてを力に変えて進んでいこう。

　治る、回復する、とはどういうことか。思うに、食べたい、食べてみたい、という心の声に素直になって、美味しいなァ、美味しいねぇって食べ、ああ、幸せって思えている。友だちや家族と食べる楽しさ幸せを満喫すること。じゃあ、その時の心の状態は？　体重や体型への拘りから解放されて、何者でなくてもそのままの自分を認め、労り、大切に思えている。ストレス状況に対しては病気に頼らず必要な時に人に頼れるようになっている、のかなァ……。

　考え方も少しずつ変わってきた。私の中に病気を治そうとする自分と、それにブレーキをかける自分と、二人の自分がいて、そのどちらも本当の自分で、いつか分裂してしまうんじゃないかって恐怖があって、胸が張り裂けそうなくらい不安でたまらなくて、これが一生続くのかと思ったら死んだ方がましだと思うくらい苦しくて。でも、そうじゃないって気が付いた。私の中に二人の自分がいるんじゃなくて、治りたい、治そうとする本来の私はちゃんといて、そこに病気という別物が取り憑いているだけなのだ。だから、本来の私を

育てていけば病気は萎んでいっていつかは無くなっていくの
だ。私がすべきことは、本来の私を育てるために食べていく
ことなのだ。食べ続けていくことなのだ。そして食べていく
べき食品群は、病気が敵と見做し食べさせないようにしてい
る物たちだ。それが私を育てる。育てていく味方なのだ。

　昼食：ご飯200g、卵焼き3切れ、肉じゃが、冷奴、辛子酢
和え、牛乳、菓子。

　冷奴おいしーい、辛子酢和えも○、卵焼き好き、お肉だっ
てジャガ芋だって苦手だけど食べるよー。でもやっぱり量が
多いんよなァ。　と芳則さん登場。

　──頑張れ、あと少しだよ。

「ウン。でもお菓子もあるよォ」

　──大丈夫。食べられるよ。

「はい」

　助っ人を得て何とか完食。

　夕食：ご飯200g、豚肉はちみつ味噌焼き2切れ＋ゆでトウ
モロコシ2切れ、ごま炒め、ジュレ和え、スクエアケーキ1.5
切れ、ヨーグルト。

　いやァー、ケーキ1.5切れもあるよォ。きついワ。お肉も脂
身たっぷりあるしハードル高過ぎる。でもこのケーキの素朴
さ、何か好きなんよねぇ。よし、食べていこう。

　ああ、もう、やっぱり量が多過ぎるんよ。もうお腹一杯以
上だよォ。なのに、まだケーキが残っている。ああ、残して
しまいたい。

　──駄目だよ。頑張れ。

「芳則さん、私もう一杯一杯だょォ」

　——きっとできるから、あと少しだゾ。

「うん、頑張るよ。ケーキも食べてみると美味しいんよなァ、でも苦しい。」

「ふゥー、何とか食べられたァ」

　——いいぞ、よくやったね。

「ありがとう」

　今日も3食完食。芳則さんありがとう。でも、本当お腹パンクしそうだょォ。

　4月16日金曜日。改めて、治る、回復するとはどういうことか考えてみる。私が考えるには、食べたい、食べてみたいって心の声に素直になって、屈託なく美味しいなーって食べ、あー幸せ、って思えること。家族や友達と心から「食べる」を楽しめること。

　その時の心の状態はどうなのか。体重や体型の囚われから解放されている。病的思考から自由になっている。歪められ歪んだ世界から素直でしなやかな世界へ飛び立っていく。「生きる」ために不可欠な食べることを拒否する摂食障害は、自己への虐待だと思い至った。食べたい、食べてみたいという自然な素直な欲求を過剰に抑圧し歪め、身体を痛め付ける。ボディーイメージを歪め十分過ぎるほどに痩せているのにもっと痩せさせようとする。それも、徹底的に。そんな歪んだ窮屈な息の詰まるような世界に閉じ込められていく恐ろしい病気。気付かぬうちに最悪死が待っている。けれども、逆説

的だが病気が生命を守ることもあるのだ。そこから解放されるには、体重、体型に価値を求める考えから、それ以外の価値、視点を見つけることだ。自分を痛め付けるのを止めて、やさしく労ることだ。自分のいいところを見つける。そこにいる、あることの価値に気づく、自分のいいところを思い出す、それを育てていく。心の良い芽を育てていく。それには愛情と栄養が必要だ。病気に乗っ取られた頭や心ではそんなことはできなくなっている。できないようにされている。生まれてきた、既にそこに、生きている生きていく価値、意味がある。地球にたった1人の掛け替えの無い私。そこに気づくこと。自分を愛する。慈しむこと。これまで十分過ぎる程痛め付けてきた。病気は自分を痛め付けるように要求する、仕向ける。病気にとっての敵は自分を愛し労ることだ。それは心と身体に栄養と愛情を注ぐこと。即ち、食べることと自分を大切に思うこと。誰でもない私、他人に左右されない私を創っていくこと。痩せていた方がいいって誰が言った？　社会が言った、自分が言った、自分が思い込んだ、病気が仕向けた。それって幸せなの？　本当に幸せなの？　病気に乗っ取られた世界で生きることが。本来の自分じゃない歪んだ自分を生きていくのか？　せっかく生まれてきたんだ、自分を生きよう。子供の頃を思い出して、自分が輝いていた頃を思い出して、私は私でいいのだと、心から笑って。体重や体型への拘りもない、自分が今も心に持っている良い芽に水をやり光を浴びせ育てていくんだ。それが病気にとって最も嫌なこと。私が最もやるべき大切なこと。

病気はもっと痩せさせようとする。もっと自分を痛め付けろと命令するんだ。それに気付かず病気に支配された歪んだ窮屈な世界に閉じ込められていく。それが世界のすべてと錯覚させる。しかし、本当にそうだろうか。私の世界はそこにあるのだろうか。その世界は本当に自分が求めている世界だろうか。私を幸せにする世界だろうか。痩せている、痩せることは本当に私が心からしたいこと願うことだろうか。私の答えは“否”だ。病気に乗っ取られている時にはそれに気付けない。目隠しさせられている。これがお前の世界だと思い込まされている。だから、そこから離れることは怖くてできない。それが自分のすべてだから。でも、ちょっと待て、本当にそうなのか？　私がそんな閉ざされた世界に生きている、生きてきたのは病気に取り込まれたからだ。病気に取り込まれているからだ。本来の私はそこにはいない。本当の私は、そこから逃れ、素直な広い世界で生きたい、生きようと思っているのだ。ただ、その勇気がない。いや、ないのではなく本来持っている力を萎えさせられているのだ。私たちは本来その力を持っている。その種を持っている。その種に水をやり光を浴びせ発芽させ大切に育てていく、自分を痛め付けるのを止め、労っていくんだ。

　生まれてきた。それだけでもういいんです。OKなんです。だって、病気の世界にあっても側にいてくれる人たちがいる、家族が、友が。「痩」に拘らなくっていいんです。そんなに痩せてて幸せなことって何？　スマートでいいわねって言われること？　勝手な優越感に浸れること？　そんな、人からの、

人と比べての評価って本当に価値のあることなの？　私の私たちの価値は「そんなこと」にしかないの？　否、それは違うんだ。気力も体力もまともな思考も奪ってしまうような歪んだ世界で考えることは当然歪んでくる。まともじゃないんだよ。病的思考に支配されたものだ。行動する時に大切なのは、

　　私が本当にしたいことなのか

　　私を幸せにすることなのか

と考えることだ。病気の支配から一歩離れてみることだ。病気に取り込まれている時、それはできなくなっている。病気の支配から離れる手段は唯一つ、「食べる」こと。「食べ続ける」こと。それが病気が最も敵対視することだから。つまり私の最強の味方だから。しかし、それはとてつもなく苦しく辛いことでもある。だから、それをしていくのは自分一人の力では到底無理だ。自分の意志でどうにかできるほど、容易いものではない。病気に抗うのは並大抵の努力でできるほど生易しいことではないのだ。正に苦行なのだ。だからこそ、支えてくれる人が必要なのだ。そう、助けを求めることが大切なんだ。必要不可欠なんだ。自分の苦しみ辛さを伝え受け止めてもらい辛さを吐き出しながら辛く苦しい「食べる」を続けていかねばならない。「食べる、食べ続けていく」と決意し実行し継続していくこと。それは本当に困難なことである。私も何度も病気に引き戻されてきた。囚われの回転ドアのように。長いトンネルの先にあるであろう光は見えず、長く険しい坂の先に広がるであろう空は見えず、それでも信じて進む

には1人ではとても無理だ。きちんと治療を受けることが大切だ。

　少し病気と離れられても十分ではないまま、これぐらいでも大丈夫かも、と大きな錯覚を犯し再び病気に飲み込まれてきた。病気が再び襲ってきても負けない、耐えられる思考を持つこと。そのためにはある程度の体重が必要になってくる。私の場合、35kgでは無理だった。いつも30kg近くまで落ち入院。35kgを目標に治療し苦しい日々を支えられ、何とか目標体重を達成して退院。しかし、体調を崩したりして食べるのがしんどくなると次第に病気に取り込まれてしまい、また30kg近くへと逆戻りしてしまう。体重が減るのは本当にあっという間だが、体重を増やすのは本当に本当にしんどい。そのしんどさがわかっているのに繰り返してしまう。30kgから始まれば、35kgぐらいになる頃には自分ではしっかり動けるようにもなってきたし、もうこれぐらいでいいだろう、と更に増やすことに消極的になる。退院は本当のゴールではなく次へのスタートに過ぎないのに。体重が増える怖さから逃れられているわけじゃないんだ。与えられた食事は何とか完食できていても「自分で食べていく」ことができなかったのだ。

　同じ病気と思われる人が自分よりも痩せた状態でもなんとか動けているのを見ると、

　あれくらい痩せててもいいんだ。

と思ってしまう。病気が囁く、楽な方へと。そうなるとまたすぐ逆戻りだ。怖い病気だ。かつての主治医は言った。

　──波打ち際じゃ大波が来たらすぐ飲み込まれてしまう。大

波が来ても攫われないようにもっと遠くへ行かなきゃならない。

　病気が襲ってきても撥ね返せる力を持つには40kgという体重が必要なんだ。それは、35kg以上に途轍もなく怖い数字だ。でも、そこまで行かないとまた同じことを繰り返す。私の人生は病気に塗り潰されたままで終わってしまう。そんなの厭だ。自分を取り戻す。その闘いは、いくら苦しかろうが辛かろうが期限付きのものだ。いつかは終わる。その先には一生の幸せがある。広い世界が広がっている。

　自然を見よ。彼らは誰かに見られるから咲くのでも実をつけるのでもない。ただそこにある。生きている。それだけで十分なのだ。桜は桜を生きるのだ。自分を生きればいいのだ。人間も自然の一部なのだ。心と身体に栄養が必要なんだ。そう、水が、土が、光が。

　支えてくれる人、愛する人、待ってくれている人がいる。今は見えていなくても、その先にある幸せをイメージしながら、「閉じ込められた世界、閉じ籠もった世界」から出ていこう。一緒に行こう。一人じゃないよ。

　今日も朝昼夕と3食完食。ご飯200g×3＝600gもお肉も揚げ物も何だってとにかく全部食べた。美味しいけど量はやっぱり多い。胃薬とお友達だ。苦手でも何でもとにかく食べます。食べていきます。幸せに向かって。

　一日30分ぐらいの森の散策はリフレッシュタイム。光を風を生命を感じる。森はいい。自然はいい。人間も自然の一部。そのままの自分でいいのだ。そう思えたら楽。

ああ、早く退院したい。まだ怖々だけど完食継続してきた、45日間も。よく頑張っているよ、本当に。少しずつ食べる楽しみ、美味しさも取り戻してきた。慣れかなぁ。でも大切なこと。怖々でも何でもこれだけの量を食べられるようになったんだ私。「完食」という成功体験を積み重ねてきたんだ。自信持って、自分に期待して。

　4月17日土曜日。
　朝食：ご飯200g、味噌汁、炒め煮、ゴマ和え、ゆで卵、チーズ、バナナ1本、牛乳。
　炒め煮に鬼のようにジャガ芋が。エーッ、ご飯、バナナ、ジャガ芋って炭水化物の揃い踏みじゃん。おっと違う違う。これは私の味方三銃士じゃが。ありがたくいただきましょう。
　今日も3食完食。お腹は痛いけど、今、これが私の食べる量。食べられる量って思えてきた。残す、という選択肢はない。
　怖くて食べられなかった私が、怖いけれどもこれだけ食べられるようになったのは何故？　今回の入院、最初は点滴は嫌だ、それよりも食べる方がいい、との思いからスタート。だって"味わう"こともないままに勝手に栄養＝カロリーが注入されるのって、その方が怖かった。初日こそ完食できなかったけど2日目から今日までずっと完食継続、凄い。何故続けていられるのか。これが治る最後のチャンスだと思っているから。これまでのように入退院を繰り返すのはもう厭なのだ。もううんざりだ。辟易する。行きたい所へも行けず、やりたいこともやれなくなる。そんな不自由な生活。何より夫と離

れていたくないんだ。還暦前に生まれ変わりたいと思っている。敬愛する最初の主治医と同姓の医師が主治医に加わったこと、等々。

　そうか、これまでとはまずモチベーションの高さが違う。そして些細なことも力にしようと考えていること。先生たちが「大丈夫」「できている」と、勇気とプラスの評価を与え続けてくれたこと。プラスの歯車が回っているんだ。病気に取り込まれてしまう負のスパイラルとは真逆の正のスパイラル。一足飛びには変化していかないが、螺旋を描きながら、しかし確実に上向いていっているんだ。

　体重が増えるのは本当に怖いことなのか？　体重が増える＝体型が変わる。「体重・体型」のみに価値を持っていては、それが変わるということは、自分の支え、自分自身が変わってしまうということ。それは怖いことではある。しかし、体重が増えるのは治っていくことである。私は治りたい。ならば恐れることはない。治ることは体重が増えること。体重・体型の囚われから自由になること。「体重・体型」がすべてではない。私の価値は魅力は他にある。病気が「体重・体型」以外に価値はないと思い込ませている。錯覚させている。信じるべきは病気の声ではなく医療者の声だ。

　私は向日葵になる。同じ病気で苦しむ人の太陽になりたい。

　4月18日日曜日。今日も昇る朝日を見た。今日1日のエネルギーチャージ。毎日毎朝神様からの御褒美をいただいて過ごしている。本当に幸せ。私はやることをやっていくだけ。一

食一食、一日一日。

　森を歩いていると、生命の芽吹き、生命の宴のように生命力に溢れている。何者でなくそのものを生きている。人間だけが、ああだこうだと面倒臭い。自分に自信がないのだろう。私もそうだ。けれども自然の中にいると、
「お前はお前でいいのだよ」
と言われているようだ。せっかくもらったこの生命を大切に慈しんで全うしたい。病気で痛め付けてきた。歪められ閉ざされた世界がすべてになった。可能性も未来も見えず小さく窮屈な世界。それを良しとしてきた。果たしてそうだろうか。病気に支配され錯覚させられていたのではないか。体重・体型がすべての世界、そんなの悲し過ぎるじゃないか。私の価値は魅力はそこにしかないのか。それだけなのか。本当の私は？　私がしたいことは？　なりたいことは？　カリカリ・キリキリ・ギリギリの余裕のない私は周りも苦しめる。それは本当にしたいことなの？　もっと笑っていたい。もっとゆったりしていたい。もっと許していい。もっと自由でいい。子供の頃のように、輝いていた頃のように。七五三の時の真っ直ぐな目。仕事をしていた時の弾ける笑顔、結婚した時の輝く笑顔。私、もっと笑ってた。もっと明るかった。自分を取り戻そう。何でも一人で背負い込むのはやめて人に助けを求めよう、頼ろう。何でもコントロールしようとするのは止めて、委ねてみよう。〜すべき、〜しなきゃでなくて、〜したい、〜しように正直になって、自分を大切にしよう。

　摂食障害は自己への虐待だ。けれども、そうさせてしまう

何かがある。実際脳も萎縮したりするという。身体も脳も心も枯れてゆきドライフラワー状態だ。そのままでは死を招いてしまう。栄養と愛情をシャワーのように浴びせよう。手遅れにならないうちに。怖さを抱えながら食べていくこと、それは一人ではとても辛い作業。支えてくれる人と共に希望に向って歩き出そう。行動基準は、

　それは私にとって幸せか？　幸せにするか？　本当にしたいことなのか。

　病気の世界は歪んだ思考、歪んだ行動が横行する。カツカツで限限で汲汲で余裕がない。イライラしてカリカリしているので周りの人たちにも当たったり傷つけたりする。いいこと何もないじゃないか。私は何てことをしていたのだろうと後悔の念が胸に渦巻く。懺悔の思いで胸がいっぱいになる。本当にごめんなさい。そして、ありがとう。生命懸けで産んでくれたお母さん、生命を授けて下さった神様、こんな私でも今日まで生かされてきたことに感謝します。

　大切なのは、これからどう生きていくのか、どう生きていきたいのか、ということだ。やり直しはできる。今からでも遅くはない。生きてさえいれば。

　摂食障害になってしまった。なりたくてなったんじゃない。気付かぬうちになっていた。摂食障害は私を守ってくれた。支えてくれた。辛い現実から逃げたかった。その術がわからなかった。一人で悩んだ。抱え込んだ。けれども今、私を苦しめている。

　摂食障害はやっぱり自分への虐待だよ。無自覚のうちに。

栄養やらなきゃ身体も脳も心も枯れていくばかり。いつか死んじゃうよ。ありがとうって言って別れよう。病気に頼るより人に頼ろう。自分の支えを見つけよう。"自分を守る"には、まず十分な栄養を与えることだよ。しっかり食べてぐっすり眠る。脳足りんの頭じゃ碌なこと考えないって本当。しっかり栄養やりましょう。

　人間も自然の一部だ。土と水と光が必要だ。光は希望。水は栄養と愛情。そして土は自分自身。土台がしっかりすること。そこに水と光が与えられ育っていくのだ。自分を再構築していこう。病気に引き込まれない自分を創ろう。CHANGEそれはCHANCE。良い方に変わっていこう。

　ふーむ。食事と離れている時には、病気と別れよう、と思うのだけれど、いざ食事を前にすると"病気スイッチ"が条件反射的に入ってしまうみたい。脳内に"病気回路"ができちゃってるみたいに。それを修正するのは想像以上に至難の業なのだ。何も知らない人たちは言うだろう。

　食べりゃいいじゃない。

って。そんな簡単に言うなよ。それができなくて苦しんでるんだ。できたら治ってるよ。怖いんだよ。自分でも何でこんなに体重増えるの怖いのかよくわかんない。でも怖いんだ。病気回路がそうなっているんだろう。怖い中食べていくんだ。一人じゃやっぱりできない。辛くて食べるの止めちゃう。病院だからできている。苦手なものでも、残しちゃいたいって思っても全部食べている。治療だから。一人だと、もういいかって止めちゃうだろうな。だって体重増えるのやっぱり嫌

だもん。でも食べていくよ。怖くても何でも。やっぱり治りたいんだ、私。

　週1回の芳則さんの面会、森を散策30分デート。二人で歩く。自然から、彼から、治るエネルギーをもらう。ありがとう。

　4月19日月曜日、入院7週間。昇る朝日でパワーチャージ。いいことある、かな?　気になっていたクマのプーさんパジャマを買う。ピンクでとってもカワイイの。気持ち上がりますゥ。私って本当単純。

　食事は芳則さんと会話しながら。Bちゃんの声は聞かない。私に力をくれる声を聞いていく。

　森へ。松山千春の「大空と大地の中で」を歌う

　♪生きることが辛いとか苦しいだとか言う前に／野に育つ花ならば　力の限り生きてやれ

　4月20日火曜日。入院50日。35.15kg。一気に1.45kgの増加。びっくり。でも嬉しい。退院が近づいた。もしかして5月中には退院できるかも。このまま食べていけばいいんだ。やったー……。「35kgの壁」もあっという間に突破。35kgってこれぐらいなんだなァ、もっとポニョポニョ、ブタブタしてるって思ってた。ちょっと安心。35kgは今までならば退院の目標体重。何度か体験済みの体重なのに忘れてしまっている。

　摂食障害って、自分が何をしているのかわからなくなるんじゃないかなァ。客観的に見れば明らかにおかしいと思える

のに、死に向かっているのに、自覚されない自覚できない。それほど体重が増えるのが怖いのだ。なんて怖い病気だろうか。

　朝食。体重増加に退院が近づいた、と喜びを感じたが、暫くすると、やはり、こんなに増えてしまった、と動揺もしてくる。

　──こんなに増えたんだから無理して食べなくてもいいんだよ。残しちゃえよ。残してもいいんだよ。

ってBちゃんが言う。ちらっと出て来る。でもすぐ消える。まだ怖さが残っているけど頑張るよー。私に「残す」という選択肢はないのだ。

　T先生が、

　──自分から増やすって言ったのは凄い

って。ウン。そうなんだ。私、凄い‼

　しかし3食完食すると、もうお腹はパンパン120％。やっぱりきつい。脚やお腹も浮腫がでてきてブクブクになってくる。お腹はポッコリ出てきたし脚は太くなってきたし嫌だなーって思う。でも完食続けていこう。それが一番だ。自分を取り戻すゾー。

　病気の囚われから解放されてきたのか少しずつ自分を客観視できるようになってきた。体重、体型の拘りはまだあるが、それがすべてではないと考えられてくる。T先生がよく

　──体型変わっても体重増えても、田本さんは田本さんでしょ。

って言っていたことが、ようやく実感が持てるようになってきた。体重、体型が変わることは私が私でなくなるような気

がしていた。しかし、それは幻想に過ぎなかった。体重・体型が変わっても私は私である。そして内面は良い方へと変わっていくのだ。歪んだ世界からまともな世界へ。病的世界から普通の世界へ。体重・体型よりもっと大切なことがあるのだ。体重・体型なんて本当は瑣末なことである。重要なのは幸せかどうか、だ。1週間で1.45kgも増加していた。このペースで増えていくのかと思うと正直怖い気持ちもあるが、せっかくこんなに食べられるようになったのを減らしたりするのは勿体ない気もする。これだけ食べられることを楽しみたい、喜びたい気がするのだ。夜景が煌めいている。超贅沢な空間。ありがとう神様。せっかくいただいた生命大切に生きていきます。

　4月21日水曜日。今日も昇る朝日を見る。今日も一日生きていく。一食一食を大切に。私の心と身体を作っていく。
　O先生との面談。
　——摂食障害は数学。A＝B＝C。治す＝治療する＝体重増やす。ずっと、治す＝治療するまでは、A＝Bとは理解していたが、B＝C、治療する＝体重増やすがよく理解できていなくて、いろいろ考えてぐるぐる回っていた。やっとA＝B＝C、治す＝体重増やすが結びついた。考えるから行動するというわけではなく、行動していくことで考えが変わる。怖いけど食べ続けてきた。そしてそれが考えを変えていった。
　なるほど。チーム田本に支えられ、やっとここまで来た。揺れ動いたり、ゴチャゴチャ考えてまとまらなくなったりした

時、自分の気持ちを聴いてもらい、アドバイスをもらったり、できていることを褒めてもらって自信をつけたりしながら歩いてきた。支えがなければここまで来れなかった。本当に辛い治療なのだ。「食べる」を愚直に継続していくこと。それが考えを変えていく。「食べる」がしんどいばかりではなく本来の美味しさ楽しさを取り戻していく。「食べる」は「しんどい」ではなく幸せであり楽しみであり喜びである。

　って、やっぱりまだしんどいけどね。早くそこに行きたいね。体型の変化はやっぱり気になるけど、食べていこう。

　ある言葉に出会う。肝に銘じよう。

「自分が変われば行動が変わり、習慣が変わり、性格が変わり、運命が変わる。自分と未来は変えられる」

第5章

2021年4月22日──心は天変地異

4月22日木曜日。今日も昇る朝日を見る。自然は1日として同じではない、変化している。私もより良く変わりたい。出会いは一期一会。一日一生。一食一食丁寧にいただこう。私を創っていくのだから。

　同じ摂食障害と診断名がついていても人それぞれ、どんな生き方を選ぼうとも、その人にとって幸せであってほしいと願う。

　今週一気に1.45kgも増えていた。無理して完食続けているけど、そこまで食べなくてもほどほどに増えていくんじゃないかって思いが過ぎったりする。でも、せっかくこんなに、自分でも信じられないくらいに食べられるようになったんだ。自分から200gにするって言って、できて、そして続けられてきた。胃薬もらいながらでも。止めたら勿体ないし、止めたらまた病気に取り込まれていくような気がして怖い。体重が増えて体型が変わっていく怖さはある。完食を止めたらその怖さからは解放されるかもしれないが、それってまた病気を強めてしまうんじゃない？　そっちの方が嫌だよね。私を幸せにするのはどっちだ？　食べていくこと。その通り!!

　昼食：ご飯200g、フライ盛り合わせ（エビフライ3、小アジフライ2）、卵とじ、酢の物、牛乳。

　ええーっ、エビフライ3つにアジフライまで？　誰が食べるん？こんなにたくさん。ああ、もう泣きそう。こんなに食べたら確実に体重増えちゃうよォー。怖いよォー。まずは深呼吸して落ち着いて。サァ、食べていきましょう。まずは牛乳から。フライの衣は厚くって思わず、引っ剥したくなるけど

ダメ。レモン汁かけて食べていこう。食べていくと、これも美味しいかもって思えてくるから不思議。お腹パンパンで苦しいけど何とか完食。でも本当きつかったァ。身体も心も。こんなに食べる私って凄い、カッコイイ。って思った。ウン、よく頑張りました。偉い！　食べられるって嬉しい。と、アンパンマンの歌が回り出す。

　♪そうだうれしいんだ生きるよろこび
　　たとえ胸の傷がいたんでも
ウン。食べるは生きる。生きるは嬉しい。

　夕食も完食。今日も完食継続できた。揺れながらも完食できてる私って凄いよ。花丸だァ。

　ここまで無理して食べなくても、完食続けなくてもほどほどに体重増えていくさって思いも正直ある。残しちゃいたいって思ったりする。でも、せっかくこんなに食べられるようになったんだから完食止めるの勿体ないって思いが強い。だから完食続けてる。体重増える怖さはあるけど。入院50日ぐらいでこんなふうに考えられるようになったのは初めてかもしれない。

　4月23日金曜日。美しい朝焼け。今日は朝から食べるのがしんどい。こんなに食べなくてもほどほどに体重増えていくんじゃないか。胃薬もらってまで続けることないんじゃないか。こんなしんどい思いまでしなくても、ご飯150gに減らしてもいいんじゃないかって思いに駆られる。何とか踏ん張り完食。でも、初めて朝食で胃薬もらう。それほどにしんどか

った。朝からこれってどうなん？

　どうにも気持ちが収まらない。看護師に泣きながら気持ちを話す。自分から200gにして何とか完食続けてきたけれど正直しんどい。苦しい。こんなに食べなくっても、ご飯150gに減らしてもほどほどに体重増えていくんじゃないかという思いと、せっかく食べられてきたんだから止めるの勿体ない、続けたい、続けようという思いとで揺れ動いている、と。

　彼女は黙って聴いてくれ、長く続けてきて疲れもきているだろう、今が正念場だね。と。聴いてもらい少し落ち着いた。その後面談室で一人自問自答する。

　どうする？　どうしたい？　どうなりたい？

　やっぱり治りたい。また病気に引き込まれたくはない。嫌だ。自分を全うしたい。病気に囚われたままの自分じゃ悲しい、悲し過ぎる。勿体ない。自分を生きたい。しんどいけどやっぱり食べていくんだ！　ファイト！　支えられて前に進む、進めー！

　昼食も夕食もしんどい。時間もいつもよりかかる。でもしんどいながらも食べていくと、こんなに食べられてやっぱり嬉しいって思えてくるから不思議。

　森を歩いている途中、何だか私の中から湧き上がってくるようなエネルギーを感じた。波はあるけど、私、きっと食べていける。食べていった方がやっぱりいい。ここまでやってきて食べる量減らしたら多分後悔しそう。ああ、支えてくれる人たちすべてに感謝。芳則さん、家族、友達、チーム田本、そして調理員さんたち。出会う人すべて。SちゃんもMさん

もその一人。やっぱり人は人から力をもらって生きていくのだ。

　T先生との面談。

　ここまでいいペースで体重増えていっている。浮腫はまだ血中蛋白が足りないのかもしれない。しんどいようなら、長期戦だからドリンクや点滴を使うのも方法の1つ。ドリンクなら胃の負担は軽くなる。摂取カロリーは変えない。ご飯150gにして、代わりにドリンクを取り入れるのはあり。病院でしっかり食べられるようになっておけば退院してから楽、と。

　そうだ、病院で終わりではないのだ。退院してからも「治る」に向けて歩いていくのだ。40kgはゴールではなく通過点なのだ。どこまで増やしていけばいいのだろうという不安もあるが、それも体重が和らげてくれるのだろう。何か不思議。でも当たり前か。体重が増える不安は体重を増やすことで和らいでいくのだろう。

　4月24日土曜日。雲間から朝日が輝くのが見えた。嬉しい。摂食障害が治るために必要なことは何だろう？　それは「治療」。それには本人の意志、支え、食事管理、希望……かな。結局やるかやらないか、やれるかやれないか。何が分けるのだろう。

　人生に意味のないことは何もない。この病気になったのも私には必要なことだったのだろう。何でこんな病気に、という思いは今もあるが、得たものもあるはず。すべて無駄にはしない、したくない。この十数年間も神の恵みなのだ。苦し

みの中にも感謝を忘れない。小さな幸せ見つけていく。当たり前の有り難さ。家族の煩わしさと有り難さ。煩わしさも愛情の一つの形。真ん丸の人はいない、どこか歪で。だからこそ支え合ったり分かり合ったりしながら生きていく。一人で生まれ一人で死んでいく。けれども、一人では生きてゆけない。人間も自然の一部。人には宇宙が内在している。ささやかで偉大。大きな力を秘めている。神から与えられた力がある。それを抑えつけていては勿体ない。解放して生かしていくのだ。

　Ｏ先生との面談。治るために必要なことは何か考えていることを話す。

　——「治る」ために必要なのは「食べる」こと。それをうだうだ考えているのは「食べる」を避けたいと思っているから。先日のフライをきっかけに惑わされている。バランスのとれた食事、主治医とかいろいろ考えているようだが、必要なのは唯一「食べる」こと。食べなくなれば病気にまた巻き込まれる。苦しい怖い中食べている。それを止めたら地獄の苦しみ。今は生みの苦しみ。これは幸せに向かうもの。止めたらまた今まで以上に苦しい世界へ。ドリンクにも点滴にも頼らず自分で食べている。最短距離を歩いている。本当によく頑張っている。凄い。自信を持って。これを続けていく。その先に求めている幸せ、笑顔がある。

　私、治るために必要なこといろいろ考えているのはいいことかと思ったが、私はもう「食べる」ことだとわかっている。それを理屈をこねて食べることから逃げようとしていたのか

……。病気は食べさせないようにいろんな罠を仕掛けてくる。大切なのは食べること。食べ続けること。それしかないのだ。食べる。食べ続けていくことが治ること。「食べる」から逃げないこと。

　私は、木曜日の昼食のフライ盛り合わせのあまりの量の多さに、こんなん食べたら絶対に太ってしまうがぁ、という怖さの中でも完食した。金曜日も今日も苦しいけれども何とか完食できた。でも、また病気に搦め捕られるところだったのか。「治る」ためには「食べる」こととわかっているはずなのに、そこから逃げよう、逃げたいという思いが浮かんできたのか。

　げに恐ろしきはこの病気なり。先生や看護師に支えられ何とか踏ん張った。踏ん張れた。大量のフライを食べたことで、こんなに揚げ物を食べちゃったよ、どうしよう、どうしよう、絶対体重増えちゃう、太っちゃうー、嫌だ、嫌だ、嫌だぁー、って心の奥底では激しく動揺して狼狽えてしまったのだろう。だから食べることから逃げよう、逃げたい、と思ったのかもしれない。ハァー、根深いと言うべきか。それでも食べていかねばならぬ。クゥー。辛いよねぇ。苦しいよねぇ。当然よなァ。「治る」って本当に至難の業なんよなァ。一人じゃしんど過ぎるわ。

　理屈はいいからとにかく完食するのみなのだ。ドリンクも点滴も使わず自力で食べている。食べ続けている。最短距離を歩いている。自信を持って。大丈夫、できてる。自分を褒めよう。田本英子、あなたは凄いよ、偉いよ。必ず治ってい

けるからね。ファイト。うん。

　今日も3食完食継続。苦しいけど何とか。大切なのは決意、実行、継続。これまで主治医は変わっても同じこと言っているんだなァ。病院でだけできても駄目。家でもちゃんとできないとなァ。私、今までなら退院できた35kgを突破したけど、今回はその先40kgまであることに怖じ気付いたのかなぁ。いつもここまではできた。でも、いつも再び病気に取り込まれてしまった。今度こそもう二度と病気に取り込まれないように怖くても歩いていかなきゃ。芳則さんと離れるのはもう厭だ。今度こそ病気とサヨナラするんだ。40kgも通過点、退院してからも食べ続けていくこと。それが治っていくということ。

　自分を生きる。私は人が喜ぶことが好きだ。明るくて、ちょっとお茶目で恥ずかしがり屋で目立ちたがりで、実は食いしん坊で美味しい物が好き。我儘で泣き虫で。ちっともしっかりしていなくって、〜すべき〜しなきゃって小面倒臭いこと考えがちなところが嫌で、もっと自由になりたくって。人からどう見られるか気になる小心者なのも嫌。もっと、〜したい〜しようって思いに素直に、自由になりたい。もっと楽しめばいいんだ。笑ってしまえ。「楽しむことが生きること」なのかなァ。

　今、食べているの。食べていくの。怖さと共に、苦しいお腹と共に。プクッと出たお腹を見るのが嫌なのに、これをどう楽しむ？　怖いけど食べてる私って凄い。苦しい位お腹がプクッと出る位食べられてる私って凄い。そうだ、私、「カバ

丸」になるのだった。美味しそうにご飯食べて「おきゃわりー」って元気良くお茶碗を差し出す漫画の主人公。彼みたく気持ち良く食べるっていいよなァ。怖くっても、美味しく楽しく食べていくのだ。オーッ。

　って。やっぱりこの病気本当辛いんよなァ。でも、私、この54日間で変わってきたよ。心の波はあるけど「食べる」から逃げなかった。それどころか、自分から食べる量を摂取カロリーを増やしていった。そして完食を続けているんだ。これって本当に凄いこと。あんたは偉い！　ご飯200gにして25日目。3月31日から25日間。3×25＝75食も完食してきたのだよ。やっぱり凄いぞ、私。

　でも、また病気に搦め捕られそうになるところだった。「治る」ためには「食べる」しかない。なのにそこから逃げたい逃げようとする考えがムクムクと頭を擡げてきたのだ。主治医や看護師に支えられながら、理屈はいいからとにかく完食あるのみなのだ。ドリンクも点滴も使わず自力で食べている。とても凄いこと。十分過ぎるぐらい頑張っている。最短距離を歩いているんだ。自信もって。褒めて。偉いゾ、凄いゾ、よしよし。このまま行こう。

　4月25日日曜日。入院55日。退院をして治ることを目指してGO－GO－。それには40kgにならねば。怖いけど「食べる」から逃げないでいく。楽しみながら笑って。今日は芳則さんが面会に来てくれる。嬉しい。
「まゆみのマーチ」を読んでいたら涙が溢れてきた。"私がい

る”って。主治医は水先案内人で、そして背中を押してくれる。支えながら背中を押してくれる。決して先に立って「ここまでおいで」と言うのではない。私が歩いていけるように私と同じところに立って肩を抱いて応援してくれている。本当に有り難い。私を信頼してくれているからこそ。私の可能性を信じてくれているからこそのこと。私の「治ろう」という力を。私はそれを信じて歩いていけばいい。怖くてもしんどくても1歩ずつ。ゴールに辿り着くまで。辿り着くんだ。そのために食べる、食べ続ける。私は大きな愛に包まれながら治療を受けている。

　食事は森を見ながら。頭の中で歌を回らせながら完食継続。
　　♪お魚好っき好っき好っき
　　　ご飯も好っき好っき
　　♪お肉も好っき好っき好っき
　　　ご飯も好っき好っき
　120％食べてパンパンに膨らんだお腹を見るのは嫌だけど完食続けていく。フゥー、苦しい、心も身体も。

　4月26日月曜日。入院8週間。昇る朝日を見る。朝焼けも美しい。朝からパンツがちょっときつい。きっと体重up。怖いけど嬉しい。明日の体重測定どうかなァ。きっと増えている、はず。測定前日はいつもドキドキ。1週間の結果が出る。試験結果を待つ気分。

　朝食の煮物にええーって言うくらいの里芋さんが。

　はァー、朝から超炭水化物って溜め息出ちゃう。でも私の

味方さ。

　　♪お芋も好っき好っき好っき

　　　ご飯も好っき好っき

って歌を回しながら、空を森を見ながら、芳則さんのこと
を思ったりしながら怖いけど完食。

　担当看護師Nさんに感謝と怖さとしんどさを話す。頑張り
過ぎず、ぼちぼちと。感謝できるって凄いです。そういう私
を好きです、と。ありがとう。自己肯定感up。嬉しい。

　T先生との面談で、『まゆみのマーチ』を読んで感じたこと
を話しているうちに涙が出てきた。私は大きな愛に包まれて
いる。治りたい。

　夕食時、何本もの飛行機雲が。正に今描かれていく真っ直
な上昇線も。こんなに見たのは初めてだ。神様が私に花火を
見せてくれたのかも。頑張ってるなって言ってくれてるみた
い。

　食事中、肩に力入れてたけど少しゆとりができてきたのか
な。ハードルが少し下がった？

　ふと最初の主治医とのやりとりを思い出した。

「先生は私の可能性を、治そうとする力を信じてくれたんで
すか？」

　──そう思ってくれたら嬉しい。

　思い違いかな。いや、確かにあった。

　夕暮れの空、瞬く街の灯り、満月。時と共に移ろいゆく風
景は心を穏やかにしてくれる。朝から夜までプレゼントの連
続。もう、神様ったら、今日は出血大サービスだァ。ありが

とう。本当にありがとう。ああ、生きていて良かった。

　森に咲いていたマツバウンランを摘んでMさんにプレゼントする。花言葉は「輝き・希望」だと教えてくれた。何て素敵な花言葉だろう。これもプレゼントですね、神様。

　怖いけどやっぱり食べていこう。決意、実行、継続。これしか治る道はない。

　4月27日火曜日。35.25kg。0.1kg増。先週一気に1.45kgも増えていたから、今週はもしかして減っているかもって心配でもあったからホッとした。これだけ食べてもこんなもの？ってちょっとガッカリも。何か混ぜこぜの泣きたくなるような感情。8週で3.6kg増加。1週平均0.45kgのペース。悪くない。でも、今までにないハイペースだ。ちょっと怖くもある。

　岡山でコロナの感染状況がステージ3に悪化したため今日から面会中止になった。次々に起こる試練。週に1回の楽しみが支えがなくなった。私、神様に試されてる？　心をしっかり持ってすべきことをこなしていこう。

　私、何を恐れているんだろう。でもとにかく怖い。変わっていく怖さなのか体型をきちんとイメージできない怖さなのか。40kgぐらいの私ってスマートだったはずなのに、抱くイメージはブタッとしてる。体重、体型への拘りが強いのか、今のままでいい、今のままがいいと思っているのか。

　O先生との面談。

　──田本さんは今、病気の強力な抗いに遭っている。食べるのが怖いのではなく体重＝数字への怖さ。それは錯覚。栄

養をつけなくさせようとしている。今回の入院を最後にしよう。病気に引き込まれたら束の間楽かもしれないけど後が地獄。今が正念場。病気とサヨナラする最後のチャンス。必ず幸せがある。食べ続けること。病気に引っ張られないこと。これまでできてきた、できてるから。

　先生は希望を示しながら勇気を与えようとしてくれる。先生、いつも熱血指導。

　私、できてる。それを続けていこう。自信を持って。

　4月28日水曜日。朝から雨、朝日は見えず。昨日、O先生は私の中に芽生えた不幸に向かう不安の芽を摘み取ろうとしてくれたのだ。私、幸せに向かう芽を育てていく。これまでも育ててきた。それを大きく育てていこう。

　O先生との面談。

　できてますから。大丈夫ですから。行きましょう。って力をくれる。

「先生たちはタフですね」

　──田本さんがタフだから僕たちもタフでいける。

「病気が強い時には先生たちの声が届かない。聞けない、聞かない、聞こえない。先生とのやりとりは不毛のものになってしまう。食べる食べないって」

　──それに気づいたのは凄い。

　やっぱり体重には意味があるんだ。T先生がよく、「35kg以下だと精神療法が始まらない」って言ってた意味が、自分が35kgになって初めて腑に落ちる。やっぱり体重は大切なのだ。

「Ｔ先生を何度も裏切ってきた」

　——裏切ったとかじゃなく、ちゃんと外来通院を続けてきた。僕たちはいつもベストの提案をしている。みんなが、食べて、栄養つけてって言うのはそれがいいことだから。治療は進んできた。これを後退させるのは勿体ない。最悪と超最悪とを繰り返してきたけれど最悪から抜け出して光が見えてきた。このまま歩いていきましょう。

　そうなのだ。しんどくても苦しくてもここまで歩いてきた。後戻りはしたくない。勿体ない。怖いながらも歩いていくんだ。大きな愛に包まれて。

　Ｔ先生との面談。

　——結果出ているからこのままでいこう。辛いことをやっているから長くなってくるとしんどいけど、田本さんはやれると思う。

　私を信頼してくれている。

　朝から泣きそうな気持ち。何故なのかと考えていたけど、夕方やっとわかった。これはきっと喜びの涙なのだ。私はこれまでＴ先生を何度も裏切ってきた。35kg以上に体重を増やすことができずに病気に引き込まれて何度も入退院を繰り返した。けれど諦めないでいてくれて、今回は35kgではなく40kgという数字を示してくれた。私に「治る」と言ってくれた。無理な目標設定ではない。私にとって必要な数字なのだ。怖いけど意味のある数字なのだ。怖いけどそこまで行きたい。その世界を見たい。怖くてもしんどくても。大きな愛に包まれて、一人じゃないんだから。

4月29日木曜日。今日も雨。雨は森を潤す。水は生命の源。私の心にも沁みてくる。

　摂食障害の治療は「食べる」こと「食べ続けていく」こと。当たり前を当たり前にしていくこと。食べることは生きること。食べることは生きる楽しみでもある。その楽しみを取り戻す作業でもある。

　「味わう」。私は入院生活を味わっている。苦しみもあるが甘みもある。悲しみも辛さもあるが楽しみも喜びもある。「味わう」。それが心と身体の血肉になっていく。

　通常よりもひどく“痩せぎす”な身体が“普通”というか基準になっているから、そこから逸脱すると、つまり体重が増えると即太った、太ってしまった、と認識してしまう。まだ十分に、十分過ぎるほどに痩せているにもかかわらず。正常というか通常の認識とは大きく懸け離れてしまっているのだが、それに気付けない、気付かない、気付こうとしない。とにかく体重が増えるのが我慢ならないのだ。一刻たりとも許せないのだ。だから、食べたことをなかったことにしたい衝動にかられてしまう。そして誤った認識を頑なに信じる、固執する。違うよ、そうじゃないんだよ。体重が増えても大丈夫なんだよ、怖がらなくてもいいんだよ。

　思考の偏り、ボディイメージの歪みを、病気と離れてくると実感できてくる。自分のこととして。これはおかしいぞって。『卒業』読了。私、摂食障害を“卒業”する。摂食障害であったことも肯定し懐かしむことができるよう。あんな時期もあったと。人生をハッピーエンドにするために。

ラジオからブルーハーツの「トレイントレイン」が流れてくる。大好きな曲。

　♪世界中にさだめられた　どんな記念日なんかより

　　あなたが生きている今日はどんなにすばらしいだろう

　　世界中に建てられてる　どんな記念碑なんかより

　　あなたが生きている今日はどんなに意味があるだろう

　いままで以上に心に響いてくる。心震え涙溢れる。生きている、それだけで素晴らしい。生きていく、これからも。

　夕食：ご飯200g、トンカツ3個、赤だし、変わり漬、ヨーグルト。

　やっぱりトンカツ美味しい。油の風味が加わった揚げ物って美味しいんだなって思える。以前は揚げ物って最大の敵の1つ。カロリーの塊って感じで。特に衣は引っ剥がしたくなった。今は衣ごと食べる。衣も美味しいんだって思える。美味しさがわかる。

　歪んでいた食習慣を整えていく。当たり前じゃなくなっていたことを当たり前にしていく。当たり前って思えるようにしていく。お腹がポッコリ出るのが嫌だった。今でも3食120％食べていると夜にはお腹がドーンと出てくる。嫌だなって思う私と、あーあ、こんなに出っ張っちゃったよ、こんなに食べられたんだ私、凄いなとも思える。こんなに出ているお腹も朝には凹み、お腹だって空いてくる。食べればお腹が出るのは当たり前。なのにそれが嫌で嫌でたまらない。容認できない。嫌悪する。それを少しずつ当たり前のこととして受け止められてくる。それは食べ続けてきたから。食べていな

ければ、ここまで来ることはできない。食べる、食べ続ける。とても大切なこと。

　4月30日金曜日。入院60日。朝一面の霧。森は幻想的。真っ白な中浮かび上がる木立。次第に日が射し晴れてきた。病気もいつか晴れる。きっと。
　この病院への最初の入院時の担当看護師だったNさんと話す。
　——病気に逃げてきたってよく言ってたけど、そこまで思わなくてもいいのにと思ってた。仕方ないこともあったろうし。
　——これからどう生きていくか、どう生きていきたいのか自分の人生に責任を持つ覚悟を持つ。まず自分の生命を守ること。食べること。自分を労る。守る。人を傷つけるかもしれなくても自分を守る言葉を持つ。
　——もっと自信を持っていい。これまで生きてきた。しんどくても。今怖さを持ちながらも食べている。生命を守っている。
　これからどう生きていくのか、生きていきたいのか、何度も反芻し嚙み締める。これからも様々なことに出会うだろう。まずは自分の生命を守ること。今、私は怖さの中にあっても食べて生命を守っている。これまで生きてきた。自殺することなく。これからも生命を守り、守り続ける。食べることから逃げない。頼るべき時に人に頼る。たった一度の掛け替えのない人生を精一杯に生きたい。やりたいことをやる、やり

きる。やりたいことは、まだ漠然としているけれどもこれからの人たちに幸せな世界を遺したい。笑顔溢れる世界を創りたい。友達が遺した絵本の朗読を通して。スマイルリンクネットワークを作りたい。

　森へ行くと風を感じられるのが嬉しい。桐の花の絨毯が広がっている。ああ、神様からのプレゼントだ。いつも私を見ていてくださって、小さな幸せを日々くださる。ありがとうございます。

　昼食：ご飯200g、クリーム煮、焼きビーフン、和風サラダ、牛乳。

　ああ、もう、このメニュー超苦手。ご飯＋山盛りビーフンの強力Ｗ炭水化物に加えて、こってりクリーム煮、いかにも体重増えそうじゃぁあーりませんかぁ。怖い、でも食べる。食べる、でも怖い。怖い、食べる、怖い。食べる、怖い、食べる。食べる、食べる、食べる、に落ち着く。何かスロットマシーンみたいじゃなぁ。ああ、本当にお腹も心もしんどかったぁ。50分以上かかったけど何とか完食。ふぅー。ああ、しっかりお腹も出ちゃったなぁ。

　昼食後、ベッドに横になっていたら、かつて診療所に作業療法士として勤めていた頃に担当していた患者さん達のことを思い出した。一所懸命リハビリに励んでいたＯさん。なかなか思うようにならなくて、
「先生、甘じゃぁねぇなぁ」
って、よく言ってたよね。本当、私も今、甘じゃぁねぇけど治療頑張っています。見守ってくださいね。その他にも出会

った方々、皆さん、ありがとう。

　このところ、とても涙脆い。どうしちゃったんだろ私。不安定なのかなぁー。

　——生きてていいんじゃない。生きていてほしいんだ。

　そう言ってくれた芳則さん。出会ったみんな。ああ、神様からのプレゼント。生きていく、生きよう、生きたい。生きている、ただそれだけで十分。

　T先生との面談。

「このところわけもわからず泣けてくる。喜びなのか悲しみなのか、わけわからない。やたらと涙が出てくる。不安定なのかなぁ」

　——不安定なんだと思う、表面でなく根っこのところで。体重が増えてくると不安定になる人がいる。未知の領域に向かう怖さ、それくらい意味があること。僕らが500g増えるとか、そんなのと全然違う。体重が増える、体型が変わる。それが激しく動揺するくらい重いこと。それは頑張っているからこそ。根っこの方で病気と健康な心が闘っている。今が正念場。

「これからが本番なんですね」

　——田本さんなら大丈夫。この動揺していることをしっかり感じて。それぐらい意味のあることなんだ。その中でも食べられているのは凄いこと。

　入院60日。今までの入院にはないほどの変化があった。これまでは最後の方で逃げ出したくなったが、今回は今も前向きにやっていこうとしている。何より35kg以上を目指している。もう十数年も行けていない世界、怖くてたまらない。毎

日パンパンに膨らんだお腹を見るのは嫌だ。でも、ここを乗り越えなきゃ先へ進めない。病気を卒業できない。でも怖い。怖さを抱え、それでも歩いていくのはとても辛い。足が止まりそうになる。竦んでしまう。怖じ気付く。でも歩かなきゃ、歩いていかなきゃ。泣いても喚いてもいいから。怖いよォーって叫んでもいいから。とんでもなく怖いんだから。それでも前へ行こう。40kgになろう。

　私にとって40kgになろうとするのってこんなに動揺するものなんだ。とにかく泣けてくる。すぐに涙が溢れてくる。「40kgなんて嫌だぁー」って思い切り力の限り心が叫んでいる。でも、それじゃ駄目なんだ。病気とサヨナラ、卒業できないんだ。私は芳則さんと一緒にこれからを生きていきたい。離れるなんてもう二度と嫌だ。35kgじゃ駄目なんだ。駄目だったんだ。病気に引き戻されちゃうんだ。もっともっと遠くに行かなきゃ。だから40kgを目標にした。さぁそこへ行こう。辛くても怖くても、みんなが待っているよ。みんな私の肩を抱いて大丈夫って言ってくれている。行けるよって言ってくれている。行くんだ、行けるんだ。勝つ、勝つ、克つ。必ず克つ。

　未知の領域に行くのだ。動揺するのは当たり前だ。私にとって35kg以上の体重にしていくということはそれだけ重いことなのだ。それだけやっぱり嫌なことなのだ。その嫌なことを毎日毎日一日3回来る日も来る日もしていくのだ。辛いに決まっている。でもそれは希望に向かうことでもあるのだ。私を幸せに導くことなのだ。怖い怖い恐ろしく怖い。この動揺

する自分をしっかり味わおう。達成できた時の大きな喜びに繋がるから。40kgになろうとすること。それは生半可では出来ないくらいに覚悟がいることなのだ。私にとってこの貴重な体験を何としても成し遂げよう、味わいながら。みんながついている、一人じゃないんだ。

　私、こんなに動揺する中でも、こんなに不安定な中でもちゃんと完食できている。自分を褒めていい。先生も凄いよと言ってるんだ。私、凄いことしているんだよ。これからも続けていこう。自信を持って。ファイト！

　これからもいろんな場面に出会うだろう。そんな時、自分を守っていける力を持つこと。今、私は怖さの中でも食べ続け自分の生命を守っている。これまでも生きてきた。これからも生命を守り続けていく。食べていくんだ。生きていくんだ。

　5月1日土曜日、5月は涙と共に始まった。私にとって35kg以上の体重にしていくということはこんなにも怖いことだったのか、と改めて思う。私にとっては天変地異級の変化なのだ。心の奥で、体重増えるの嫌だぁー！　体型変わるの嫌だぁー！　怖い、怖過ぎるゥー！って力の限りに叫んでいる。動揺し不安定になり、やたらと泣きたくなる。参ったなァ、これほどとはなァ。こりゃこれほどまでに抵抗されるならこれまで失敗してきたはずだ。私が思っているよりも、もっともっとずっとずっと、病気は根深くて手強くて。でも今度は違う。私は卒業する人生を選んだ。芳則さんと二度と離れたく

ない。しんどくても辛くても負けない。今度こそは前に進む。怖くてもみんながついている、一人じゃない。私できる。やってやる。やってみせる。

　今日の担当看護師Iさんが言ってくれた。

　——今、この未踏の地に踏み出して不安定な中、心の奥の方で本当によく頑張っている。田本さん自分で褒めることが少ないからもっと褒めてあげて。

　ああ、そうだ。私、自分を励ましてはいるけどもっと褒めよう。私、本当によく頑張ってる。偉いよ。よしよし。

　しかし、35kg以上に体重増やすことがこんなにも私を不安定にさせる動揺させることだったとは思いもよらなかった。「35kgの壁、40kgの壁」と先生たちは言っていたけれど、想像以上に大きく強く立ちはだかる。こりゃ今まで退院してやろうとしていたのはとても無理だったのだなァ、と納得する。入院治療の意義は、いつもすぐ側に支えてくれる人がいること、そして食事も作ってもらえるってことが大きなこと。自分で作ると苦手なものは避けちゃうだろうからなァ。

　動揺している私、不安定になっている私をしっかりと味わおう。これだけしんどい中にあっても私は遣り遂げることができたのだと思うために。今までにない達成感を味わうために。私、しんどくても苦しくて辛くてもできるから。だって病気とサヨナラする、卒業するって決めたから、固く、強く。

　これからどう生きるのか、生きたいのか。病気と訣別し、心から笑って過ごすこと。自分を活かすこと。そのためにまず生命を身体を守る。それには食べること、食べるを止めない。

○先生との面談。

　──田本さん、凄いことをやっている。体重増えるの怖い。怖くて治療を途中で逃げる人もいる。で、また体重落として病院に運ばれたり入院したり、それぐらい怖い。これまで60日できてる、できてきた、ここで止めるのは勿体ない、田本さんできる、自信もって。これまでできてきたから。大丈夫。

　みんなが支えてくれる。私、やる、やれる。私は今凄いことをしているんだ。35kg以上に体重を増やすことがこんなにも怖いことだったなんて。こんなにも私の心を掻き乱し不安定にさせ心に激震をもたらすなんて。涙がすぐに溢れてくる。自分でもわけわかんない。とにかく泣きたくなるのだ。顔が歪んじゃうのだ。私はこれまでここから逃げ出してきたのだ。逃げてまた病気に取り込まれて引き戻されて。それを繰り返してきてしまった。摂食障害とサヨナラする、卒業するためにはこれからが本番だ。病気の抵抗はこれまでの比じゃない。

　これ以上体重増えるの嫌だぁー、体型変わるの嫌だぁー、怖い怖い怖い、怖過ぎる、止めろーって力の限り叫んでいる。私だって苦しい中毎食120％ぐらい食べて夕方にはパンパンに膨らんだお腹なんて見たくもない。でも、ここで止めてしまったらまた元に戻っちゃう。せっかく入院して60日も毎日完食続けてきた。怖さを抱えながらも。悪魔の囁きに抗いながら天使の囁きを味方につけて。本当の闘いはこれからなんだ。こんなにも苦しく辛い思いをしてでも克ち取る価値があるものが待っている。この苦しみをしっかり味わうがいい、達成した喜びを最大限感じられるように。苦しみながらもせっか

くここまで築き上げてきたものを崩してしまうのは勿体ない、勿体なさ過ぎる。また一からになる。もうそんな余力も時間もない。これが最後のチャンスだ。こんなに準備が整ったことはないゾ。自分の覚悟がこれまでとは違う。主治医、看護師、栄養士等スタッフにも今まで以上に恵まれている。環境だって最高の部屋だ。毎朝生まれてくるエネルギーをいただけるのだから。このチャンスを逃してどうする。後はやるかやらないか、できるかできないか。これまで60日やってきた、結果を出してきた。自信持ってそれを続けるだけ。先生も看護師も「大丈夫」と言ってくれている、私が私に自信持たずしてどうする。

　私、今までよくやってきたよ。本当によくやってきたよ。凄いよ。それを続けていこう。決意、実行、継続、できている、これからもできる。私が苦しさを怖さを抱えていることを十分理解してくれているみんなが、スクラム組んで私を支え背中を押してくれる。迷い、戸惑い、逡巡し、足が竦んでしまうのを、「大丈夫、できるよ」って。

　私の一歩は幸せに向かう一歩だ。幸せに向かっていく一歩だ。喜びと共に歩もう。60日前、私は自分に匙を投げかけていた。治ることを諦めかけていた。それを40kgという目標を、怖くてたまらない目標を、でも幸せに向かう目標を、先生が立ててくれた。怖くて怖くてたまらない、でも治るために行きたい場所だ。60日経って35kgまで来た。ここから先はこれまで挫折していた。それを乗り越えようとしている。怖いのは当たり前だ。行ったことのない場所へ、行きたくても怖く

て行けなかった場所へ行こうとしているのだから。でも今度は一人じゃない。いつもすぐ側には支えてくれる人たちがいる。もう一度自分を信じてみよう。

　60日間やってきたんだ。それも今までにない速いペースで、自分でも驚くほどの勇気をもって。今までの私じゃない。退院して一人じゃない。大丈夫、大丈夫、私、今度こそできる。

　3食120%食べてりゃお腹はタヌキのようにパンパンさ。見たくもない程嫌だョー。だけどこんなに食べられた、こんなに食べたんだって褒めてやりたくなる。偉いゾ、凄いゾ私って。そして、タヌキみたいだカワイイゾってポンポン叩いてやりたくなってくる。よしよしってしたくなってくる。相反する2つの感情。厄介だなァ全く。でも、嫌がるだけじゃない私って凄いワって思ったりするんだ。

　私は芳則さんの側でいつも笑っていたい。病気の時は、心も身体もしんどくて、イライラしたり、急に悲しくなったりして。乱気流の嵐の最中にあるような、ジェットコースターのような、激しく乱高下を繰り返す感情。自分で自分を持て余すほどに。そんな自分が嫌で自分を責めて。心は下向き、内向き、悲しみ行き。病気を卒業して心からの笑顔を取り戻したい。心から美味しくご飯を食べて朝起きるのが嬉しいって私になりたい。かつて朝起きるとまだ生きていたのかって絶望していた私が、朝を迎えるのが嬉しいって。怖くて食べることができなかった私が、食べることが嬉しいって。細やかな、でも、とっても大きな、長い間遠ざかっていた幸せをこの手に掴む。掴みたい。

夜の闇の中を列車が走ってゆく。銀河鉄道のように。私も
「ほんとうのさいわい」を手に入れたい。

　5月2日日曜日、久しぶりに朝日を見る。今日一日のエネル
ギーをもらう。
　朝食。食欲ない。食べたくないなァ
　♪これだけ食べたら太っちゃうゥー
　　これだけ食べたら太っちゃうゥー
　　でも、でも、でも、幸せに向かうエネルギー
　　私の大事な味方さァー
　って歌を頭の中で回しながら完食。
　しかーし、食後、急に泣きたくなってくる。多分喪失感も
あるのかもしれない。今までとは違う体型に変わる。変わっ
てしまう。自分が、これまでの自分が変わってしまう。理屈
というか、理性的には、幸せに向かう、健康になる等々、い
いことたくさん待っているはずなんだけど、感情は、やっぱ
り体重増えるの怖いし、体型変わるの嫌だし、長年付き合っ
てきたこの身体に愛着みたいなものあるしなあ。腐れ縁の恋
人みたいなもんかしら。とにかく動揺しているのだ、私。不
安定になっているのだ、私。これほどの揺れ幅は35kgまでと
は明らかに違うもっともっと大きなもの。そりゃそうだよね。
35kgまでは今まで曲がりなりにも何とか到達できた場所。そ
こから先は挫折の歴史。怖くて到達できなかった、到達した
くなかった領域へと足を踏み出し、更に歩き続けようとして
いる。病気の抵抗は強いし、今まで取り込まれてきたし、尻

込みするのは足が竦むのは当然のこと。でも、今までの私とは違う。60日間完食を続けてきた実績と自信がある。いつもすぐ側に支えてくれるスタッフがいる。必ず勝つ、克つ。

　今日の担当看護師Hさんに、苦しい思いを話すと、

　──体重が増えてくると不安定になってくる。葛藤も出てくる。治りたいと思っていても気持ちがついていかない。それはみんな一緒。頑張っているから起きること。みんな通る道。治る過程で必ず起こってくること。田本さんだけじゃない。思いを吐き出しながら。それで気持ちが整理されたりストレス解消に繋がったりする。そしてモチベーションを維持していくことが大切。

　そうだ、私だけじゃないんだ。治るためにはみんなが通る道なんだ。歩いていこう。気持ちを受け止めてくれる人が側にいるのって本当にありがたい。

　昼食途中、しんどくなってきたので『銀河鉄道の夜』の一節を読んでパワーチャージして完食。

「なにがしあわせかわからないです。ほんとうにどんなつらいことでも、それがただしいみちを進む中でのできごとなら峠の上り下りもみんなほんとうの幸福に近づく一あしずつですから」

「ああそうです。ただいちばんのさいわいに至るためにいろいろのかなしみもみんなおぼしめしです」

　そうなのだ。「しあわせに近づく一あしずつ」苦しくても報われるのだ、歩き続けていけば。その時々にふさわしい言葉に神様は出会わせてくださる。

私、今59歳。50代最後の年。孔子の言うところの天命を知る年代。私の使命って何だろう。本を書くことなのかな。同じ病気で苦しむ人が勇気づけられるような。

　さて、現在のこの不安定な苦しい状況をいかにしたら楽しむことができるであろうか。「楽しむ」とは孔子によると、

　ただおもしろくおかしく愉快だ、ということではない

「夢中になって打ち込んでいるときの充足感に満ちた心の状態」をいうのだそうだ。なるほど、ならばこの苦しい状況も私は楽しめる。治そうと治ろうと夢中になって食べていけば、ああ、今日も3食完食できた、よくやった、嬉しいって満足できる。でも、その一方で、あーあ、食べちゃった、体重増えるよなァって思うんだよなァ。あーあ、全くもって本当に厄介な病気だ。

「幸せ」＝しあわせはかつては「仕合わせ」と書いていた。「仕」は仕事の意。していること。してきたこと。「合う」は合わさる＝積み重ね。いままでしてきたことの積み重ねのことでいいことも悪いこともある。いい仕合わせ、悪い仕合わせとあったが、いつのころかいいことだけの幸せになったらしい。そうか、幸せの裏には辛さや悲しさもある。辛さや悲しさの先には幸せが待っている。

　なるほど、今の苦しみ辛さは幸せに繋がるのだ、十分味わおう。そして十分喜ぼう。幸せに向かう途中なのだから。

　初めて今回入院してからの日記を読み返す。これまでも揺れてきたけど私完食継続してきた、できた。今、大きな揺れが来ている中でも完食継続できている。大丈夫だ。自信を持

とう。私は日々病気に勝ってきたのだ。今日も完食継続。お腹はパンパン。体重増えるよなァ……それで良し。そうなのだ。"それで良し"なのだ。今日の天気は曇ったり晴れたりおまけににわか雨まで、目まぐるしく変わる。まるで私の心みたいに不安定。でもいつか晴れる。

　5月3日月曜日。入院9週間、昇る朝日を見る。パワーチャージ！　パンツのお腹回りがきつくなっている。どれぐらい体重が増えたんだろう。いつかこのパンツも穿けなくなるのかなァ。複雑な思い。"よっしゃー、嬉しい"のと"あーあ、ちょっと悲しい"のと両者混在。全くもう。
　朝食後、急に泣きたくなることもなく落ち着いている。体重増えることに観念し始めたのかなァ。受け入れつつあるのかなァ。きっと体重増えている。今日も増える。増えていく。しょうがないよね。ウン、「これでいいのだ」。でも体型気になるゥ。
　O先生との面談。
　──摂食障害の治療はシンプル。「食べる」こと。そしてこれは必ず結果が出る。だけどとても辛い。そこが厄介なところ。ずっと完食できてきた。それ以外は深い沼。一度落ちたらなかなか這い上がれない。これが最後のチャンス。もし大崩れしても僕たちは諦めない。治療を続ける。でもしんどいのは田本さん。せっかくこれまで積み上げてきたものが勿体ない。40kg、45kgと遥か先を見ると、とてもそこまでとか怖くなったりする。目の前の一食一食を大切にしていけば気が

つけば40kg、45kgに。40kgはまだとても痩せている。45kg
ぐらいになるとちょっと痩せているかなぐらいになる。そう
すると世界が変わってくる。怖いのはよくわかる。でもここ
まででできている、大丈夫。

　――これまで一度も点滴、鼻腔栄養とか言ってないでしょ
う。ドリンクも。田本さんエリート、凄い。10年以上苦しん
で克服できたら凄いこと。田本さんできる。

　――いろんなことがいいように重なってきてる。奇跡は努
力している人にしか起こらない。田本さん頑張っている。こ
れからもいい偶然が重なっていいこと増えてくる。

　――最後のチャンス。できる。自信揺らいでない？　大丈
夫、ここまででできたから。60日、180回、凄い。

　いつも熱血面談。力をくれる。一食入魂。目の前の食事を
完食していく。それを積み重ねていくだけ。怖くても何でも。
ウン。

　ハァー。辛いけど辛いからやる、楽しみながら。病気はい
ろんな罠を仕掛けてくる。食べることを回避させようとする。
でも、それに乗っては駄目。同じことを繰り返してしまう。今
度は振り払い前を向いていく、行くんだ。

　ウー、しんどいけど今日も3食完食。もうお腹パンパン、タ
ヌキ以上に出っ張っている。トホホ。明日絶対体重増えてい
る。この1週間揚げ物weekだったもの。それにこのお腹見た
らもう絶対そうだ。どれぐらい増えているんだろう。怖いよ
うな嬉しいような。体重増えるのやっぱり怖い。こんなに出
っ張ったお腹なんて見たくもない。けど今日もちゃんと完食

できた。怖いけど食べれば美味しいって思えるし、こんなに食べられたって嬉しいし、完食を止めるなんて考え、私にはもうない。TVの占いによると今週は努力が報われるのだそうだ。明日、きっと増えているはず。期待と怖さと、もう、どっちなんだよ、全く。

　5月4日火曜日。36.1kg、0.85kg増加。一気に36kg台に突入。怖いけどここまで来たんだ。ご飯200gにして5週間で3.25kg増。1週0.605kgの増加。ちょっとハイペース。怖さはもちろんあるけど、まずは増えていてホッとした。退院に近づいた。今の食事を続けていけばいいんだって安心感もある。36kgになったけどこんなものなのだ。パンツのお腹回りちょっときつくなった。お腹も出てきた。でも、これでいいのだ。受け入れよう。その一方で、増えちゃったなァとも思う。本当に厄介で面倒臭い病気。でもみんな通った道。病気に飲み込まれないようにやることやっていく。そう、完食を積み重ねていけば40kgに到達する。退院できるんだ。怖いけど怖さ抱えて歩いていく。うだうだ考えてもやることは一つ。完食するのみ。

　この病気の治療って「食べて体重増やすこと」って本当にシンプル。なのに本当に辛くて苦しい。全く厄介な病気だ。体重が増えるのを素直に喜べない。退院が近づく、元気になるとかいいことなのに、あーあ、増えちゃったっていつも思うのだ。本当の私は喜んでいるのにBちゃんは悲しむ、やばいって思う。これ以上増えないように、増やさないようにす

る。いや、せっかく増やした体重を減らそうとさえする。食べないように、これまで以上に動いてカロリーを消費させようとする。それに飲み込まれちゃ駄目。「幸せ」が遠のいちゃう。みんな通った道。通らなければいけない道なら行くしかない。怖さはもちろんある。辛い。でも必ずできる。一食完食する毎にゴールに近づく。しんどくてもゴールに辿り着ける、必ず。辛さは喜びを深くするスパイスなのだ。この際味わおう。治るために通らなければならない道ならば少しでも楽しんでしまえ。泣くことさえも。

　考えてみて、ご飯200gにして今日で5週間、5×7×3＝105回も完食してきたんだよ、胃薬飲みながら。凄くない？　凄いよ、ウン。偉いよ、とっても。うだうだ考えてもいい、当然だ。それが病気なんだから。大切なのは病気に流されないこと。取り込まれないこと。やることをやり続けること。

　やっとここまできた。この5週間で何と3.25kgも増やしたんだよ、怖いって思いながらも。凄いじゃないか。自信を持とう。美味しく食べられるようにもなってきてるよ。ちゃんとすべて口から食べて栄養摂れてるよ。点滴にもドリンクにも頼っていないゾ。ちゃんとしっかり味わっているよ。これを続けていこう。あともう少しだよ。9週間で4.45kg増やした。退院まであと3.9kg。これまでよりもこれからの方が少ない数字だよ。きっとできるよ。大丈夫。私はできる。強気と冷静さ、今こそ出す時。

　夕食：ご飯200g、ハンバーグ3個（粉ふき芋4、人参甘煮2付き）グリーンスープ、グリーンサラダ、ヨーグルト。

ふへーん、夜にこんなん食べたら絶対太るじゃん。今日は朝サツマ芋、昼長芋、夜ジャガ芋ってお芋3連発じゃー。はァー食べるのしんどい。ああ、もう体重増やすのが目的なのに心の奥底で、体重増えるの嫌だぁー！　体型変わるの嫌だぁー！って思いっ切り叫んでいる。うぅ、やっとのことで完食。もうお腹パンパン。タヌキ以上の太鼓腹だょォ。あーあ、こんなに食べちゃったょォー。確実に体重増えちゃうよォー。いやァー、治るって治していくってつくづく甘じゃーねぇなァー、全く。本当に厄介な病気。辛いぜ本当に。でも今日も完食、ごちそーさま。これでいいのだ。

　5月5日水曜日。立夏。夏が始まる。今日も完食継続していこう。治るに向かって。
　こどもの日。子どもの頃の私ってどんなだったかなァ。母が言うには、人の前に出る子だったらしい。バスの中では見るもの口にして、三菱のマークを目にすると
「あっミツムーシマークら」
って声出して、ちょっと恥ずかしかったって。七五三の写真を見ると唇をキュッと結んだ可愛い子。我ながら綺麗な目をしていると思う。小学生の頃には、よく遊んでいた土手がコンクリートに覆われていくのを見ながら
　大人は馬鹿だ。こんなことして、今に地球からしっぺ返しを食らうんだ。その時にはもう遅いんだ。
なんて思うような子だった。いつの頃からか人見知りするようになって、無口で、人前に出るのが本当に苦手な子になっ

ていった。あんまり笑わなくなっていった。

　両親には海水浴や動物園にも連れていってもらったなァ。私、可愛がられていたんだろう、愛されていたのだろう。それに気づけない時期もあったなァ。

　昼食には柏餅が出た。やっぱりなァ。でも私、子どもじゃないからいらないんですけどォ。でも食べるよ。柏の葉、いい香り。粒あんはちょっと嬉しいけど太るよなぁ、残しちゃいたい。でも駄目駄目。久しぶりに食べてみるとやっぱり粒あんって美味しい。好きだ。そういえば、おばあちゃん、柏餅を手作りしてくれたなァ。いつだったか餅が葉から剥がれなくて食べるのに苦労したこともあったっけ。おばあちゃん、いろいろ作ってくれたなァ。どれも美味しかった。懐しい。食べ物は思い出も作ってくれる。「食べる」を心から楽しみたい。美味しい、嬉しい、楽しい、ああ、幸せって。「食べる」にうだうだ考えないで、ただ心のままに食べていきたい。美味しそう、あー美味しい、幸せって。いつになったらできるのだろうか……。もどかしいけど、一食一食の積み重ねしかないのだよねぇ。はァー、辛いわ、やっぱり。でも、でも、止めない、諦めない。まずは40kgまで。そしてその先へ。怖くて怖くてどうしようもないほど怖くても、支えてくれる人たちがいる。大丈夫。

　コロナのせいで面会中止になってしまった。週1回30分間の楽しみが、支えがなくなってしまった。早く帰りたい、帰りたいよォー。そのためには体重増やすって怖いことをしなきゃならない。全くもう。この病気って本当しんどい、治そ

132

うとすると。でもそれは私が治ろうとしているっていうこと。病気に取り込まれないように踏ん張って抗っているっていうこと。それを9週間も続けてきた。凄いこと。続けていこう、心から笑えるために。でもしんどいんよねー。全くもう。

　夕食：鶏唐揚げ4個、木の芽あえ、温麺、ご飯200g、ヨーグルト。

　ハァー、揚げ物に麺ですか。木の芽和えは季節感あって嬉しいけれど、唐揚げは全然カラッとしてなくて油っこいんですけどォ。温麺は普通のすまし汁の方がいいんですけどォ。残しちゃいたいけどやっぱり食べます。ご飯200gになって108食目。完食。私、偉い。でもでもこんなタヌキっ腹、本当は嫌、でも受け入れていく。

　5月6日木曜日。ゴールデンウィーク明けは太陽と共にやってきた。やっぱり朝光を浴びるとパワーもらえそう。今日も1日ファイト、一食入魂だ。味わおう。苦みも甘みも酢っぱさも。それが私を育ててくれる。

　朝食：ご飯200g、みそ汁、シュウマイ3個、マリネ、ゆで卵、チーズ、オレンジ、牛乳。

　もう、朝からシュマイってどうなん？　しかも3個もあるよ。みそ汁のカボチャ多すぎるゥ。デザートみたいに甘いんよ。ご飯200gはやっぱり多いんよねぇ。もう途中でお腹いっぱいなんだから。本当毎食120%なんよォー。正直疲れちゃう。でも飛行機雲や走りゆく新幹線、森の緑を見たり、芳則さんはちゃんと起きられたかなァーとか思いながら完食。

昼食：ご飯200g、卵豆腐のあんかけ2切れ、炒め煮、酢の物、牛乳、ミニ鯛焼き。

　もう、2日続けてお菓子なんかいらない！　残したい。食べたくなーい。卵豆腐は美味しい。炒め煮のナスは油っこい。酢の物美味しい。ああ、ご飯200gきつい。やっと食べてもお菓子が残っている。クゥー、でも食べる。絶対体重増えてるよ。あーあ、お腹だってこんなに出ちゃったし、泣きたくなってくる。もう、体重増えることに対して抵抗強いんだなァ全く。本当にこの子いなくなるのかなァ。いつまで続けたらいいんだぁー。あぁ、もう、私、きっと疲れてきたんだ。今日入院66日。66×3＝198食。初日は昼夕だから197食。今日夕食までで、はァー200回近くも病気を抱えながらも完食してきたのかァ。疲れもするわな、ウン。でもまだ先があるんだゾー。いつになったらいなくなるんだ？ Bちゃん。ああ、もどかしい。

　森を散歩。森の奥には「私の木」と名付けた木がある。小高い丘の頂上近くに立っている。枝を天に向けすっくと立っている。けれども、根本から蔓がからまって窮屈そうだ。その姿は今の私。病気が纏わり付いて苦しんでいる。私が痩せれば病気の諦め付けば緩んで楽になるが、それは私が枯れていくこと。死へ向かうこと。私が大きくなっていけば、締め付けは強くなる。苦しい。でも私は逞しく育っていく。だから苦しい。そのうち蔓をブチ切って自由になってやる。見てろよ。私、負けない。しっかり根を張り私を逞しく生きていく。生きてやる。

『そして、バトンは渡された』読み始める。もう最初から心を鷲掴みされた。温かく包んでくれる作品。こんな本書きたいなァ。食事風景の描写に特に魅かれる。私もこんなふうに食べられるようになりたいなァ。どれも美味しそうに食べている。

　私、この治療を本当に辛いと思ってきた。だって食べることが治療なのに、食べて体重増やすことが治ることなのに、それが怖いんだから。怖くても食べ続けていかなきゃならないんだから。辛いに決まっている。でもね、それはいいことなんだよ。治ろうとしているから辛いし苦しいんだ。私の中の健康な本来の私が病気と闘っているからなのだ。ってことはこれは喜ぶべきことではないか。幸せ・希望に向かっているってことなんだから。辛くっても完食継続できるって凄いよ私。だったら悲劇のヒロイン気取って悲しむよりも希望を持って笑っていこう。みんな大丈夫って言ってくれてる。待ってくれてる人がいる。喜びと共に一歩一歩歩いていこう。私一人じゃない。みんな通った道。ちょっと、いや大分歳とってるけど、引き返されてばかりきたけど。

　　♪歩こう歩こう私は元気
　　　歩くの大好き　どんどん行こう、ヘーイ!!
　神様は乗り越えられない試練は与えないという。私きっとできるから。今、この辛い状況も楽しんでしまおう。ちょっと変?なメニューでも、苦手なものでも。これ好きってきっとなれる、かなァ?
　夕食:ご飯200g、牛肉炒め、ごま酢和え、和え物、ヨーグ

ルト。

　おあー、大盛りとはいえこの量の多さよ。野菜好き。でも
たっぷり過ぎる位ある。牛肉炒めは言わずもがな。はァー。酢
の物好き、和え物もよし。牛肉炒めは味が濃くってご飯にの
っけると丁度いいかも、ってなかなかご飯にのっける勇気が
出ず。大分食べてからやっと on the rice。おっ、やっぱり丁
度いい感じ。時間かかったけど、完食。

　夜、今日も私を抱きしめる。心の内で語りかける。

　今日もよく頑張ったねぇ。お疲れ様。

　ありがとう私の心と身体。

　いつも一所懸命だねぇ。もう少し肩の力を抜いてみようか。
息切れしちゃうぞ。先はまだある。

　一食一食大切にしながら、でももう少し楽しめないかなァ。
食べるって本来楽しいものだから。ま、それができない病気
なんだけど。楽しんでしまいたい、辛さの中であっても。い
い加減体重増えるの受け入れられないのかなァ。

　そりゃ怖いけど、怖いだけじゃないだろう。希望に向かう
ことだよ。

　身体が楽になってくる。心が楽になってくる。やりたいこ
とができる。未来が広がる。スマイルリンクネットワーク創
りたい。

　5月7日金曜日。今日一日を楽しんで過ごしたい。さて、ど
うやって楽しく過ごそうか。昨日苦しい位食べたのにお腹
ペコペコ。朝ご飯早く来い。しかーし、

朝食：ご飯200g、みそ汁、塩もみ、昆布豆山盛り、ゆで卵、味付のり、チーズ、パイン、牛乳。

　ああ、何てこった、苦手な昆布豆。甘くっておかずにならないよぉ。それもこんなにいらんし。でも煮豆っていえば、おばあちゃんがよく作ってくれたなァ。美味しくってちゃんとおかずになる味付けで。そういえば、お母さんはパートで煮豆を作っている食品会社に行ってたっけ。小学生の頃だったか会社に行ったことあったなァ。みんな優しく可愛がってくれて。今はもうその会社もない。やっぱり食べ物は思い出に繋がるんだなァ。

　私、子どもの頃、何も考えず美味しく食べていたんだろうなァ。今はいろいろ厄介だ。楽しく美味しく食べたいなァ。ハァー、溜め息出ちゃう。

　昼食：ご飯200g、牛乳、焼き肉風、卵豆腐、酢の物。

　どこが焼き肉風なんかよーわからんワ。炒め物ちゃう？付け合わせは焼きトウモロコシかァ。おばあちゃん、トウモロコシ植えていたっけ。今のように甘くなくて、焼いて砂糖醤油を付けてくれたっけ、懐かしい。卵豆腐には干シイタケのあんがかかっている。干シイタケの香りはおばあちゃんの煮物を思い出す。懐かしさに包まれながら完食。苦しいけど満足満腹120%。

　夕食：ご飯200g、鮭のエスカベッシュ1.5切れ、ポークビーンズ、パンプキンサラダ、ヨーグルト。

　ポークビーンズは給食で食べたなァ。お肉が苦手で食べられなくって残って食べさせられたっけ。ちょっと辛かった。鮭

はやっぱり美味しい。嬉しい、好き。サラダにレーズンも入ってデザートみたく甘いけどこれはこれで美味しい。森を見ながらの食事なんてちょっと贅沢。等々思ううちに完食。お腹苦しい。

　今日は3食共ちょっと肩の力抜けたかなァ。

　T先生との面談。

　──増え方はジグザグだけど増えていっているのでいい調子。

　──食事の時に目の前の食事に集中って感じじゃなくて他のことを考えたりしているのはとてもいいこと。食べ物のことばかり考えて食事してるわけじゃないから。

　そうなんだ。いい傾向なのだ。嬉しい。そうだよなァ。食事のことばかり考えてるわけじゃないものなァ。どうやって食べようかって目の前の食事と格闘って普通じゃないよ。ってことは少し普通に近づいたのかなァ、というか私の理想に。『そしてバトンは渡された』を読んでいると、いろいろあったけど私は幸せだったのだ、と思えてくる。いつだって美味しいご飯があった。当たり前のようでいて、幸せなこと。

　5月8日土曜日。オレンジ色の朝日を見る。ベッドから見えるこんな贅沢ちょっとない。パンツのお腹回りがきつくなっている。きっとまた体重増えたんだ。あーあ、でもきっとこれでいいのだ、ウン。美味しいご飯は人を幸せにする。美味しく嬉しくご飯を食べられるって幸せなこと。

　朝食：ご飯200g、みそ汁、炒め煮、ごま和え、ゆで卵、チ

ーズ、バナナ、牛乳。

　またしても炭水化物三銃士。ご飯、ジャガ芋、バナナさん。しっかりいただきましょう。毎朝のゆで卵とチーズはとっても嬉しい。頑張ってる私へのご褒美みたい。炒め煮の豚肉は薄切りがミルフィーユみたいに重なって角切りみたい。何か朝からお肉ってちょっと嬉しかったりする。苦手だったお肉が嬉しいなんて凄いじゃないか。じゃが芋、おばあちゃんが植えてたなァ。「キンカイモ」って言ってたっけ。ジャガ芋と玉ネギを入れた鶏ガラスープ、煮物、ワカメとの味噌汁等どれも美味しかったなァ。いろいろあったけど私、愛されていたんだ。やっぱり食べ物って思い出を紡いでくれる、幸せを届けてくれる。しっかり味わおう。って、ご飯200gはやっぱり多いんだよねぇ。でも、私カッコイイ女ですから食べます。って、バナナもあるんですけどぉ。はい、いただきますよ。フーテンの寅さんの映画で、寅さんがどこかの会社の会議中に、包装された大きな一房のバナナを差し入れるシーンがあったなァ。お母さんが「昔はバナナは貴重で高かったんじゃ」って言ってたなァ。今は身近な果物になったなぁ、なんて思っていたら完食。はい、ごちそーさま。

　O先生との面談。食事中にいろいろなことを思ったり、森を見たりしながら食べているうちに完食していることを伝えると、

　──素晴らしい、凄くいい。食べなきゃってことに集中していないで、他のことを考えられるようになるのは、その延長線上に御主人とのランチやディナーがある。田本さんが望

む、美味しく楽しく食べることに繋がっていく。いろんなこ
とを話したりしながら、次どこへ行こうとかこれ美味しいね
とか。食べなきゃという田本さんと、怖いという病気に割り
入って、いろんなことを考えたりするというアイテムが増え
て、田本さんの力になって病気を追い出そうとしている。凄
くいいこと。

　35kgになって揺れたけど食べ続けてきたからここまで来た。
素晴らしい。

　嬉しい。先生たちが言っていた、食べ続けていけば食べて
いくのが楽になるってこういうことなのかな。

　――穏やかになってきた。以前はイライラしているような
感じがあったけど。エネルギッシュに話すのは変わらないけ
ど表情とかが穏やかになってきた。田本さん頑張ってきてい
いことばかり、いいことしかない。このままいきましょう。

　栄養不足の時には待てなくていつもイライラしていたし、こ
うじゃなきゃっていう強い拘りがあったけど、今は「ま、こ
れもありか」って思えるようにもなってきた。ちゃんと脳に
栄養がいってきたのだな。私、良くなってきているんだ。

　担当看護師のNさんと話す。先生たちとのやりとりを話す
と一緒に喜んでくれる。応援することしかできなくて、他に
もっと何かできないのかなと思うと。十分です。これだけ多
くの人が一緒に喜んでくれる。苦しみや悲しみを受け止めて
くれ、それをわかった上で、励ましたりしてくれる。応援し
てくれる人たちがいる。こんなことそうそうない。私は幸せ
者だ。これで治らないわけがない。必ず治る。治ってみせる。

私は大きな愛に包まれて日々を生きているんだ。

　昼食：ご飯200g、鶏肉の甘辛煮3個、すまし汁、もろみ和え、牛乳。

　鶏肉はピーナッツを塗してあって美味しそう。付け合わせは茹でキャベツ。おばあちゃん、鯨肉の砂糖醤油焼きの付け合わせに必ず作ってたなァ。もろみって金山寺味噌みたい。おばあちゃんもお母さんも輪切りにしたナスを油で焼いて金山寺味噌添えてくれたなァ。美味しかった。お母さんの作る唐揚げ、美味しかった。私、いつもあったかいご飯を作ってくれる人がいて、美味しい物を食べていたんだなァ。それって愛情があればこそだよなァ。有難い日々だったのだ。ああ、やっぱり食べ物って大切。身体だけじゃなく心も育てるんだ。

　いろいろあったけど、逃げ出したいほどに厭な家庭だと思ってきたけど、でも私、愛されてもいたのだ。それに気づけなかったのだ。馬鹿だねぇ。でも子供の頃の、そしてあの頃の私はそんな見方しかできなかったのだ。仕方ない。その頃の、精一杯の私だったのだ。

　私は真面目に考え過ぎてきたのだ。〜するべき、〜であるべきって窮屈で厳しくて。ギリギリ、キリキリというか、余裕がないというか。〜したいとか、〜しようとかって、もっと心のままに、もっと気楽に。そう、楽しめばいいのだ。人生は楽しいことに満ちている。きっと。

　いつの頃からか、私は笑っている写真が少なくなった。いつも何かを考えているような顔をしている。苦しむ道を選んだのか、自分を苦しめてきたのか。でも仕事をしていた時の

私、結婚式の私は、弾けるような笑顔だ。嬉しくて、〜した
いって思いが溢れ出ている。あの頃を思い出そう。そして今
を楽しもう。「治療」だって楽しめる。だって、私がしたいこ
とをしている。そう、「治る」っていうことを。笑っちゃえー、
楽しんじゃえー。深刻な顔をしてても余計苦しいだけだよ。っ
て、やっぱりしんどいんだけどね、実際。かつての担当看護
師のNさんが、

　──大きなことをやるんじゃなくて、「続ける」って地味だ
けど大事なことを今やっている。着々と進んでいっている。自
信持って。

　ありがとう。そうなんだ、本当に「続ける」って大切で。そ
れをしてきたからこそ、ここまで来ることができた。これか
らも一歩ずつ積み重ねていくんだ。

　夕食：ご飯200g、鰆のしょうが焼き2切れ、中華サラダ、カ
フェゼリー、ヨーグルト。

　鰆かァ。幼い頃は、魚屋のおじさんが行商に来て、鰆を買
って刺身にしてもらってた。あの頃は高級魚じゃなかった。お
母さんはよく煮付けにしてたなァ。カフェゼリーを初めて食
べた時、ほろ苦くてちょっと大人になった気がしたっけ。ど
れも美味しい。200gのご飯はやっぱり多くてお腹パンパン、
でも完食、偉い！

　しかーし、毎食120％食べるから夜にはお腹がタヌキ以上
だョ。ふえーん、泣きたくなってくる。

　本当、見るのも嫌。でも毎日見たくもない現実から逃げな
いで受け入れようとしている。嫌だぁーって思いながらも。こ

れからも嫌なことに出会うだろう。でも、私、ちゃんと受け止めて、そして助けを求めて前に進もうとするだろう。そうできるようになっていくだろう。今、そのトレーニング中。すべてのことに意味があるのだ。

　Sちゃんから話がしたいって。火曜日に退院すると。病棟でいろいろあって大変だったらしい。そんな中でも完食してきたことを凄い、偉いって褒めた。頑張ったね、おめでとう。目標ができて、早く太りたいって。そうか、凄いゾ。私も頑張る。

　5月9日日曜日。久しぶりに朝から日が射す。太陽が眩しい。今日もいい一日にしよう。しんどくても笑って、笑って。

　芳則さんに電話する。今日は川掃除だったが、父が出てこないので電話すると、体調が今一つだったからとのこと。それよりも、母の方が心配。トイレに座り込んだままふらついて動けなくなったそうだ。疲れが出たらしい、とのことだったが、心配で実家に電話する。誰も出ないので、弟の携帯に電話する。母の具合は心配しないでいい、と言う。が、気になって仕方ない。もし何かあったら、と不安になる。今、はっきりとわかった。「いる」ということがどれだけ貴く有り難いことか。もし母がいなくなったらと思うと悲しくて「いる」ことだけで十分なのだと思い知る。再度実家に電話すると、まず父が出て、「ちょっとだるかったがもう大丈夫」と。母にかわると、思ったより元気そうな声で安心する。良かった。今日は母の日。「母の日、おめでとう」って言うと、嬉しそうな

声で「ありがとう」って。私がプレゼントしたチュニックを
とっても気に入ってくれたようで嬉しい、ありがとう。母が
いる、父がいる、それだけで十分。私もきっとそうなのだ。
「いる」だけでいいのだ。早くみんなのところへ帰っていこう。
そしてみんなで美味しいご飯を食べよう。

　食事時、祖母や母が作ってくれた料理や一家団欒を思い出
す。誰かを思って作られたご飯は心をあったかくする。幸せ
にする。いろいろあったけれど、ゴタゴタもあったけれど、確
かなことは、私は愛されてきたということ。今ならわかる。け
れども、子供の私にはそのことに気づけず、厭なことばかり
が目につき、心は傷つき、どうしていいかわからなくなって、
とにかく逃げたかったのだ。厭で嫌でたまらなかったのだ。

　森を歩く。風はとても強いが心地良い。風を感じ、鳥のさ
えずりを聴き、花を緑を愛でる。何と贅沢な時間。病気でい
ることを忘れさせてくれる大切な時間。人間も自然の一部な
のだと実感する。素直になればいいのだ。受け入れよう、体
重が増えていくことを。それが私のやるべきこと。そしてそ
れが、私のやりたい「治る」へ繋がっていくこと。

　35kgからもっと体重増やしていこうとして酷く不安定にな
っていたけど、今は少し穏やかになってきている。怖いし体
重増えるのを嫌がる病気がなくなったわけじゃないけど、し
ょうがないもんね。治るために通らなきゃならない道。通る
道。通りたい道。歩いていくしかないよね。これまで食べ続
けてきたんだ。自信を持って歩いていこう。みんながついて
いるから大丈夫。怖じ気付きそうになっても、しんどくてへ

たり込みそうになっても、みんなが支えてくれるから。助けてーって、声を上げるから。思いを伝えるから。私、行くよー。

　青空の広さよ。それに比べ、なんてちっぽけな人間。でもそのちっぽけな人間が泣いたり笑ったりして生きている。何て愛おしい存在。せっかく生まれ生かされているんだ。自分で自分を苦しめるのは止めよう。人は苦しむために生まれてきたんじゃない。幸せになるために生まれてきたんだ。日々を楽しもう。辛さもしんどさも幸せに向かっているのだから。幸も不幸も自分が決めるのだ。

　生きているって素晴らしい。日を浴びる。雨に濡れる。風を感じる。花を緑を愛でる。風の音を鳥の声を聴く。草の匂いを嗅ぐ。人を愛する、自分を愛する。生きている、生かされていればこそ。たった一度の掛け替えのない人生を生きていく。

　すでに私は幸せの中にいる。更なる幸せを目指して求めて進んでいるのだ。ちょっと強欲？　いやいや今まで不幸と思い込み馬鹿なことをしてきたのだ。十分過ぎるぐらい幸せになっていい。

　夕食：ご飯200g、すき焼き、シラス和え、ナスの浅漬、ヨーグルト、ジョア。

　ええーっ、何ですき焼にジャガ芋が入っているの？　それも山盛りじゃないかぁ。これじゃ肉じゃがやないのかーい!!ご飯とでW炭水化物だよぉ。はァ、心していただきましょう。そういえば、家のすき焼きには大根が入っていたなァ。子供

の頃は生卵が苦手で、火を通して半熟位にして食べてたなぁ。茄子はよく塩もみにしてくれたっけ。穫れたての茄子で美味しかったなぁ。はァー、たっくさんのジャガ芋。でも食べてみると何か懐かしい味。おばあちゃんの煮物みたい。嬉しくなる。食べ物は思い出という宝石をくれる。ご飯やっぱり多いなァー。苦しいよォ。森や空を見ながら、はい完食。ごちそーさま。クゥー。お腹パンパン。これだけ食べたんだ。きっと体重増えてる。怖くもあるけど、みんなのところへ帰るんだ。これでいいのだ、ウン。

　5月10日月曜日。入院70日。久々に山から昇りゆく朝日を見る。パワーもらっていいスタート。今日も頑張ろう。自信を持とう。私、できてる。Yes, I can. Change is Chance.
　朝、これまでブカブカだったパンツがお腹や脚のフィット感が違ってきている。きっと体重増えているんだろうなァ。どれぐらい増えているんだろう。期待と怖さと。本当に厄介だ。
　私、「頑張り過ぎないようにね」って、よく言われる。肩に力入り過ぎてるんかなァ。一所懸命過ぎるんかなァ。一杯一杯で余裕がなさそうなのかなァ。でも、頑張っていることを認めてくれた上でのアドバイス。確かに私これまでもガーッと突っ走って、途中でコテッと電池切れみたくエネルギー切れってことよくあったもんなァ。程を知る。いい加減じゃなく、「いい加減」を掴みたい。頑張ることも大切。それを楽しめたら素晴らしい。
　O先生との面談。

146

——体重が減ってくると太るから食べるなという病気が取り憑く。体重が増えてくるとその病気が取れていく。本来の田本さんに戻っていく。BMI＝15以下では医療者の声を聴こうとしない、病気が強くて。15以上になってくると精神療法ができるようになってくる。

　昨日の母のことを話し、「いる」だけでいいんだと思えた。「〜すべき」「〜でなければ」と思って、何かをしなければならないように思ってきたが、「いる」だけで十分なのだと思えた、と。

　——「〜でなきゃ」とかの囚われから解放されてきて、何か大きなことを為すとかではなく、愛する人の側にただいる、それが本当の幸せ。一緒に食事したり、出かけたり、それが幸せ。

　病気の囚われから離れてくると、病気の強い時には気づけなかったことに気づいたり、おかしいんじゃないかと思えてきたりする。やっぱり体重増えることは幸せに向かうことなんだ。

　味覚も戻ってきている気がする。病気が「美味しそう」「食べてみたい」を抑圧したり「美味しい」って感じさせないようにしているように思える。病気が取れてくると、その抑圧から解放されて本来の味がわかってくる。素直に味わえる気がする。実際、栄養状態がよくなってくると、味覚のセンサー、味蕾がちゃんと反応できるようになってくるのだろう。枯れた身体と心に栄養、大切なこと。手遅れになり枯れ切った状態では吸収することはできない。そこまでさせる怖い病気。

ちゃんと治療を受けることが大切。生命を守ること。

　実家に電話する。すぐに母が出る。元気そうな声だ。かかりつけ医を受診したところ、目眩だろうと言われた。注射してもらい夕方5時過ぎまで寝ていた。今朝は空豆ご飯を作った、と。そして、デイケアが楽しみ。理学療法士が、今までいろんな所でリハビリしてきたけど母とリハビリするのが一番楽しい、武勇伝が聞ける、と言われた、と嬉しそうに話す。そうだなァ。母はいつもいろいろあっても何とかなるって思っている節がある。肝が座っているというか、人生を楽しんでいるのかもしれない。私はいろんなものに雁字搦めになって窮屈な生き方してきたんだなァ。「楽しむ」ってことができなかったんだなァ。真面目でいい子ちゃんで来た、演じてきた。本当はそうでもないのに。だらしなくっていい加減なところがあって。本来の私ってきっともっと大らかなのだろう。苦しめてたんだなァ、自分で自分を。馬鹿だなァ、もっと解放してやろう。病気の囚われから離れてくると、それもできそうに思える。だって、人は楽しむために生きているのだから。

　担当看護師のNさんにO先生とのやりとりを話すと、共に喜んでくれる。そして私と芳則さんとの関係を、「お互いがお互いを大切に思って、支え合って、とても素敵」って。私は芳則さんに支えてもらってばかりで何もできていないって思い込んでいたけどそうじゃないんだ、と思えた。そして、「御主人はいい人と巡り合ったって思っている」と。「みんなに感謝の気持ちを伝えてやさしくって」と私のことを褒めてくれる。私、もっと、自分に自信を持っていいのかな。

「明日の体重測定は楽しみでもあるしドキドキもする」と言うと、御主人を思う気持ちが楽しみに変える、というようなことを言ってくれた。そうなのだ。増えるって彼の側に帰ることに近づくんだ。幸せなこと、大切なことなんだ。人を愛するって凄い力になるんだ。自分一人のためじゃなく、誰かのためでもあると思えると辛くても頑張れる。苦しみさえも喜びに変えていくんだ。

　食事の度に、幼い頃の思い出が次々に蘇ってきたりする。嬉しい思い出たちは心を穏やかにしてくれる。今、美味しいって思えている。ああ、やっぱり食は幸せを運んでくれるんだ。それを拒否してたなんて馬鹿だなァ。勿体ないなァ、幸せの思い出たちを忘れ、食を苦しく、辛いものにしてしまった。ごめんね。でも、それでもよく今まで生きてきた。偉いよ、ウン。

　Sちゃんと最初で最後の森デート散歩。Sちゃんが、入院中いろいろあったけど、その度に私と話せたことで支えられたって。ありがとう。Sちゃんの力になれたことがとても嬉しい。私も頑張るよ。

　5月11日火曜日。36.0kg。0.11kg減。あんなに頑張って食べたのにショック。でも、めげずに完食継続だ。10週間で4.35kgの増。1週0.435kgのペース。ご飯200gにして3.15kgの増加。1週0.502kgのペース。いいです。来週はきっと増えている。腐らずやることやっていく。

　T先生に、体重増えることはいいことだと理性ではわかっ

ているが、怖がる嫌がるのが明らかにいる、何故なのか自分でもわからない。自分でも言葉で表現できない。わけわかんない、と言うと、

　——それが正しい認識だと思う。すべて理屈で表されることばかりじゃなく、この病気はわけのわからない体験なのだと思う。

　治療は確実に進んでいる。週500gぐらいはいいペース。このままいけばいい。

　嬉しい、おっしゃー、やるゾ。

　新聞のコラムで素敵な言葉に出会う。

「これまで」を肯定することが「これから」の礎になる。

　Sちゃん退院。手作りリースと、お母さんからはハンドタオルのプレゼントをいただく。ありがとう。本当に楽しかったよ。元気でね。

　5月12日水曜日。薄雲に覆われた朝日。やさしい日射し。これもまた好し。森は緑が一層濃くなっていく緑滴る頃。自然はいい。与えられた中で精一杯生きている。私も自然の一部。与えられた生命を大切に生きたい。

　O先生との面談。

　——40kgになっている時の動揺は35kgから40kgに向かおうとしている時より小さいと思う。

　その根拠を問うと、

　——医学的には脳に栄養がいって、体重が減ると表れる病気の囚われが弱くなっている。40kgという目標を達成したと

いう達成感や、これからいいことがある、ということ。それが大きい。35kgから40kgへと向かう時、大きな動揺があったが、その中でも完食続けてきたことは凄いこと。

　食事にかかる時間を初めて聞かれ、大体30〜40分ぐらい、メニューによっては50分ぐらい、と答えると、

　──それも完食続けてこられた要因かも。時間が長くなると葛藤が強くなって余計食べられなくなる。「怖い」状況が長く続く。田本さん、肩に力が入ってたかもしれないけど「食べるんだ」と食べてきたのが良かったのかも。

　なるほど、タイマーで時間を図ったりする意味がわかった。所要時間もポイントなのだな。

　──田本さんが書きたいと思っている本は、治ってこそのもの。同じ病気になった人たちの力になる。治るまで頑張ろう。

　──体重が増えていっても、これ食べたら太るかなって思いが出てくるかもしれない。それは誰にでもあること、気にしなくていい。大丈夫。

　不安になる中、「大丈夫」は魔法の言葉。

　今日も3食完食。メニューに遠い記憶が蘇える。心がほっとするような、思わず笑顔になるような思いを運んでくれる。肩の力がふっと抜ける。美味しいって嬉しいって感じられてる。十数年前にはとても想像できなかったなァ。

　ちょっとだけ、体重増えてもいいよね、しょうがない、諦めようって思えるようになってきた。3食120％完食すれば、お腹はパンパン、タヌキ以上の太鼓っ腹、苦しいぐらいに膨

らんでいる。あーあ、って、ちょっと悲しくなるのと、よく食べたね今日も、って、愛おしくもなってくる。本当よく頑張ってるよ私、ウン、偉いゾ。食べていくことで食べるしんどさが軽くなるって本当だ。

『そして、バトンは渡された』の中の合奏曲の一節

　　──はばたけ明日へ　まだ見ぬ大地へ新しい大地へ

　　生きる喜びを　生きる喜びを

　　広がる自由を求めて　広がる自由を求めて

　これ、私が今やろうとしていること。40kgは私にとって新しい大地。そこは病気の囚われから今より解放された自由な世界。そこで生きる喜びを十分に味わうのだ。怖くても行く価値のある世界へ私は向かっているのだ。恐れなくていい、前へ進むのだ。

　今回の入院、私は逢うべき人に、逢うべきものたちに出会えたのだ。だから私、幸せを感じているのだ。私、治っていける、きっと。

　5月13日木曜日。昨日からの雨は朝方に上がった。止まない雨はない。今日もいい日にしよう。

　考えてみれば、3食120%食べるなんて人生初。パンパンに膨らんでドーンと出っ張ったお腹が嫌だったりするのも当たり前ァ、見たことないもの。でもそんなにたくさんの食べた物を消化吸収しようと頑張っている私の身体って、やっぱり愛おしいよね。

　心にエネルギーがないと、何だか不幸の種を探している気

がする。自分で自分を苦しめてしまう気がする。変わろうと
する勇気、一歩踏みだす勇気にはエネルギーが必要なのだ。

　朝食：ご飯200g、みそ汁、サゴシの西京漬2切れ、おかか
和え、ゆで卵、チーズ、バナナ1本、牛乳。

　うわーい、ゆで卵しっとりオレンジ色の黄味、うっれしー
い。お魚も2切れ。和え物も。好きな物ばかりだ。バナナ1本は
きついけど嬉しく苦しい朝食。もちろん完食。ごちそーさま。

　昼食：ご飯200g、鱈のトマトクリームソース2切れ、オニ
オンスープ、フレンチサラダ、牛乳。

　"おっしゃれーな"メニュー。クリームソースは太りそう、で
も美味しそう。食べてみると美味しい。スープのベーコンだ
っていだだきますョー。サラダも美味しい。どれも美味しい。
量が多くて苦しいだけ。体重増えたっていいんだもーん。と
にかく食べる。美味しく食べる。嬉しいって食べる。でも食
後のポッコリパンパンお腹は愛おしくもあり、あーあ、でも
あるのだ。ああ、もう厄介だっちゅうの！

　午後、森を散歩する。ふと思った。もうすぐ還暦。生まれ
変わった自分、病気だった自分、今までとは違う自分になっ
て生き直すんだ。すべては巡り合わせ。全てが合わさって大
きな力になって私を病気とサヨナラさせようと、サヨナラし
ようとしている。このチャンス必ず活かす。チャンスは準備
し努力している者にしか巡ってこない。

　治っていけるなら怖くても40kgでも45kgでも行ってみたい。
行きたい、自由な世界へ。生きる喜びを求めて。辛く苦しい
のはわかっている。けれどそれは喜びと共に。私が日々して

いることは未来へ繋がる意味のあることなんだ。怖いけど怖いからこそ、怖さを抱えて進んでいく。飛び立つために。病気を卒業し、あんなこともあったなァと懐かしく振り返られるように。これまで頑張ってきた。諦めかけても何度でも。だからこそ、十数年前ロッキーのテーマを頭の中に響かせながらリングに立つような覚悟で食事と向き合っていたことを、たかが「食べる」ということを「食べる」という当たり前のことを闘いながら泣きそうになりながら毎日毎日繰り返していたことを、馬鹿みたい、でも本当に一所懸命だったんだよねって愛おしく懐かしく思えるようになった。それは食べ続けてきたから。決意、実行、継続してきたから。私、凄いよ、偉いよ。これからも歩き続けよう。更なる幸せが待っている。

　芳則さんがいて私がいて、美味しいねってご飯を食べながら、こんなことがあった、今度あそこへ行きたいとか笑って話して、芳則さんは残さず何でも食べてくれて。こんな楽しいこと、こんな幸せなこと、退院したら毎日できるんだ。何て幸せなんだろう。うまくいかないことがあっても、二人で話し合ったり誰かに相談したりして楽しくなるようにしていけばいい。二人寄り添って笑顔で過ごすんだ。そこへ行くのに、そこへ戻っていくのに何を恐れることがあるだろうか。体重増えるって、治っていくって、病気から自由になって自分を取り戻すことだよ。「食べる」「食べ続ける」ことでそれが叶うんだ。何て素晴らしい、何て素敵。ああ、ワクワクするじゃないか。喜びの中進んでいけばいい。

　夕食：ご飯200g、チキンカツ3個、五目煮豆、ごま和え、ヨ

ーグルト。

　チキンカツ！　芳則さんの大好物。彼の独身時代からの行きつけのお店（そのお店も今はもう無い）で必ず食べた。私は豚ヒレピカタ。おじさんおばさん元気かなァ、芳則さんの夕食は何だろう、何食べてるの？　煮物はおばあちゃんが昆布と大豆で作ってくれた。うずら豆の煮豆も美味しかったなぁ。ああ、懐かしい。

　チキンカツはカラッと揚がっていて美味しい。煮豆もごま和えも。胃の容量120％で苦しいけど美味しく完食。また幸せへと近づいたんだ。一食、そう一食完食する毎にゴールに幸せに近づいているんだ。嬉しいことなんだ、このパンパンに膨らんだお腹も一所懸命に消化吸収してくれようとしてるんだ。ありがとう。

　私の側にはずっと芳則さんがいてくれた。静かに変わらず見守ってくれていた。その幸せ、その大きな愛に私は気づかずにいたんじゃないのか。何者かにならなければ、と踠き苦しみ。でもそんなのはどうでもいいことで、私はただ芳則さんの側にいられたらそれで十分なのだ。平穏な幸せ、その大切さに気づく。生きている、それで十分。

　Mさん、退院おめでとう。手紙をくれてありがとう。閉ざされた未来の扉の前まで導いてくれたって、私の存在は絶大だったって。とっても嬉しい。ありがとう。

　5月14日金曜日。雲間から見えるオレンジ色の朝日。芳則さんが待っていてくれると思うと頑張れる。でも無理は続か

ない。楽しもう。

　朝食。体重増えるゾってＢちゃん。いいんだもーん、そしたら家に帰れるんだもんね。私、強くなった、かな。

　ご飯多いけどやっぱり美味しい。総カロリーを変えずに、ご飯150gとドリンク1本とにした方が楽かなってちらっと思ったりするけど。ちらっと過ぎるけど。しんどいけど、やっぱりご飯美味しいんよねぇ。このままでいこう、ウン。

　昼食：ご飯200g、揚げ魚のスウィートチリソースかけ2切れ、冷奴、中華煮、牛乳。

　揚げ物は苦手だけど食べると美味しい、ご飯も美味しい。私、長い間避けてきたんだなァ、勿体なかったなァ。何でも美味しく食べられる普通の生活を取り戻したい。「普通の生活。なんでもない穏やかな日常」それがどれだけ幸せで有り難いことか、今ははっきりとわかる。かつての主治医の言葉が心に染み入る。

　私、毎日、カフェのテラスで、そして夜はホテルのラウンジで夜景を見ながら食事をしている。ま、妄想ですけど。以前は揚げ物やご飯、芋などの炭水化物が出るとイジメか、と思ったり、嫌々しょうがなく食べていた。今は美味しいって思える。「美味しい」がわかってきた。変われば変わるものだ。美味しいものを食べて治っていけるなんてラッキーじゃないか。楽しみながら治療続けよう。「継続は力なり」を実感する。

　森を散策していると、様々なことが思い浮かんでくる。最初の入院、芳則さんは1年以上も待っていてくれた。その後も何度も入退院を繰り返してきたのに私を責めることもせず、い

つも変わらず支え続けてくれた。私はいつも穏やかで大きな愛に包まれていた。なのに私は芳則さんに何ができただろう。自分のことしか考えない本当に子どもだった。痩せていたい、そのことに固執するばかりで。本当にごめんなさい。今度こそ病気とサヨナラする。辛くったって頑張れる。

　人生は選択の連続だ。朝起きるかまだ寝ているか、から始まり、何を食べるか何を着るか等々、小さな小さな選択の連続、積み重ね。それが日常を作っていく。何でもないようなことが実はとても大切。大きな変化はない。穏やかな平和がある。摂食障害の治療もそうじゃないかな。選択の連続。毎食毎食食べるか食べないか、何を食べるか、どれぐらい食べるか。人によっては過剰な運動をするかしないか、等々。体重が増える怖さに飲み込まれるか、怖さを抱えてでも自分のするべきことができるか、その小さな選択の連続が結果となって表れる。

　私は治っていきたい、病気を卒業したい、その一念で怖くても何でも完食を続けてきた。本当にしんどくて辛くて逃げたい気持ちになることもあった。病気に負けそうになることもあった。でも何とか踏ん張った、踏ん張れた。支えてくれる人たちがいたからこそ。一人じゃここまで来れなかった。これからも歩いていく。一歩一歩「普通の生活」目指して。今を大切に生きていく。

　曲がりくねった道を歩いてきた。その先には自由な世界が広がっている。病気の囚われから解き放たれた世界が。そこへ向かって歩いていく。

夕食：ご飯200g、豚肉のはちみつ味噌焼き3切れ、カボチャコロッケ2個、わさび和え、ヨーグルト。

　芳則さん何食べてるのかなァ、私もしっかり食べるよ。コロッケ2個かァ。きついなァ。わさび和え美味しい。豚肉もちょっと甘いけどまァいける。食べ進めるも、ご飯とコロッケが残ってる。ご飯やっぱり結構あるなァ。と、ここで何故か淀川長治さん登場。

　——はい皆さん、怖い怖いカボチャコロッケですねぇ。これからどうなるんでしょうねぇー。気になりますねぇー。さァどんな展開が待っているんでしょうねぇ。楽しみですねぇ。さァ、じっくりとご覧ください。

　と、続いて古舘伊知郎さん出てくる。

　——おーっと、ここでカボチャコロッケ出てきた。油と炭水化物がタッグを組んだハイカロリーな1品、さァどうする田本英子。おーっと、ここでレモン果汁を取り出した。なるほど、揚げ物をさっぱりとさせる作戦のようであります。と、掛けたァ、レモン果汁ゥ。これで食べ易くなったかァ？　さァ、そして口に入れた。どうだ、どうする。おーっと、美味しそうに微笑んでおります。これは田本の作戦勝ちかァ。しかし、まだご飯もあるゾ。おーっと、ここで手にしたのはふりかけだァ。なるほど、ふりかけの力を借りる模様であります。コロッケとご飯を交互に口にしております。カボチャコロッケとご飯、W炭水化物炸裂。田本怯むことなく食べ進めております。なんと風景を見たり微笑む余裕すら見せております。恐るべし田本英子。体重増えるゾ攻撃に打ち勝っているのか

ァ。頼もしい限りであります。さァ、残りあと一口、田本迷うことなく口に入れた。咀嚼し飲み込んだ、と、ここでゴーング。田本見事に勝利いたしました、天晴れであります。また一歩幸せへと近づいたァ、拍手であります。

　食事中、笑っちゃった。食事の実況中継なんて普通せんわなァ。急に二人が出てきて思いきり遊んで楽しかった。こんなの初めて。変な私。でもいいの。

　そうえいば、淀川さんの名言にこんなのがあったなぁ。
「思えば神様は人間をゆたかに幸せにするためにいつも苦労させるのだ」

　そうなのだ。この苦しみは幸せになるためのものなのだ。でも、辛いんよ。でも、だからこそ楽しむよ。

　5月15日土曜日、入院75日。今日は芳則さんが私が頼んだ物を持ってきてくれるけど面会はできない。すぐ側まで来るのに会えないなんて辛いよ。早く帰りたい。そのためにも怖くっても何でも体重増やしていく、幸せに向かっていく。

　森は新緑から深緑へと姿を変えてきた。あるがままに。自然は素直だ。私は私の本当の気持ち、「治りたい、怖くても」に素直に食べていこう。自然のように。与えられた今を、生命を、大切に生きてゆく。

　Ｏ先生との面談。昨日、子供だったと思ったことを話す。
　──子供っぽかった、ということじゃないか。何かと理由をつけて食べないようにしていた。食べなくてすむ言い訳を探していた。子供が駄々をこねるように。それがわかる、そ

う思えるようになってきたということ。

　昨夕の夕食時のことを話すと、

　──食べ物に関してだったけど、いろんなことを思うのはいいこと。景色を見たり、いろんなことを感じたりしているのは凄くいい。ここまで食べてきて栄養がいってきたから。

「私がまともになってきているってことでしょうか。いいことなんですよね？」

　──いいこと。ここまで続けてきたから。田本さんが続けてきた。自信持ってこのまま行きましょう。

　やっぱり「継続は力なり」なのだ。

　今日も3食完食。もう何でも来ーい！　とにかく全部食べてやる。風景見たり芳則さんのこと考えたりしながら食べていく。私はテラスのような所で美味しく食事している。芳則さんはちゃんと食べているのだろうか。

　甘味って美味しさに繋がるのかなァ。病気はそれを感じさせないように抑圧しているのかなァ。甘いは太るって。美味しく食べられるって幸せだよなァ、まだ恐る恐るではあるけれどね。

　新聞へ投稿する原稿を書き上げる。掲載されるといいなァ

　5月16日日曜日。原稿を投函する。掲載されますように、パンパン。

　体重増えるの怖がる自分はいるけれど、もうしょうがない、増えた方がいいんだって諦めというか開き直りのような気持ちにもなってきて、一時期よりは落ち着いてきた。慣れもあ

るのかなぁ。継続は力なり、なのだろう。

　親友からのメールが届く。

　——英ちゃんもどうか立ち上がれますように。心から願っています。

　ありがとう、頑張るよ。

　体重増えるのを怖がる気持ちはあるけれど、とにかく、しかも美味しいって思いながら食べられている。毎食120％一日3回完食。偉い。OKです。これを続けていこう。その先に退院がある。ファイトじゃ！

　「かさぶたまぶた」読了。主人公政彦の言葉。

　——強くなんかない。余裕なんてどこにもない。ただ間違ったことしたくなくて、正しい理想の自分になりたくて……ずっとがんばってきただけじゃないか……。おとなは「折れる」だ。ポキン、ポキンと折れてしまう。

　何かよくわかる。私もそう。間違ったことしたくなくて、ずっと頑張ってきた。そしてポキンと折れちゃう。しなやかな竹になりたいのに。でも私、少しは竹に近づけているかも。今まで何度もポキンって折れてたけど、今の私、いろんなことに出会いながらも受け止めつつ前に進んでいる、進もうとしている。ポキンって折れないで。辛いことに出会っても「治る、治りたい」って本質を見失わないでいる。大切なこと、私、できてる。

　5月17日月曜日。入院77日、Wラッキー7だゾ、いいことあるかな。「生かされているだけでしあわせ」そうなのだろう。

生きている、生かされていることに感謝して一日一日を過ごしていこう。今を大切に生きていこう。

　雨に煙った森も幻想的で素敵。天は必要な時に必要な物を与えるのだろう。それを有り難く受け取って、自分の血肉にしていく覚悟を持とう。病気になったこと、病気を卒業しようとしていること、それぞれに意味がある。私は私を生きていく。病気に取り込まれていた私。悲しいけれど、それでもその時の一所懸命さ。病気に気づき、病気とサヨナラしたいと苦しみ踠いていた日々。今も踠いているけど、あの頃とは違う。成長した、かな。

　雨も良し、曇りも良し、晴れも良し。入院生活を楽しもう。自分のやることをコツコツと続けていって充実した日々を過ごそう。

　体重増えるの怖がる気持ちは少しずつ小さくなってきている。続けてきたからだよ。

「エビスくん」読了。

　——奇跡は起こる、神様は、おる。

　泣ける。神様はきっといる。努力する者に力をくれる。「努力」を辞書で引く

　——ある目的を達成するために、途中で休んだりなまけたりせず、持てる能力のすべてを傾けること（三省堂新明解国語辞典第二版）

　なかなかに厳しい。でも今、私、確かに努力している、しんどい中頑張ってる。

　〇先生との面談。

「怖さはあるけど体重増えないと退院できないし、もうしょうがないって思うようにもなってきた。食べるとどれも美味しいって思えるし、こんなの作ってくれたなァって思い出すし。この病気って本当に悲しい。そんな幸せを避けようとする、させまいとする」

　——美味しいって思えるのは病気が弱くなってきたということ。病気は食べさせまいとする。美味しい、と思うと、食べよう、となる。それを嫌がる。美味しいと思えるのは本来の田本さんが戻ってきた。

　最近読んだ新聞に掲載されていた摂食障害の少女の記事のことを話す。

「『食べさせる人はみんな敵に思えた』と言ったり入院を拒否したりした彼女の気持ちがわかる。母親が、『痩せていくのを見ながらどうしようもできなかった』と。私もしんどかったけど周りもしんどかったんだと思った。いいこと何もない、本当に悲しい病気」等。

　——病気が弱くなってきたからそう言えるようになった。食べるのが怖い、とか。病気と向き合っているから。「病気」と認めると「治療」しようとなる。病気が強い時なら食べるのが怖いと言えない。他の理由をつけて食べるのを避けようとする。食べるのが怖いと認めず、「怖いか」と聞かれても、「いいえ」と答える。「また頑張って食べます」などと答える。本当の気持ちを言えるようになったのは病気が離れてきたから。食べてきたことで自信も持ってきた。

　今、観覧車の最高点に近い所まで来ている。あともう少し

頑張って頂点に行けば、あとはドッと進む。振りがついて。今までとは180度違う世界。芳則さんと一緒にいられる、それもただいるだけじゃない。痩せてイライラしている所から穏やかになって。

　私はこれまで何回も入退院を繰り返してきた。何度か一緒に入院生活を過ごした同病者もいた。年齢は私より皆若かった。病状はそれぞれ。拒食、過食嘔吐、強い運動衝動がある等々。病気と共に生きていくと決めた人もいるかもしれない、それはその人の人生だ。でもやっぱりこうも思ってしまうのだ、勿体ない、と。この病気は自分の可能性を狭めてしまうと思うのだ。

　私はもう厭だ。この病気と共にある以上、また引き戻されてしまうかもしれない。そんなのはもう二度と厭だ。時間が勿体ない、人生が勿体ない。ここまで紆余曲折があった。やっとここまで辿り着いた。辛くても何でも。ここできっぱりと卒業して広い世界へ行きたいんだ、必ず行く。治る病気なら治った方がいい、心からそう思う。本当に長い間棲みついたこの病気と今度こそサヨナラして生き直したい。

　今日も3食完食した。メニューは3週間1セットで変わっていく。同じものを食べてもだんだんと美味しく感じられるようになってきた。嬉しい変化だ。食べ続けることでもたらされたこと。身体にも脳にも栄養がいって、身体が整ってきたり、心が変わってきたりした。病気が弱くなってくると味覚もちゃんと戻ってくるんだ。美味しいものを美味しいって思えないこの病気って悲しい。勿体ない。幸せ一つ無くしてい

る。

　5月18日火曜日。35.95kg、0.05kg減少。誤差の範囲とはい
え、ショックは大きい。凹む。停滞期なのかなぁ、2週間連続
の減少。でも、ご飯200gにして7週間の平均は0.442kgの増加
で悪くないペースではある。ウーン、どうなのかなぁ、カロ
リー増やした方がいいのかなぁ。もう1週間様子を見てもいい
のかなぁ。ふえーん。こんなに食べているのにこの結果。辛
いわ、辛過ぎる。

　朝食中に思った。この病気っていつも不機嫌でいるように
仕向けている気がする。食べなきゃとか義務的な食事って美
味しいわけないし、そもそも、病気が美味しいって感じさせ
ないようにするし。ご機嫌で食べると何だって美味しいって
感じられる。幸福感に満たされる、笑顔になる。やっぱりこ
の病気は悲しい。さあ、さよならするんだ、卒業するんだ、す
るゾー。

　T先生との面談。

　──体重増えていなかったけど、また体重増えてくるだろ
う。増えるスピードは緩やかかもしれないが、結果が出た方
がすっきりするだろうけれど、今のままでも十分頑張ってい
る。退院してからも続けることが大切。これまでも、今も続
けていることにも意味がある。今週はこのままでいこう。い
い方にいっているから。

　そうだ、私、目一杯頑張って、それ続けてきている、でき
てる。腐らず完食継続、崩れない。

H先生と。

——現在だいたい2600kcalぐらい摂っている、1週500gぐらい体重増える計算。ご飯200gにして7週間で1週440gぐらいのペースだから悪くない。体重増えなかったのは摂った栄養が体重増える分にすべていくのじゃなくて身体を作るためにも使われたからだろう。

ふーう、まだ身体作りの途中なんだなァ。それだけダメージを与えてたってことだな、ごめんなさい私の身体、しっかり栄養摂っていくからね。

部長回診。

「今週は体重が増えていると思っていたけれどそうじゃなかったので泣きそうなくらい悲しかった。でも、こんなに悲しむのはいいことだと思う」

——そう思えるのは体重が増えていることより大切なことかもしれない。以前だったら体重が減って良かったと思ったかもしれない、治療は進んでいる。

O先生も、大丈夫だから、と。

先生方皆さん私の頑張りをわかってくださっている。私がやらずしてどうする。変わらず完食継続だァ。

夕食時、飛行機雲を見る。天高く高く白い線を描いていく。雲を見ていても飽きない。自然は最高の芸術家だ、誰も敵わない。本当に妄想テラスでの食事は嬉しい。ご機嫌で完食。お腹いーっぱい、ごちそーさま。でも苦しい。

5月19日水曜日。今日もいい日にしよう。小さなことの積み重ねが幸せへ繋がる。

朝食、どれも美味しい。美味しく食べられる幸せ。たくさん食べられる幸せ。小さなことかもしれないけど、毎日毎回感じられることが嬉しい。こんな幸せを私は避けてきたのだった。量の多さにも慣れてきた、身体と心のしんどさも少しずつ軽くなってきた。今でも体重増えるのを怖がる気持ちが全くないわけではないが、それよりも早く退院したいのだ。芳則さんの側に帰りたいのだ。私の真の幸せは私の家にある、ここじゃない。ここでも大きな愛に包まれて治療していると思っている。でも、ここは生活の場じゃない。私の欲しい幸せは、芳則さんの側で笑って一緒に時を過ごすことなのだ。

　ご飯200gになって50日、150食ずっと完食継続した。自分から言ったものの最初のうちはできるか不安もあった。実際200gのご飯を見ると、やっぱり多いな、これ食べたら絶対体重増えていくな、太るよな、やっぱり嫌だなって抵抗もあった。食べると胃にこたえるし、揚げ物等の時は食べてる途中からもう胃が痛くなったりもした。現在もずっと胃薬を毎食飲んでいる。しかし、少しずつ量にも慣れ、メニューにも慣れてきた。揚げ物や炭水化物に対する抵抗が、最初のうちは、こんなの食べたら絶対太るがァ、なんでこんなメニュー出すん、ご飯に芋なんて炭水化物ばっかりじゃん、イジメか、と時に被害的な思いにもさせた。味わうよりも、食べなきゃ、食べさせまいとする思いに打ち勝たなきゃと目一杯肩に力を入れて食べた。ロッキーのテーマが必要なほどの闘いではないものの確かに一日3回の食事は間違いなく闘いであった。治ろうとする私と抵抗する病気との。今でも病気を抱えたままだ。

長い間棲みついた腐れ縁のような同居者だ。離れたい思いの一方で離れ難くもあるような。矛盾する私と病気。痩せていたいという思いは今もある。けれども治りたい卒業したいという思いの方が大きいのだ。

　私はこれまで何度も入退院を繰り返してきた。私と同じように入退院を繰り返している同病者もいた。私より痩せ細った人もいた。あんなに痩せていてもいいんだ、と誤った考えを持ったりした。良くないから入院しているのに、それよりも痩せている状態に反応してしまうのだ。私ももっと痩せてもいいんじゃないか、と思ってしまう。体重増やすの辛いのに無理することない、止めちゃえって悪魔の囁きがしたり動揺させられることもあった。中には頑張っていこうねって思える人と出会ったり、私の話を聴いて自分も治りたいって思えるきっかけになったと言ってくれる人がいて嬉しかったりもした。同病者にはマイナスもプラスも影響を与えてもらった。

　この病気と付き合っていく、と治ることを諦めた人もいたかもしれない。とりあえず退院のための目標体重をクリアすればいいと思っていた人もいたかもしれない。私もその1人だった。退院しても体重増やし続ける覚悟がなかった。これまでは、治りたい思いはあるが体重を増やすのは辛いことでもある、その辛いことをずっと続けたくはない、しょうがないと受け入れ、治ることを諦める。そうやって折り合いをつける。体重が増える怖さから、治るための辛さから逃れるために。それはそれで一つの生き方、それなりの幸せもある。そ

れで満足、と思おうとしたのだ。これまでの私は結局。でも、それは長くは続かないのだ。病気を卒業しない限り転落の危険は隣り合わせだ。そして、そこから這い上がるのは本当に辛くしんどい。落ちるのはあっという間だが、上がるのは相当の時間がかかる。もうそんなのは厭だ、懲り懲りだ、私にはもうそんなに時間は残っていない。

　怖々食べる、嘘をつきながら食べる、そんなのやっぱり悲しい。心から美味しいって笑って食べる。一日3回365日これから生きていく年数、それを掛け算したら何て大きな幸せになるだろう。私はそれを手に入れる。ここまで歩いてきた、やっと辿り着いた。食事が美味しいって感じられるようになってきた。たくさん食べられて幸せって思えるようになってきた。怖さを抱えながらも食べ続けてきたから。体重を増やすために、治るために、一食一食積み上げてきた。小さな小さなことを続けていって小さな小さな一歩を進めることでここまで来た。辛かった、苦しかった、怖かった。怖さは今もまだあるけれども、愛に支えられ、希望に照らされ、それを信じて続ける力が私にあったのだ。私だけじゃない、みんなにある。私たちはみんな祝福されて生まれてきたのだから。

　O先生との面談。

　——今回増えてなかったけど部長回診でも言われたように体重増えているより減っているのを悲しく思う、その方が意味があること。増えていた方が良かっただろうけど続けていくことが大事。十分栄養は摂れている。僕も看護師も栄養士も誰も焦っていない。今の食事を摂り続けていけばいい。大

丈夫、できているから。

　そう、私、2600kcalも毎日食べてきた。50日150食だよ、凄いよ。こんなに続けてきたんだ、体重増える怖さを抱えながらも。食べ続けるうちに美味しくなってきた。怖さも薄らいできた。もう私、食べるって決めてそれを続けて、体重増えた方がいい退院したいんだからって思いが大きくなってきたんだ。それに、病気が惑わすほど体重って一気には増えないんだよ。私のサイクルって2週間毎？　1週目どっと増えて次の週停滞してその次またどっと増えて次の週は減ったりその繰り返し。同じように食べて同じように過ごしていても同じようには増えていかないのだ。人間の身体って不思議。コントロールなんてできないんだなぁ。それを無理にコントロールしようとしていたんだろうな。1週目1kgぐらい増えても次の週もまた1kgって具合にはドォーッとは増えないんだ。平均すれば1週500gぐらい。ま、4週で2kgぐらい増えるけどね、大体計算通り、いいペースなのだ。

　まだ身体が十分にできていなくて修復もしなきゃならない状況なんだ。だから今ちょっと足踏みしてる。それほどに私は長年身体を痛め付けてきたんだよ。ごめんなさいだよね、本当に。

　今、十数年も行けなかった領域の体重を目指している。身体がもっと栄養をくれって言っている、それに応えてやろう。十分な栄養を与え続けよう。それが自分を守る、大切にする第一歩だ。十分な栄養を毎食毎日届けよう。私を取り戻すために。私は前向きになってきた。後ろを向いてまた体重増え

る怖さを抱えて一生を生きる道には戻らない、戻りたくない。体重増える怖さから解放された自由で広い世界へ行く、行ってみせる。待ってて大切な人たち、飛び切りの笑顔で帰っていくからね。

　田本英子、幸せに向かって進行中──。

　はたと気づく。私、なんて贅沢な生活をしているんだろうか。一日3回の闘いは、本当にとってもしんどいけれども、毎日朝日のエネルギーを注入し、読書と原稿書き三昧の日々を送っている。

　怖くったって何だって、完食継続して体重を増やしていく。それが治っていくこと。みんなの元へ帰れるっていうこと。体重が増えるのを怖がらなくてもいい、今より素敵な私が待っているから。

　夕食。ご飯200gにして150食目のメニューは、

　ご飯200g、鰯の南蛮漬け2尾、だし巻き卵2.5切れ、和え物、ヨーグルト。

　ああ、だし巻き卵うれしい、好き。黄色って幸せの色だぁ。和え物のクルミも嬉しい。南蛮漬けも美味しい。揚げ物夜に摂ったら絶対体重増えるよなァ、来週どれぐらい増えてるんだろうか、楽しみでもあり怖くもある、でも増えていてほしい気持ちの方が大きい。いいことだ。ウン、よし。

　5月20日木曜日。入院80日。私の心はこの80日間で次第に変わってきた。35kgの壁を越えたものの、体重が増えていく怖さに想像以上に心が揺れた。35kgから先へ行くしんどさも

知った。そして少し落ち着いてきた。「体重を増やしていく」そのことに心が本当に向き合ってきた。怖さもあるが喜びの方が大きくなっている。治りたい気持ちが今まで以上に大きいから。美味しく食べてぐっすり眠って、朝が来たって笑顔で一日を始める、そんな幸せ。美味しく食べる＝一日3回×一年365日×これから生きていく年数分の幸せをくれる。とっても大きな幸せ貯金ができる。病気はそれをさせなかった。これからいっぱい幸せ貯金していくゾ。ああ、お腹空いたァー。

朝食：ご飯200g、みそ汁、サンマのカツオ煮1切れ、ごま和え、ゆで卵、チーズ、牛乳、バナナ1本。

来た、炭水化物三銃士＝ご飯・バナナ・カボチャ、私の強い味方。朝から魚は嬉しい、どれも美味しい、幸せ、しんどいけどね。

O先生との面談。

――気持ちが変わってきたのは行動を続けてきたから。心身というように、身体に栄養がいってくると心もそれに伴ってくる。この2週間体重が増えなかったことで病気がいろいろと罠を仕掛けてくる。これくらいでも元気だろうとか食べないようにしようとしてくる。でも、そっちに引かれると「死」が待っている。栄養を摂っていくと幸せがどんどん膨らむ。死か幸せか、二者択一、間はない。これが最後のチャンスと思って。田本さんは大丈夫だと思うけど釘を刺しておこうと思って。

――35kgでは「治る」に0勝、これまで完敗してきた、この事実をみつめて。40kg、45kgその先を目指して。

先生ご明察。私の中でここまで頑張ってきたし完食続けて
こられたし、もう大丈夫かも、家でもやっていけるかもって
思いがちらついたり過ぎったりもした。でもそれは40kgへの
怖さの裏返しかも。病気はどんな罠を仕掛けてくるかわから
ない。まだ油断ならない。ちゃんと40kgまで入院中に増やし
て外来でもいける、となってから退院だ。逃げる口実を探し
ちゃいけない。すべきは栄養を摂ること。完食継続すること。
ブレるな!!　心が揺れてもこれを崩さない。十分な栄養を摂
って元気になる。今日も3食完食。お腹パンパンで苦しい。で
も、美味しく食べられる幸せ、たくさん食べられる幸せ。苦
しいけど確かに私は毎日完食継続してきた。でもそれは、カ
ロリー計算されている、という安心感があるからかもしれな
い。家や外食でカロリーのわからないものを美味しく食べら
れるか。太るかもと恐れず、恐れを抱きながらでも食べられ
るかというとまだ100％の自信はない。退院はまだ早いのだ
ろう、な。

第6章

2021年5月21日——帰りたい

5月21日金曜日。雨の朝。帰りたいという思いが湧き上がってくる。まだ早いよという声がする。治療に疲れたのか、悪魔の囁きか、治療から逃げようとしているのか。帰ってからも体重増加させていく自信があるのか？　これまで失敗してきた、今までよりもモチベーションが高いとはいえまだ危ういだろう。入院は必要だ。でも、でも、帰りたい。

　新聞に、優秀な起業家は目標達成のための選択肢から最適手順を選ぶ「コーゼーション」と、行動しながら自分が何をしたいのかを探る「エフェクチュエーション」の両方の思考を併せ持つといわれる、と。なるほど。治療も似ている。治るための最適手段を選び、それを続けながらこれからどうしていきたいのかを考える。主治医、看護師、栄養士などの支えで良いコミュニケーションをとりながら自分を快復させていく。いい時期にいい人との出会いが治療を進める。もちろん本人の気持ちが大切。何が幸せかを考える、これは幸せになることか考えて行動すること、それを継続していくこと。

　ああ、でもやっぱり本当は帰りたーい。入院80日以上、ご飯200gになって50日以上完食を継続して疲れてもきた。こんなに胃120％の食事を一日3回完食できていることを凄いと思うし嬉しいとも思う。でも、本当にしんどい。しんどいことはしたくない、逃げたくなる。でもその一方で、食べられてる、食べ続けることができている、それも美味しいって思いながら、その喜びもある。それは大切にしたい、続けたい。しっかり土台を築いてきたのだから崩したくない、もっと積み上げたい。でも、でも、体重増えていく怖さからか、もうい

いんじゃない、家でも大丈夫だよきっと、って思いも出てくる。忘れちゃいけないのは、35kgから先へ体重増やすことはこれまで0勝、完敗しているっていう事実。今、36kg、きっとまだ早い。焦るな、結果は出てくるから。今できること、すべきことをコツコツ積み上げていこう。

　T先生との面談、今の自分の気持ちを話す。

　──入院生活長くなると帰りたくなる。病院はいい所じゃないから。しんどいこと続けていると疲れてもくる。入院期間は短い方がいい。となると、どんどん体重増やすことになるけど、それも怖い、その兼ね合い。来週は体重増えていると思う。それを信じて。精神衛生上その方がいい。

　その通り。早く退院したいけど、ドッと体重増やすのも怖い。やっぱり週500gぐらいがいいなァ。ああ、とにかく来週は体重増えていきますよーに。

　昼食：ご飯200g、オープンオムレツ2切れホウレン草ソテー添え、ミネストローネ、マヨネーズ和え、牛乳。

　ハァー、マヨネーズ和えはジャガ芋とサツマ芋の芋2種類、スープにマカロニ、ご飯を加えて炭水化物三銃士。やっぱり怯むっていうか箸は進みにくいなぁ。完食したけど、まァ、美味しいって思うけど、体重増えるよなァ増えちゃうよなァって思いが出てくる。自分で作るとしたら多分マヨネーズ和えは普通の野菜サラダにするだろうし、スープにマカロニは入れないだろうなァ。ハァァ、やっぱり家で体重増やすの病院より大変だろうな。退院はやっぱりまだ早いんだよ。

　夕食：ご飯200g、酢豚、しゅうまい3個、たらこ和え、ヨ

ーグルト。

　どれも美味しいけど量が多くて苦しい。やっぱりしんどい
なァ。ハァー、疲れたなァ。お腹パンクしそう、苦しい。ハ
ァー、帰りたいけど、まだまだだよなァ。

　5月22日土曜日。早く退院したいけど一気にガーッと体重
増えるのも怖い。体重増やしたい思いは確かにある。だから
しんどくっても怖くっても完食継続してきた。ちょっと疲れ
ただけ。神様、私にエネルギーをください。怖さに打ち勝つ
強さをください。

　朝食：ご飯200g、みそ汁、卵とじ、和風サラダ、ゆで卵、
チーズ、牛乳、バナナ1本。

　はァー、また炭水化物三銃士かァ。ご飯、里芋、バナナ君。
そんなに応援してくれなくてもいいよ、って、違うだろ、ハ
イハイ。一人ツッコミ入れながら。卵とじはご飯にのっけて、
ああ、何か懐かしい味。いいなァ、量多くって食べるのしん
どいけどやっぱり嬉しいよねぇ、これだけ食べられるように
なって。久しぶりに日が射す中での朝食、テラスでモーニン
グって気分で。楽しむこともできてる私って偉い。しんどさ
の中にも喜び見つけていこうゼーッッ。

　今日も3食完食。ああ、でもやっぱり帰りたい。面会中止は
本当に辛い。週1回30分間の楽しみが頑張る支えになってい
たのに。会えない辛さに帰りたい思いが募る。コロナのバカ
ヤロー。

　病院なんていたくない、もう十分、十分過ぎる。でも40kg

まで頑張ろう。病棟にはいろんな人がいてイライラしたりする、本当。大声上げる婆さんやイヤな感じの若い子や、症状だからしょうがないって納得させようとするけどやっぱりね。そんな自分が嫌になったり、それぞれ病気なのだ、本来悪い人ではないのだ、病気がそうさせているのだと納得させようとしてもやっぱりイラつく。きっと自分自身にもイラついているのだろう。体重停滞してるから、こんなに頑張っているのにって腹立てているんだ。悲しいのとじれったいのともどかしいのと。結果が欲しいもん、頑張っているだけに余計。踏ん張り所、なんだろうなァ。

　5月23日日曜日。本当に久しぶりに大きなオレンジ色の朝日を見た。人は幸せになるために生まれた。私の幸せ、みんなの幸せ。笑顔で暮らせること、平和。平和は秩序の中にある。静けさ、安心、安全。それを齎すのは人や自然、そして、壊すのは人。

　今日も朝日に向かって手を合わせ、「今日、私と出会う人がみんな幸せになりますように」と祈る。毎日欠かさない大切な日課。

　朝食。朝の日射しを浴びながらテラス席で朝食。なーんて優雅って妄想しながら。メニューはどれもいいんだけどやっぱり量がねぇ。疲れてきたんだなァ。結果出ない苛立ちもあるなァ。穏やかに落ち着いていこう。短気を起こすな。とにかく火曜日の体重測定までやることやっていくんだ。短気は損気。ここまで頑張ってきた、あともう少し。

今日も3食完食。どれも美味しい、美味しくいただけるようになった。量が多いだけ。いつもお腹パンパン。とにかく完食。諦めるな、あと4kg、今折り返し点、しんどいけど踏ん張り所だ。

　神様はいつだって小さな幸せを用意してくださっている。しんどい中にあってもそれに気づける私でいたい。小さな幸せを見つけていこう、これからも。

　5月24日月曜日、今日も完食継続して明日の結果を待つのみ。元気にファイト。

『東京タワー ―オカンとボクと、時々、オトン―』を読んでいると母とダブる所もある。人が寄ってくる、料理が上手い、よく笑い、明るい、いろいろあったろうに。母が愛おしいと思える。嫌でたまらない時期もあったけど親孝行したい。まずは元気になること。

　朝食時、またあの婆さんの「スイマセーン」攻撃炸裂。ああ、もう、本当に嫌！　デイルームに車椅子で連れ出され「スイマセーン」って声を限りに何度も叫ぶ。本当**ウ、ル、サ、イーッ、五月蠅い**、毎日のストレスになる。普段ならしょうがないって流せることも今ちょっとイライラしてるから嫌になる。全く、いい加減にしろって言いたくなる。でもとにかく完食、フゥ。

　O先生との面談、イライラして嫌な自分になっていること、自己嫌悪になっていること、結果が出なくて凹んでいること等話す。

——こんな状況が来ることは予測していた。頑張っても結果が出ない時期も来る。ここを乗り切ればまた結果が出てくる。ずっとやってきて、右肩上がりで伸びてきたけど今横這いでそんなに悪くない状態。多分明日は増えている。増えていなければ、十分栄養摂っているけど吸収が良くないのかもしれないから何か足す必要があるかもしれない。増えていなければもう終わりというんじゃない、手段がある。ここまで十分摂ってきたからあと何か足すことに抵抗はないでしょ?
「ない。でも体重増やすんだという思いと増えちゃうなっていう思いもあって本当に厄介」
　——いろんな思いが出てくるのは当然。田本さんだけじゃない。
　そうなんだ、みんな通る道、ならば通っていこう、後戻りはしない、前に進んでいくんだ。
　いろいろ思うのは当たり前。それを見つめて認めて、さてどうする、どうしたいを考える、そして行動する。私は完食継続する。幸せ手に入れる。

　5月25日火曜日。36.85kg、0.9kg増。やったー、嬉しい、ああ、やっぱり努力は報われるのだ。昨日までのモヤモヤが一気に晴れた。バンザーイ退院が近づいた。その一方で、一気に0.9kgの増加を怖がる病気の私もいる。いてもいい、今は。これからも完食継続。そうすれば結果は付いてくるのだ。ウンウン。
　みんなに支えられ私は治療している、していく。40kgまで

頑張るかー。怖さも伴走者？にして退院。40kgになるまでここにいる？　本当は帰りたい。

　T先生との面談。

　——体重0.9kg増えてたけど自分ではそんなにわからなかった、というのを覚えておいて。40kgぐらいになっても思っているほど変わらないと思うよ。1kgぐらいの変化はさほどでもない。それを過度に気にするのは病的なこと。

　——このままのペースで増えていくことはないだろう。これだけの量を食べているから便の状態でも変わってくる。便＋増えた分って感じじゃないかな。

　何でこんなに体重増えるの怖がっているんだろうかって思うけど、増えてしまうとこんなものって思いもある。増えたのは便も含んでのことだろうってことにちょっと安心もする。増えたの嬉しいけど、このままこのペースでどこまで増えていくのって怖がる病気もいるのだ。ど〜っと増えるのもそれはそれでしんどい。

　森を散策。深緑。本当に勢いがある。彼らは冬の厳しい寒さの中すっくと立ち続け、眠っているように見えても春への準備を怠ることなく重ねてきた。そして春、芽吹き、蓄えていたエネルギーを開花させる。じっと耐え時期を待つ。凄いなァ、私もかくありたし。

　摂食障害になってもう十数年、入退院を繰り返してきた。入院して生へ向かうも退院すると次第に死へと生命を削ってきたんだ。数度の入院。それは一様ではなく一回一回ステップアップしてきたように思う。「食べる」ことと向き合い、病気

と向き合い、その内容は少しずつではあるが「治る」へ向かってきたように思う。行きつ戻りつで前へ一直線ではなかったけれど。その間、時は流れお金を使い、一見無駄だったように思えるが、決してそうではなかったのだ。やっと今回病気を卒業できそうなくらいの準備をしてきたのだ。一直線に行けていればこんなにも時間もお金も使うことなく、与えられた授けられた生命を全うするよう生きてこられたろうに、という後悔も懺悔もあるが、それをしたとて詮無いこと。そうなってしまったのだ。大切なのは、今、これからを、自分に責任を持ち生命を全うできるよう、病気を卒業することだ。やっとその準備が整いその時期が来たのだ。冬の寒さに凍えそうになり風の強さに折れそうになりながらも、生きたい、生きようとする気持ちがあったのだ。だからこそ今まで生きてこられた。疾風怒濤の時期も生き延びてきたのだ、蹲りながらも。病気に搦め捕られたその行く末には死が口を開けて待っている。その入り口まで行ってしまったこともあったが引き返すことができた。しんどく辛い時期は続いた。治りたい、でも体重増えるのが怖い、その綱引きに怖さが勝ち病気が進み、ほどほどのところ、そう、死にはしないが生命を輝かせることはできないところに安住しようとした。体重を増やすしんどさからは解放されるが、ビクビク食べる辛さはずっと付き纏う。そして、食べることから逃げたくなり、自分が嫌になり、どうでもいいと投げ遣りになる、死へと向かう。こんなこともういい加減やめよう。せっかく生まれてきたんだ。このままじゃ勿体ない、愛する人の側にいて心から笑って美

味しく食べてぐっすり眠る、朝を喜びと共に迎える、今日も生きている、と。自分に責任を持とう。心と身体を労っていこう、今からでも遅くはない。病気を卒業すれば叶うこと。希望に向かう辛くてしんどい道も前を向いて楽しみながら歩いていこう。私はできる。そのための準備を十分過ぎるほどしてきたのだから。今、それが実を結ぶとき。恐れなくていい。本当の私、人が喜ぶことが大好きで笑っていた私を取り戻すんだ。私自身も喜ばせるんだ。

　このところ、帰りたいって思っていたのは逃げたいって思いだったのだろう。しんどさや苦しい中結果が出なくて停滞しているもどかしさ等から。私は本当にどうしたいのか。「治りたい」ならしんどくても40kgまで病院で頑張ろう。退院して体重増やすのは大変だ。あと3.15kg、1週500g増のペースとして7週間ぐらいかな。完食継続していけばそこに行ける、ウン、ファイト。

　父も母も歳を重ねた。いろいろあったがもういい。変わらないのは、わかっているのは私を愛してくれているということ。病気に時間を奪われるのはもう厭だ、金輪際厭だ。私の持ち時間は限られているのだ。残りの時間をいかに生きるか、それが問われている。私はどうしたいのだ。病気を卒業し私を取り戻す。病気の奴隷じゃ自分が哀れだ、悲しすぎる。

　部長回診。

　――先生たちが大丈夫と言うのは何も無しに言っているんじゃない。ちゃんとした裏付けがあって言っている。

　そうなのだ、気休めなんかじゃない。理論と経験、ちゃん

とした根拠がある。安心して信じて前に進んでいけばよい。やることやって、ウン。

　今日も3食完食。お腹パンパン、やっぱりご飯200gはきついなァ、おかずも大盛り、それに＋α。こんなにたくさんの食事を一日3回毎日摂ってる60前の女ってそうそういないよなァ、凄いぜ！　でも、本当しんどいんよぉー。

　5月26日水曜日。美しい朝焼けを見る。朝日は雲に隠れて見えず。一日が始まる。いい日にしよう、笑顔でいよう、心の中をさらけ出して。

　朝食：ご飯200g、みそ汁、炒め煮、生姜じょうゆ和え、ゆで卵、チーズ、牛乳、オレンジ3切れ。

　ええーっ、芋2種ってどうなん、ご飯もあるのにー。みそ汁にジャガ芋、炒め煮には里芋12切れもだよ。朝からテンション下がるゥ。でも食べるよ。まっ、食べるとお芋さんも美味しい。完食、偉いゾ。

　今日も何かイライラする時がある。体重が増えていく不安？怖さ？増やしたいのとそれに対する抵抗と、全く厄介な病気。必ず卒業するゾ。

　投稿が新聞に掲載された。やったー、この原稿を書いたのは10日ぐらい前のこと。私は大きな愛に包まれている、治らないわけがない、そう信じて前を向いて治療を進めていくって。その時は確かにそう思ったのだ。その後停滞して苛立ったり逃げ出したくなったり、本当に心は揺れ動く。でも、そんな中であっても完食継続できてきた。「治りたい」と思うか

らこそ。それさえ忘れなければ持ち続けていれば大丈夫、何をすべきかわかるはず。

担当看護師Nさんと新聞を見ながら話す。

とても喜んでくれて細々と感想をいってくれる。私の人柄が応援しようとする力になる、主治医との信頼関係がいい等々、そして、このところ声をかけるのもどうかと思うくらいしんどそうだった。体重も増えて、投稿も載って私も幸せ、と。ありがとう、本当に。一緒に喜んでくれる人がいる幸せを感じる。

O先生との面談。掲載をとても喜んでくれ、

——記念にとっておかないと。田本さんの気持ちがよく伝わってくる。田本さんが頑張っているから背中を押すことができる。3分の2まで来た、あと3kgぐらい。チャンスの神様は前髪しかない、それをしっかり掴んで放さないで。40kgになって退院して外来治療になって治っていって、成功者の言葉は大きな力になる。同じ病気の人の励みになる。

すべての人に感謝です。これまで多くの人々に支えられてきた。出会った人すべてに「ありがとう」と伝えたい、同じ病気で苦しむ人に励みになれるような本を書きたい。諦めないでって伝えたい、そのためにも治るんだ。

読者のページ

治ると信じ前向いて治療

田本英子　59　主婦
（岡山市北区）

　治療が受けられることは幸せ者だ。しかし、治療は想像以上にしんどいものだ。治らないわけがない。そう信じ、前を向いて治療を続けていく。

　入院して2カ月以上が過ぎた。私はしんどくも幸せな日々を送っている。

　入院前、一生この病気とつき合っていかなければならないんだ、私なんか消えてしまった方がいいんだと、自分自身にさじを投げかけていた。そんな私に、主治医は「治るよ」と言った。私の中の可能性を信じてくれたのだ。

　トンネルの暗闇に、すくみそうになる私に、主治医はトンネルの先の光を、希望を示してくれる。そして「ここまでおいで」と前にいてくれる。私と同じ位置に立ち、肩を抱きながら「大丈夫だ」と背中を押してくれた。看護師さんたちも、私の苦悩を受け止め支えてくれる。そして、夫、家族、友達の存在も前へ進む勇気をくれた。

　これまで以上につらい治療になるのを覚悟の上で、入院を決める。私は大きな愛に包まれた。

2021年5月26日「ちまた」
（山陽新聞）

　担当者が見出しをつけてくれて活字になると我ながら格好いいなって思う、嬉しい。

　母に電話する。新聞読んだ、しんどいじゃろうけどぼちぼちやりねぇ、田植えは心配せんでええからゆっくり養生せられぇ、と。ありがとう。

　5月27日木曜日。体重増えるの怖いくせに停滞期で体重増えないのが悲しかった。増えてなくて良かったって思えなかった。これこそ治療が進んでいるということなのだろう。病気が強ければ悲しむよりも安心する気持ちの方が大きかっただろう。こんなふうに変わってこれたのは食べてきたから、治

ることを諦めかけたり逃げたいと思う時にも食べ続けてきた。どんなにしんどくても怖くても。病気の声よりも本来の私の声、治りたいっていう声、思いが大きかったから。それは自分一人の力ではなくて支えてくれる人たちがいたからこそ続けてこられた。これからも食べ続けていけばきっといいように変わっていく。これまでもそうだったように、それを信じて歩いていく。

　病気と一緒で幸せ、というのならそれはそれでいいのだろう。私の声は多分届かない。でも、もし諦めからそう思っているならば、治りたい、と治っていく道を進んでいこう。しんどい辛い怖い道。でも期限付き。その先一生幸せ。ささやかででも大切な大切な幸せ。そこへ行ける、一緒に行こう。怯んだって足が竦んだって足踏みしたっていい、大丈夫、私もそう。行きたい、行こう、でも怖い、でも行きたい、その繰り返し、それでもいい。諦めなければいつかはゴールに辿り着ける。きっと。

　森を散策。いろいろあったけど両親の人生を肯定するって思えた、生意気かもしれないけど。イザコザもあった。顔も見たくない時期もあった。けれど、もういい。私を愛し育ててくれた。親孝行したい、私が元気になることで。

　私、何か健気だったなァ、59才にもなってかよ。まだ子供なのだろうな。でも、一つ言えることは一所懸命であること。それが過ぎることもあるけれど。今も治ろうって一所懸命。自分のためでもあり、大切な人たちのためでもある。希望に向かう苦しみ、それは喜びをもたらす。こんな体験誰でもでき

ないんだから楽しもう。自分を悲しくさせることはない。「こんな病気になって」はもう終わり。こんな病気になったから知ったこと感じたことを伝えていこう。自分のため、人のために。

　O先生との面談。

　──田本さんは大丈夫だと思う。昨日の新聞買って永久保存版にしました。思っていたよりもしんどかったという一文に田本さんの思いが込められている、本当にしんどかったと思う。

「35kgまでは体験あるけど、40kgまでは未踏の地。怖さ、逃げたい、このままでもいいっていう諦めなんかがあって自分でも驚くくらい揺れた、本当にしんどかった」

　── 一日3回毎日だからしんどかったと思うけどよく頑張った。

「体重増えるの怖い気持ちなくなったら治ったってことですよね、治るまでこれは続く。この子いてもやることできてたらいいのかなって」

　──そう、怖い気持ちなくなる、治る。でもそれが見えてきた、山を越えて進んできた。あとは勢いに乗って、どっと180°違う世界へ。揚げ物が美味しいと思えてきたら相当いい。

「食べ続けて変化してきた。いろんなものが美味しいと思えるようになってきた」

　──食べてる時、外見たりできてますか

「森を見たり芳則さんのこと考えたり」

——いいですね。

　これまでのことを思い出し、

「35kgまで行って退院して、そこから先へ行けなかったけれど、少しずつできることが増えたりして、そしていつも一所懸命だった。だから今があると思う」

　——35kgまで戻せてきたから今があってここまで来た。これが最後だと思って。

「最後にしたい。摂食障害の田本英子さんで死にたくない。摂食障害だった田本英子さんなら許せる」

　——老衰って死因が一番いい。

「先生たちに支えられてここまで来られた」

　——田本さんが頑張ってきたから僕たちも背中を押すことができる。

　——入院を決心してくれたからこの出会いがあった。

　そうなのだ。そこから始まっていたのだ。先生たちはいつだって私のしんどさ苦しさをわかった上で励まし示唆してくれる。私を信じてくれている。私もそれに応えたい。自分のためにも。ちゃんとゴールまで行く。

　毎食120%の胃容量。でもこんなに食べられる幸せ。しかーし、今日は浮腫が酷いなァ。動くの辛い。でも朝には引いているはず。

　5月28日金曜日。美しい朝焼け、オレンジ色の朝日。今日も一日のエネルギーをもらえる。

『とんび』読み始めた。主人公ヤスが「今日一日が幸せじゃ

った思えるような毎日を送りんさい。明日が来るんを楽しみにできるような生き方をしんさい。親が子どもに思うことはみんな同じじゃ。それだけなんじゃ」

　じんわりじんわり染み込んでくる。私、両親といろいろあったけど、もういい。二人ともそうだったのだろう、ヤスの言うように。私、こんな生き方したい。

　今日も3食完食。食べ物って思い出と共にある。浮腫は今日も酷いなァ。トホホのホ。でもね、今日もいいことあったよ。小さな幸せ見つけて一日を過ごしているよ。

　5月29日土曜日。雲から昇る朝日を見る。「夫婦は人生の伴走者」とか。ここまで27年一緒に歩いてきた。これからも一緒にいたい。

　朝食時、またしてもあの婆さんの「スイマセーン」攻撃炸裂。ああ、全くもってストレスじゃ。もう、食事ぐらい静かにさせてよ！　妄想テラスモーニングの雰囲気ぶち壊し。ああ、イライラする。いつまで続くんだ「スイマセーン」攻撃……いい加減にしてくれぇーっっっ！

　O先生との面談、やっぱり身体と心がしんどくて逃げたくなる。食べるの休みたいとかしんどいこと伝えると

　──できてるから、大丈夫。健康になるのを先延ばしにすることない。いいペースだから落としてもいいなんてことない。ペース落としたらすべて崩れていく。今36.7kg。35kgでも元気だったから35kgでもいいかって。そしてどんどん体重は落ちて30kgぐらいになってまた入院して。また最初からこ

の3カ月間のしんどさをまた繰り返す。胃がしんどいとか食欲がないからとかいろいろと言い訳を考えようとしている。食べることが治療。食欲に従ってもいいのは45kg過ぎてから。45kgはまだ痩せ。47〜48kgぐらいになってちょっと痩せぐらい。それぐらいまで行ったらそれでもいい。まだ早過ぎる。食欲に従って食べるのを加減できるのは47〜48kg位になってから。食べて幸せになるか食べなくて苦しむか、2つに1つ。食べていったらいいことばかり。しんどいのはわかるけど崩しちゃ駄目。今はまだ食べるのが治療。休んでいいのはまだ先。田本さんにとって医学的にいいことしか言わない。悪魔の声に従っては駄目。

　答えはわかっていたけど、しんどいのを言わないと余計しんどい。はい、これからも完食継続します。

　今日も3食完食継続。ご飯200gにして60日。180食。凄い！　でも、量多くてしんどい。お腹苦しいし体重増えるの怖がる病気と一緒だし、身体も心もしんどい。けど、退院まで完食継続。せっかくこんなに食べられるようになったんだ、崩しちゃ駄目。一旦崩れると戻すのは大変。勿体ない。

　5月30日日曜日。入院90日。今日もオレンジ色の朝日を見る。パワーもらった。私は今、未踏の地を歩いている。病気になってから初めて40kgという私にとって途方もない世界へ向かおうとしている。怖くて当然、不安になって当然、逃げたくなって当然。でも忘れないで、私は安心感という大きな愛に包まれている。大丈夫。怖くて不安で逃げたくっても前

に進んでいけばいい。

「それは幸せに繋がるのか」

を行動基準にして。心も身体もしんどいけど一食一食希望に向かっている。それは間違いない。希望に向かう今日一日を楽しもう。さァ、一日の始まりだ。

　今日も3食完食。全量食べるとやっぱりしんどい。でも私こんなに食べられるようになるなんて本当驚き。そしてそれをずっと続けているなんて、凄いよ。田本英子、あなたは凄い。それだけ「治りたい」って思いが強いってことだよね、そこに向かっていこう、一食ずつ。

『とんび』を読んでいると、心があったかくなる。こういう本を書きたくなる。私は同じ病気で苦しむ人たちが「治ろう、治りたい」って思えるような前を向けるような本、諦めないで、大丈夫って大きな愛で包めるような……。

　摂食障害は気づかず知らずしてしまう自己への虐待だ。止めよう。自分が可哀想過ぎる。自分を大事にしよう。大切な自分自身。病気に支配された自分ではなく本当の自分を生きよう。その道程は辛く苦しい。怖くて不安なのは当たり前。逃げたくもなる。その思いを吐き出して、我慢しないで吐き出して。助けを求めよう。勇気がいるけど声に出してみよう。応えてくれる人たちが必ずいるはず、いるよ。そして、自分は本当はどうしたいのか、治りたいのか、このままでいいのか。行動基準は「幸せになるか」。病気に操られていないか。そして医療者の声を聞いて。病気に支配されている時その声は届かない。でも耳を心を塞がないで。医学的に正しいこと

に耳を傾けて。

　この病気を治すのはトンネルの中を歩くようなもの、高い山を登るようなもの。出口へ、頂上へ辿り着くのには、どうしたらいいのか、その光を希望を先生たちは示してくれる、水先案内人のように。それを信じて進む。怖さや不安を感じて当然。心に溜め込まないで、自分一人でどうにかしようとしないで、助けを求めよう。病気は一人で太刀打ちできるほど柔じゃない。先生たちに心の内を吐き出して。泣いたっていいから、そして正しい道を教えてもらおう。そしてその道を苦しくても進んでいこう、支えられながら。怖さに引き返したくなる、歩みを止めたくなる、もういいと逃げたくなる。当然だ。しんどいんだもん。辛いんだもん。でも歩いていけばいつかは出口へ、頂上へ辿り着ける。諦めたらそこまで。それで楽になる？　ならないよ。苦しい日々が続くだけ。最悪死へ向かう。幸せに希望に向かって歩いていこう。しんどさ辛さを吐き出しながら、支えられながら。一歩ずつ一歩ずつ。三歩進んで二歩下がっても一歩は進んでいる。大丈夫、諦めなければきっとゴールに辿り着ける。そう伝えるために私は必ず治る。せっかく病気になった甲斐がない。

　5月31日月曜日、入院13週間、今日もいい日にしよう。米国の精神科医ジーン・コーエンによると高齢期は人生の中でも極めて「創造的」な時期なのだそうだ。そして人生における50代以降の人間の心理を①再評価段階②解放段階（60歳頃から）③まとめの段階（70歳頃から）④アンコール段階（80

歳頃から）に区分し、その様々なプラスの意味を論じている、らしい。となると、私、今59歳。自分の人生を再評価し解放へと向かっているのだろうか。であれば、本を書きたいと思ったのも宜なるかな。これまでに区切りをつけこれからに向けて自分を解放したいのかなァ、病気から抜け出して。だとすれば、何とタイムリーな入院であり、入院生活ではないか。しんどくても完食継続の意味は大きいのだ、きっと。ファイトじゃ！

　森散策から帰棟したところでO先生と面談。
「暑かったです」
　──暑いと思えたのはいいこと。摂食障害の人は身体が冷えているからいつも寒いと言ってる。
　──怖さと一緒だから怖いから行くって言い切れない。弱気なところが出てくる。行けるといいなって。怖いのはわかる。でも、食べてるから、できてるから、食べていけば怖さもなくなってくるから。
　先生はいつも力をくれる。弱気になりそうなところを、大丈夫、できているからって。しんどくても続けていけばいいのだと思える。
　──ペースダウンなんて駄目。せっかくできているのに勿体ない。勿体ないどころの騒ぎじゃない。
　しんどいけど喜び持って食べていこう。こんなに食べられるようになった。美味しいって思えるようになってきた。明らかに変わってきた。食べてきたことで心も変わってきた、いい方へと。

──大きな山は越えた。後、山脈がある、一山二山。でも大丈夫、続けていけば。

「ボディイメージの歪みっていうように、私の思い描く40kg像と実際の40kgとは乖離している。とんでもなく太っているようなイメージがあるのだと思う、だから怖い」

　──実際に40kgになれば、こんなものかと思える。

　そう言われても、行くまでがやっぱり怖い。多分、そんなに怖がらなくてもいいんだろうなァ。でも怖いのだ、不安なのだ。不安になったりすると病気が病気を強めようとする。隙あらばと狙っている。もっともらしいことを言って惑わそうとする。その手に乗っちゃ駄目。ちゃんとどうするべきか考えること、流されない。

　明日は体重測定。きっと増えているはず。増えていてほしいけど怖い気持ちもある。本当に厄介だなァ、この病気って。

　6月1日火曜日、6月は輝く朝日と共にやってきた。が、36.75kg、0.1kg減。凹む。けど、かつての担当看護師のNさんが、「体重がどんどん増えて止まらないんじゃないかって怖くなる人もいる。自然なリズムでいいんじゃないですか」って。なるほど、それもそうかもなァ。

　今回0.1kg減でご飯200gにして9週間のペースは0.43kgになった。期せずしてペースダウン。やっぱり悲しくなる。退院が遠のいた感じだ。ペースダウンは良くないってわかった。私のパターンは2〜3週間でワンセット。一気に増えて落ち着いての繰り返し。一気に増えた怖さからペースダウンしたくも

なる。それは目先の数字に囚われて一喜一憂してしまうから。一気に増えてもそれが続くわけじゃないんだ。ドン、ドンとは増えない。増えて落ち着いてってリズム。一気に増えても怖がる必要はない。人間は機械じゃない、同じようには増えていかない。自然のリズムがある。コントロールなんてできない。コントロールしようとすること自体が間違っている。できることを地道にやって自然に任せる、委ねる、じたばたしない。

　昼前、急に帰りたくなる。本当に疲れた。でもまだ37kg弱。早いかなァ、家に帰って体重増やすの大変かなァ。病気が言う。

　──体重増やそうとするからしんどいんだよ。もう十分じゃないか。止めちゃえ。

　止めたら同じことの繰り返し、それでいいのか。病気とサヨナラしたいなら食べて体重増やすこと、その一点だけ、他にないんだよ。私は本当にどうしたいのだ？　やっぱり治りたい。もうビクビク食べるのは嫌。心から笑って食べたい。『ひと』より、タイムリーな言葉に出会う。

　──自分でなれると思ったからなろうとしてるわけでしょ？　だったらなれる

　──人間はものを食べなければならない。ならば、食べることを楽しみたい。おいしいものを食べたい。食べさせたい。

　──……人に頼ることを覚える……頼っていいと言っている人に頼るのも大事だ。

　そう、私、摂食障害だった田本英子になりたいと思い、今

なろうとしている。苦しくても辛くても。だったらなれる、諦めない。

　そう、人間は生きるために食べなければならない。生きるために大切なこと。美味しく楽しく食べたい。美味しい物を食べさせたい。

　そう、私、何でも自分一人で何とかしようとしてきた。頼ることを覚えよう。頼るべき時に頼れる人に頼ろう。これが、とっても大切なこと。

　3食何とか完食。食べるのしんどい。美味しいけど多いんよねー。しんどいなァ。疲れたなァ。もう3カ月経つんだもん。

　6月2日水曜日。朝、親友からのメール。新聞読んで必ず治療できると信じていますって。ありがとう。頑張るよ。しんどくても諦めたくない。完食継続だー。

　担当看護師のNさんや芳則さんに、辛い、しんどい、疲れたもう止めたい、帰りたい等々愚痴や辛さなど心の痛みを吐き出す。吐き出すと、ちょっと冷静になって退院はまだ早いと思える。体重増やす心身のしんどさに、ここまでやったからもういいやって諦めたくもなる。でも嫌なのだ。やっぱり治りたいのだ。食べて体重増やすのが治療。全くもってシンプル極まりない。しかし本当に辛くてしんどくて心が折れそうになって、諦めてしまった方が楽だと思えて。それなのに体重が増えないと退院が遠のくって悲しくなって。しんどいからペースダウンした方がいいかなって思うのに、実際にペースダウンの数字を目にすると悲しくなって、やっぱりしん

どくてもこのペースは守んなきゃって思う。ああ、もう本当に厄介な病気だよ全く。でも、その苦悩に寄り添ってくれる人たちがいるからこそ、また前を向ける。やっぱりこのまま完食していこう。はァー、しかし本当辛いんよねー。クゥー、泣けるぜ、全く。

　午後、森の奥で叫ぶ。「私の木」に向かって、あらん限りの声で思いっ切り。しんどぉーい、辛いー、疲れたぁー、もう嫌だぁー、限界だぁー。もういいもういい、よく頑張った、もういい、帰りたい帰りたい帰りたあーい。大きく溜め息ひとつして、自問自答する。で、どうする？　家帰ってどうする？食べていく自信あるのか？これまでとは違うからやっていけるんじゃないかなァ。本当か？　思いだけじゃどうにもならないって自分が一番わかっているだろ。どうするんだ退院して。治りたいって言ったのは嘘か？　嘘じゃない、でもしんどいんだ、もう疲れちゃったよォー。ふぇーん、やっぱりこのままここで頑張る。

　Ｏ先生との面談。揺れている思いやしんどいことを伝える。

　――揺れるのはわかる。今沈んでいる状態。でもこれまでも乗り越えてきた。しんどくてもできてるから大丈夫。食べて、動きたいって気持ちに流されないでやっていけばいい。今しんどいけどその先には希望がある。しんどくて止めたら一時はいいかもしれない。でもその先しんどい。今回が最後のチャンスと思って、活かそう。美味しく食べられていることを大きくしていこう。

　やっぱりしんどくてもやるしかないよね、もうやるっきゃ

ない。

　どうしてこうも神様はその時々にふさわしい言葉との出会いをプレゼントしてくれるの？

『ひと』より

　——時間はね、あるようでないよ（中略）気がついたらできないことだらけになってる。そのときになってあれをやっとけばよかったなんて思わなくてすむようがんばんな

　——急がなくていい。一つ一つだ。急がないがとどまらない。そんなふうにやっていけたらいい。先は大事。でも今も大事。先は見なければいけない。でも今も疎かにしたくない。僕は、生きてる。

　ここを踏ん張って乗り越えよう。あの時頑張っていればって後悔しないように。今やることをやっていこう。一つ一つ、一食一食。

　本日も3食完食。美味しかったけどやっぱり多くてお腹はパンパン、苦しい。でも偉いよ私。やるっきゃないのです。

　6月3日木曜日。しんどいけど、しんどいからこそもっと完食継続を楽しみたい。一食一食嬉しさはある。それを大切に、「おーいしーい」って心で叫べ‼

　今日は一日しんどかった。だるくて頭痛もして。とにかく疲れた、休みたい。何も食べないでいたい、無理だけど。

　本日も3食完食、何とかね。どれも美味しいんだけど量が多くて本当しんどいんじゃ。はァー、もう疲れたよ。もううんざりだ。「食べる」この当たり前のことをわざわざ入院して治

療として一日3回毎日繰り返す。もううんざり、ああ、止めたい。外出も面会もコロナのせいでできない籠の鳥、ストレス溜まるばかり。早く帰りたい。もう90日以上だゾ。でも、でも治りたい。なら、どうすりゃいい？

　6月4日金曜日、入院95日。天気と同様どんより沈んでいる私の心。ここまで頑張ってきた、もう疲れた、もういい、そう思う心と、やっぱり治りたいって思いとで揺れる。だって本当しんどいんじゃ。なぜ治りたいの？　普通になりたい、美味しく笑ってご飯食べたい。美味しそう、食べてみたいって心に素直になりたい。抑えてコントロールしてストレス溜めて、イライラしてって何か馬鹿らしい。そこから逃れたい。そこから自由になりたい。ささやかで大きな夢。

　95日間完食、疲れた。「食べる」って当たり前のことが治療だなんて馬鹿げた病気でいることにうんざり。もう離れたい。ああ、そうだ、入院生活にもうんざりしているけど病気でいることにもうんざりなんだ私。やっぱり治そう。そのために食べよう。しんどくても何でも体重増やそう。病気の私にうんざりしているのだ。今まで何度か入院して同病者にも何人も出会った。そんな中、今回、本当に治そうとしている人に出会えた。一人は諦めかけていたのを思い直したと、一人は本気で治そうと思ったと、私に教えてくれた。二人共、私と話をしたことがきっかけだと言ってくれた。私、あの頃治りたいって本当に一所懸命だった。ほんの1〜2カ月前のことだ。それから時も流れしんどさに心も身体も疲れてきて諦め

ようか、という気になりかけてきた。けれどもやっぱり心の奥の奥でサヨナラしたい思いがある。変わらずに確かにある。病気の最後の悪足掻きに負けそうになった。でもやっぱりやるっきゃないんじゃ。病気でいるのが嫌ならば。本当に大切なことを見失うな！

　ああ、どうしてこうもその時々にふさわしい言葉に出会うんじゃろうか。

　──「こつこつやっていれば、いつか変化が起きる。物事は前に進む」「大きな一歩は小さな積み重ねから始まる」

（アルピニスト　野口健）

　入院13週で5.1kg増、全体で8.35kg増やさないと40kgにならない。今6合目あたり。残り3.25kg、登山の途中とってもしんどい。足元を見るのも大切、でも頂上まで行けば360°の展望が待っている。諦めて下山するのか？　下山も大変だぞ。ここまでもいろいろあった。決して楽じゃなかった。折れそうになった。やっとここまで登ってきた。一歩一歩踏みしめてきた。迷わなくていい、前に進むんだ。一食一食、一日一日大切に。少しずつでもいい、歩いていけば頂上まで辿り着ける。そのために頑張ってきたんだ。よくやってきた、偉いぞ。今までの入院にはないハイペースで歩んできた。疲れもするさ、当然だ。それでいい。ただ、それでも前を向く、蹲っても立ち上がる。立ち上がれなかったら這ってでもいい。病気に引き戻されない、大丈夫。みんながついている。みんなが支えてくれている。

今朝、急に涙が込み上げてきた。いろんな感情がごちゃごちゃだぁ。諦めようか頑張ろうか、退院しようか入院続けようか、でも本当に疲れた。これは紛れも無い事実、実感。何に疲れた？　入院生活に、窮屈でストレスが溜まるし嫌になった。そして「食べること」っていうか、「食べる」が、食事が治療だっていうことに。「食べる」なんて当たり前のことを治療として一日3回毎日続けなきゃいけないこと、当たり前のことが治療っていう病気である、ということ。いい加減うんざりする。でもこの13週間を振り返れば5.1kg増えた。40kgまでには8.35kg増やす必要があったのが、6合目あたりまできた。折り返し点は過ぎた。残り4合だ。頂上までいけば360°の展望が待っている。6月20日までは緊急事態宣言下で、退院したとしても気晴らしにどこかへ行く、ということも儘ならない。退院してちゃんと体重増やしていく自信は半々ぐらいか。ならば、今月中は入院して頑張って体重増やす方が安全で確実じゃないか？治るために体重増やすなら。自問自答するうちに落ち着いてくる。

　T先生との面談。

　──「怖い」って感情は自分の外にあると考える方がいい。感情のないフラットな自分がいて、何か刺激があると外からやってくる、みたいな。体重も増えて怖さも強くなってしんどいんだと思う。「怖い」って言葉で言う以上に怖いんだと思うよ。

「治るんだろうか」

　──治るよ。体重増やしていけば。道は険しいけれど。ま

だ体重少ない。少ないところからのスタートだったからまだまだ。40kgでも怖さはある。

　そうなんだろうなァ。40kgで治るわけじゃないんだ。まだ治る途中なんだよなァ。

　ウー、今日は揚げ物dayできつかった。昼に揚げ魚＋揚げ春巻3個、夕にメインの豚肉のはちみつ味噌焼き3切れがあるにもかかわらずコロッケ2個も！　はァー、揚げ物三昧、こんなにいらんし。でも完食したよ。夕食でこれだけカロリー摂ったら来週はきっと体重増えているだろうな。いいじゃないか、怖くっても何でも、6月末までと言わず、やっぱり40kgまでいこう。

　そう思ったのは、本日、摂食障害と思われる患者さんが入院してきたから。本当に痛々しいほどに痩せている。悪いけれど、これからも病気でいる限り私もまたあんなふうになってしまうのかもしれないって思ってしまった。ごめんなさい。せっかく生まれてきたのだ。自分を全うしたい。険しい道でも一歩ずつ歩いていこう。怖さは私の外にある。私そのものではない。

　6月5日土曜日。しんどくてもやっぱり40kgまで病院で頑張る。もうぶれない。弱音を吐きながらも前に進んでいく。私はやっぱり治りたいんだ。苦しくっても、もう入院することなくずっと芳則さんと一緒にいるために。

　O先生との面談。

　──今スランプだけど悪いなりにちゃんとできてる。凄い。

怖くて辛くてしんどい。よくわかる。

　——敵に向かって進んでいく。だんだん大きくなってくる。怯む。だけど進んでいくとポテンとそいつは倒れる。ドンパチすることもなく。あっ、張りぼてだったと気づく。そこに至るまでが辛く苦しい。でも、今這ってでも前に進んでいる。しんどいけど必ず結果が出る。その時大きな喜びがある。

　——この病気は治りたくないって思いもある厄介なもの。普通は良くなるチャンスがあれば何が何でもこれを生かして良くなろうとするけど、そのチャンスを拒否したりする。同走するって選択肢もあるけど共に生きなくていい病気。今、田本さん病気であることにうんざりしてるって。今チャンス、サヨナラするチャンス、良くなって不幸な人は誰もいない。いいことばかり。

　やっぱりそうなんよねェ、頑張る。

　怖さはあってもそれは外からやってくるもの。「私」と切り離して考える。私は治りたい、食べることを楽しみたい。できる。朝にはお腹が空いてる。美味しいって思える。食事中「食べる」ことに集中するのではなく他のことを考えられるようにもなってきた。そんないい変化を思い出そう。今、ちょっとスランプ。でも大丈夫。必ず行ける。美味しく楽しくって。

　T先生に、昨日の面談で6月末までは頑張るって言ったけど、今日「40kgまで頑張るのでよろしくお願いします」と言うと嬉しそうな表情。

　——疲れるから止めたくなるのは当然。でも、不安や怖さ

のない状態でどうするかって考えて。

「はい。あとどのくらいかかりそうですか」

——早くて1カ月ぐらい。2カ月ぐらいみておけば。

よし、7月末頃までか。あと2カ月頑張る。逃げないブレない強気でいく、40kgまで。私これまでいつも目標を達成して退院していた。今回も必ず目標達成して退院する。病気との境界が曖昧になると弱気になったり病気に取り込まれそうになったりする。病気にコントロールされそうになる。危険だ。私は私としてある。病気は別物。だからいなくなった方がいい。病気は体重が増えるのを怖がる。でも、私はそうじゃない。体重増やすために食べる。美味しく食べる。目標達成して退院するんだ。逃げない。ブレない。私を誰だと思っているんだ。田本英子だぞ。必ず治す。怖さは私の外にある。私の中にはないんだ。

今日も3食完食。どれも美味しいけど量が多い。お腹パンクしそうだ。でも、こんなに食べられるって本当に幸せ。「食べる」は生きるための基本のキ。それが治療って、基本のキができてないってこと。食べるは生きる。とっても大事なこと。疎かにしちゃいけない。私は生きていくんだ。逞しく、しなやかに。そのための基礎作りをしているんだ。

ふと思った。乗馬に似てる。障害を飛ぶ時、怖いって手綱を引くと、飛びたい馬も飛べなくなる。飛ぶよ、飛ぼうって手綱を引かず前傾すると馬と一体になって飛ぶ、飛び越えられる。あの爽快感、達成感といったら、もう最高。治りたいって思いを怖さがブレーキをかける。本当に治りたいのに。で

も大丈夫。行こうって、治りたい気持ちと一体になればちゃんと前へ進める。飛べる。手綱を引かせてしまうのは病気。手綱を引かず前へと向かわせるのは勇気。私の中の勇気を引き出し勇気をくれるのは安心感を届けてくれる先生や看護師たちかな、ちょっと喩えが変かもしれないけど。あの爽快感、気持ち良さ、今向かっている40kgを達成したら味わえるかも。夕食時、雀さんたちが窓辺に挨拶に来てくれた。可愛い。初めてだ。ガンバレって言ってくれてるの？　ありがとう。

　6月6日日曜日。今朝、心は穏やか、お腹も久々にとっても空いている。嬉しいなァ。
「あなたのゼイ肉、落とします」
　——子供が生き生きと楽しく暮らしているのを見るのが一番の幸せ。
　——何でもかんでも難しく考えすぎていたのかもしれない。もっと自分の健康や気持ちを優先してもよかったのだ。これからは自分を大切にしよう。あらためて決心した!! 「今後は女性としてではなく人間として生きていこう」
　——自分を大切にする。まず自分の好みをよく考えてみること。本当にそれが好きなのか。一つ一つ自問自答することから始める。気分よく過ごせる自分を取り戻すため。同じ生きるなら機嫌よく暮らした方がいい。
　——今の俺はデブでかっこ悪いだろ。そんなことないよ。今もすてきだよ。太っても知也君に違いはないもん。
　もう、本当にその時々に合った言葉に出会わせてくださる。

心にすうっと染み込んでくる。

　外見が変わっても私は私。ありのままでOK。私、しっかりしなくてもいい。ダメダメでもいい。それを認め人に頼ればいい。一人でできることなんて知れてる。無理をしていたら壊れちゃう。勇気を出して助けてもらおう。とっても大切なこと。お互いが楽しく生きてゆくために。

　毎日を機嫌良く過ごそう。自分を窮屈な思いから開放して自由になろう。ゆったりと大らかに。どうでもいいことと大切なことを見極めよう。心に問いかけよう。私にとって譲れないものは芳則さん、芳則さんを失いたくない。他は何もいらない。彼がいてくれればそれでいい。外見も、ちょっと気になるけど……。しっかり食べてぐっすり眠って笑って毎日を過ごす、それでOK。心の鎧を捨てよう。私はそんなに強くない。でもそんなに弱くもない。本当は明るくて人が喜ぶ笑顔を見るのが好きで泣き虫で甘えん坊で、多分やさしくてかわいくて子供っぽくて。病気に勝つとか負けるとかでもなく、病気であることを悲しむとかでもなく、病気であることを受け入れる。私は摂食障害である、まだ。でも治ろうとしている。治る間は病気はいる。でもそれは私じゃない。私は私。治ろうとしているのが私。それにブレーキをかけるのが病気。私は先生たちの言葉を信じて食べ続ければよい。それだけ。それがすべて。やがて病気はいなくなるよ。怖さはずっとあるわけじゃない。ポコッポコッと出てくるだけ。出てきてもいい。やることやり続けるだけ。なんてシンプル、私できる。私を信じる。

昨夜から何かずっと口角上がってる。覚悟が決まったから？　幸せに包まれているから？

　今日は3食とも本当に美味しくいただいた。有難い。気持ちがすっきりしているからかな。美味しいは嬉しい。機嫌良く過ごそう。ゆったりと大らかに。

　栄養士のS先生が以前言われた言葉が蘇る。

　──田本さんは自分で食べていける人だから。

　これって「治る」ってことなんだ。だって家でちゃんと食べることができるってことだもの。先生は私の可能性を信じてくれた。時間はかかっているけれど、私、治ってみせる。「治りたい」じゃなく「治る、治す」。信頼に応えるためにも。

　6月7日月曜日。入院14週間、98日。今日も一食一食の積み重ね。新しい一日が始まる。いい日にしよう。病気という悪魔に惑わされず、コツコツ地道に食べ続けていく。いつか変化が訪れる。

　O先生との面談。

「昨日の3食はメニューのせいもあるかもしれないけど今まで以上に美味しいと感じて嬉しかった。コツコツ続けてきたからここまでできたのかな。ひよこの一歩も続けていったらピョコっと進むことがあるみたいな」

　──美味しいって素晴らしい。しんどくても続けてきたから。例えば60点が合格点として59点と60点の差は大きい。1点の違いで全然違う。

　私、乗馬の喩えを話す。

——少しずつバーが高くなってきて、体重が増えてきて、そのために怖くなるけどこれまでも一つ一つ飛び越えてきた。また怖くなったりしてるけど続けていけば必ず飛べる。

　——体重が増えていくのを諦めてください。治るためには体重増やすしかない。体重増えていけば田本さんが思っているよりもっと素晴らしい世界が広がっている。「食べる」ことが治療でしんどいのが、嬉しいものになる。諦めて途中で止めたらまた地獄が来る。今踏ん張って天国へ。

　体重が増えていくと私が思っているより素晴らしい世界が広がっているらしい。それを信じて前に進んでいこう。私は摂食障害を卒業するよ。医療者の声を信じ自分を信じ愚直に一食一食完食継続していく。ご飯を200gにするって自分で決めた。自分で決めたことを遣り遂げる。怠け心、諦め、投げ遣りな気持ちに打ち勝って黙々と続けていって治っていくんだ。

　私は摂食障害から卒業する。これは自分で決めたこと。迷わず黙々と進んでいく。医療者の声を聴きながら病気を卒業する。

　かつての担当看護師のNさん。

　——何度も同じことを言われていると脳に定着してくる。入院のメリットを上手く使っている。

　なるほど、確かに、先生との会話は同じようなことを言われているが、次第に腑に落ちるというか理解が深まっていく気がする。先生や看護師さんに思いを伝え、話すことはとても大切なことなんだ。

今日も3食完食、明日の体重測定を待つのみ。今回は増えていてほしいなぁ。怖がる病気はいるけど、37kgになっていますように。ああ、体重計に乗るまで不安。本当に厄介。

　6月8日火曜日、36.7kg、0.05kg減、誤差の範囲。ほぼ現状維持。悲しいけどこのまま食べていく。

　起床時に空腹感があったけど体重減少のショックで全く食欲がなくなった。にもかかわらず何とか完食。しんどい。ワーって泣きたい気分。やっぱり悲しい。でも大切なのは、どんな気分であっても完食継続していくこと。愚直に、諦めずにその先に変化があると信じて。来週はきっと結果が出るはず。

　森を散策。空を見上げ、風を感じながら木々を見ていると、やっぱり人間も自然の一部と感じる。五感を研ぎ澄ますことで身体が心が目覚める感じがする。大切な時間。

　栄養士H先生と。

　——点滴もなしで体重増やしているし、家に帰っても続けられる内容で頑張っているし、このままでいい。体重だけじゃなく、肌の状態とか爪の状態とか味覚とか良くなってきている。栄養がいってくると代謝が上がってきたり、筋肉が増えても代謝が上がる。栄養がいってくると味蕾のターンオーバーが良くなって味覚が良くなってくる。爪も栄養がいってくると良くなってくる。体重だけじゃなくいろいろと良くなっている。

　そうなのだ。体重も大切だけどそれだけじゃない。続けて

きたことにちゃんと意味があるって身体が示してくれている。入院当初の爪は本当にボロボロで、人に見られるのが恥ずかしくていつも手を握って隠していた。いくら薬を塗ってもなかなか良くならなかった。それがこの3カ月ぐらいで劇的に変わった。次第に生え替わり、人に見られても恥ずかしくないくらいになった。肌も髪の毛も艶々してきた。身体は正直だ。しんどくても続けてきたことでいい変化がいろいろある。大丈夫。このまま続けていこう。自信をもっていけばいい。もうスキップしたくなるくらいに嬉しい。私って単純。

　T先生との面談。

　――もしかして運動量増えた？

「特に変わってないと思う。H先生から代謝が上がっているのかもしれないって言われた」

　――そうかもしれない。今でも十分食べているけどペースを上げるのに点滴もありだよ。敗北とかではないよ。入院期間を短くしてあげたい。

「私はやっぱり点滴は嫌。H先生が以前、100mlで200kcalのドリンクがあるって。田本さん、おいしく食べていきたいって思いが強いけど、ペースアップをもし考えるならドリンクがお勧め。味も私たちが試飲して、これならって思うものを選んでいる。100mlなら胃への負担が少ないし、家に帰って手軽にカロリーを摂るものとしてお昼に活用して、できた時間を夕食作りに使ってみるみたいな。家事の負担少なくして食事が摂れるように。そのお試しみたいな意味で加えるのもありかな、と教えてくれた。私もそれなら試してみてもいい

かなって思った」

——それいいね。

次回横這いなら、ドリンクを加えるのも考えることにする。

6月9日水曜日。入院100日。オレンジ色の朝日が昇るのを見る。今日もいい日でありますように。

私、摂食障害なんかになりたくなかった。本当はなりたくなんかなかったんだ。でもなってしまった。摂食障害は私を厭な現実から逃してくれたけど狭くて窮屈な世界に閉じ込めた。病気が強くなるほど私を圧迫していった。病気に乗っ取られるかのように。やはり病気を手放さなければならないのだ。

今回やっと摂食障害を捨てる、止める「覚悟」を持ったのだ。遅かったけど。生き方を変えるために必ず治る。遅くとも生き方を変えることができて良かったと思えるように。今しんどくても未来幸せであるため、未来の幸せを考えて頑張っているのだ。今の積み重ねが未来を創ってゆくのだ。

6月10日木曜日。入院101日。オレンジ色の朝日が昇ってゆくのを見る。パワーチャージだ。

心が揺れてもいい。揺れるのは当然。何のためにここにいるのか、それさえ忘れなければ、ブレなければ。頑張っている私がいて、支えてくれる先生、看護師さんたちがいて、待ってくれている人がいて、私きっと治っていける。一歩ずつ愚直に、喜びを持ってやることやっていけばいい。私はいい

出会いを重ねてきた。先生、看護師、病室、本等すべてが私の力になっている。有り難いことだ。私は治っていってる。自信持とう。

　ああ、この病気の人みんなが愛おしい。みんな揺れる。みんなしんどい。その中で、後悔しないように。どう選んでも、いいとか悪いとかじゃなくて、あの時もっと頑張っていればって後悔だけはしないようにしてほしい。みんなしんどい中頑張っている。治っていけるから一緒に前へ歩いていこうと伝えたい。途中休んでもいい。だけど前へと歩いてほしい。しんどくても辛くても少しずつでも歩き続けていけばきっと治っていけるから、諦めないでいこうって。

　私は病気を抱きしめていたのかもしれない。もう離すんだ。離れるんだ。治るんだ。

　Ｏ先生との面談。

　──また一山越えた。揺れる時、僕たちがこっちだよと示すけど、田本さんちゃんと自分でいい方を選び取れるようになってきた。どんな精神状態でも3食ちゃんと食べてきたから。40kgまで行ったら、もっと楽にできるようになる。40kgまで行ったら環境を変えることができる。外来で。それまで、40kgまで突っ走っていこう。40kgになって1〜2週間維持できたら退院して外来で。

　40kg、怖くもあるけどやっぱり行きたい。私自身のために芳則さんのために必ず行く。私は私に戻るんだ。私は本当に出会いに恵まれている。きっと当たり前に食べることができるようになる。体重に拘ることなく美味しく楽しく。味覚だ

けじゃない、視覚、聴覚、臭覚、触覚、五感すべてで味わう。作ってくれた人に感謝していただく。農家さんや物流業の方々も含めて、多くの人々のお陰で私は食べている。

　芳則さんは、私がしんどいことをわかってくれている。私が病気であっても体型がどうでも、変わらず愛してくれている。怖がらなくていい。私であればいい。隠さずに生きていく、摂食障害であることを。いつか摂食障害であったと言えるように。苦しい時、先生や看護師を頼るように人を頼って生きていく。肩に力を入れて、私が……って窮屈な生き方より、できない私を認めて人に頼る。自分を苛めるのは止めよう。自分を労ろう。大切なこの世にたった一人の私なのだから。せっかく生まれてきた私。これからも生きてゆく私。低空飛行でも生きてきた。それは有り難いこと。私を生きていく。本当の私を。

　今日も3食完食。食事が美味しいって本当にし・あ・わ・せ。一日3回の幸せ。細やかで大きな幸せ。

　6月11日金曜日。美しい朝焼け。今日も一食一食美味しくいただき未来へ向かう。

　T先生との面談。本当に信頼できる先生。「田本さん、頑張っているから」って言われ本当に嬉しい。次回は体重増えていますように。

　6月12日土曜日。入院生活も長くなってきた。でも折り返しは過ぎた。これまでよりこれからの方が短いはず。しんど

さも喜びを持って。未来に希望に繋がると信じて、私はこれからも黙々とやることやっていく。決意、実行、継続を愚直に誠実に、弱音を吐きながら。

　完食するのはしんどいけど幸せ。一食ずつゴールに近づく。やるかやらないか、やる方が簡単。自分がやると決めて続ける。やらない、諦めるには理由が、言い訳が必要。目標達成しないで退院したらきっと後悔する。後悔はしたくない。やったーって達成感に満ちて退院したい。それぐらい凄いことしてるんだから、私。

　本日も3食完食。どれも美味しいけど苦しい。昨日今日と浮腫が酷くてちょっと憂鬱。

　6月13日日曜日。霧雨の朝。静かで穏やかな朝。今日も愚直に一歩ずつ一食ずつ。

　私はたまたま摂食障害になってしまった。望んでなったわけじゃない。摂食障害になりたかったわけじゃない。摂食障害になりたいわけじゃない。手放そう。摂食障害は病気だ、治療法がある。ちゃんと治療すれば治る病気。食べて体重を増やすこと。ならば、怖くても食べていこう。治っていくために。手放すために。

「できない」なんてない。きっとない。壁を越えていけ。格好悪くたって何だっていい。決して諦めない。

　今日も3食完食、お腹パンクしそうだ。

　6月14日月曜日。入院15週間、105日。今日も一食一食味わ

って希望に向かっていこう。

　O先生との面談。

　——行動が気持ちを変えていく。揺れても完食続けていけている。気持ちがブレることは悪いことじゃない。食べることがしんどいしんどいできたけれど、食べる時にいろんなことを思ったり思い出を浮かべたり、いいこともできてきた。食べ続けることでしんどい思いより良い思いのほうが強くなってきて、食べるのが楽になってくる。気持ちが沈んだ時には食べたくなくなるが、その際に食べないと食欲に関係なくだんだん食べられなくなってまた痩せてくる。食べ続けることでいいことが溢れてくる。体重測定が気になるだろうけど、今でも十分食べている。もし3週間続けて体重増えないと、田本さんの精神衛生上退院近づいたと思ったのにとかあるから、何か増やした方がいいだろう。

　H先生から提案されたドリンクのことを話すと

　——それはいい。

　とにかく明日の結果を待つのみ。やることやって、やり切って。

　3食完食、お腹パンパン、苦しい、でも幸せ。

「風を止めないで」を読んでいて急に思い出した。かつて教えていた学生から「風を感じる」と言われたことがあった。私の周りに風が吹くならば、爽やかで温かく人を包み込むようなものであってほしい。

『キネマの神様』を読み始める。これ、私に言ってくれてるの？って思う言葉が溢れている。心に染み入ってくる。何だ

か読んでいるうちに元気になっていく気がする。

　キネマの神様がいるならば、「病院の神様」もいるはずだ。いや、きっといるに違いない。だって私、守られているもの。迷う時、凹んだ時、その時々に相応しい本に出会う。もちろん主治医、看護師、栄養士、窓際のベッド、森、時折行く8階のテラス。すべてが私に力をくれる。治るまで辛くても頑張れって、楽しいことや幸せが待っているからって、笑いかけてくる。よし、このまま行けばいい。怖れなくていい、大丈夫。

　6月15日火曜日、37.8kg。一気に1.1kg増。やっぱり病院の神様はいるのだ。退院がぐんと近づいた。あと2.2kgだ、もうちょっとだ。怖いけど、いいや、もう。ウン、行くだけだ。
　T先生との面談。
　──今回体重増えて退院が見えてきた。田本さんぐらいの年齢になると穏やかな生活という視点から積極的に治る方への働きかけはしないようになる。その中でのこの頑張りは凄い。このまま良くなったら症例発表もの。
　「若い子なら勢いもあるし、私がこれまで出会った同じ病気の人も40代ぐらいまでがほとんど。まだこれからっていう人たち。私はもうっていう年齢。その中で悪足掻きしている」
　「『キネマの神様』がいるなら、『病院の神様』もいると思う。いろんな病気があるけれども、良くなろうとしていると、先生や看護師さんたちとの出会いや、今回のベッド、森、8階のテラス、タイムリーな本との出会いとか、みんな私に力をく

れる。いいこともある」

　──前向きな気持ちでいるとそういうのが集まってくるんじゃないのかな。そんなふうに思える田本さんが凄いんだよ。僕自身はそんなふうな考えはないけど田本さん見てるとそう思う。

　そうなのかなァ。私の特性なのかなァ。

　浮腫について聞くと、はっきりとはわからない。もともと私自身浮腫やすくて、浮腫も酷い傾向がある。体重が増えていってバランスがとれてくると落ち着いてくるだろうと。まっ、とにかく食べていくことに変わりはないのだ。食べ続けていけば浮腫も出なくなっていくのだろう。
『キネマの神様』を読んでいると何だか心に力が湧いてくる。私、きっと本来エネルギーに満ちた人間なんじゃないのかしらと思えてくる。

　そうだ、本のタイトル「DEAR」にしよう。親愛なる私へ、友へ、支えてくれる人へ、力をくれる人へ、待ってくれている人へ、病院の神様へ、同じ病気の人へ。そして病気にさえも。心をこめて。

　本日も3食完食、一歩ずつ退院に近づいていると信じてこれからも完食継続。決意、実行、継続。これがゴールへ導いていく。オーッ！

　新聞への原稿書く。

　6月16日水曜日。昨日は天赦日と一粒万倍日が重なるいい日だったそうだ。その通りのいい1日でした。今日もよい日に

しよう。一食一食希望に向かって。

　摂食障害と診断されて十数年、着実に進歩してきたのだ。私、治って、愛する人と一緒に美味しく楽しく心から笑って食事するという穏やかな、細やかな、大切な夢を実現させる。

　私、摂食障害に悩まされています。でも治そうと治ろうと前向きなんです。私ぐらいの年齢になるとちょっとやそっとじゃ摂食障害は治らない、容易くはない。想像以上に手強く、しぶとい。「治る」に長い長い時間がかかってる。本当にしんどい、辛い。長いつきあいのBちゃんが言うことはよくわかる。でも離れるのだと治るのだと私は決めたのだ。諦めたくない。

　O先生との面談。

　——増えていてよかった。僕もガッツポーズしました。退院が見えてきた。グッと近くになった。36kgと37kgじゃ全然違う。田本さんが頑張ってきたから見えた世界。トンネルの先の光が大きくなってきた。もう戻りたくないでしょう。田本さんとのやりとりは、以前は怖いっていう訴えが多かったが、だんだん少なくなってきた。

「体重増えたの嬉しかったし、退院が近づいたって思ったけど、しばらくするとこんなに増えちゃったって思う自分もいた。でも、もういい。増えた方がいいんだって思えた自分が嬉しかった」

　——開き直りも大事。この病気は努力は必ず報われる。本当に凄く頑張っている。入院決めて鼻腔栄養も点滴も嫌だって食べて、食べ続けて、できてる。行動すること、行動を続

けることが大事、それが今に繋がっている。これからも続け
てゴールまで行こう。

　そう、食べ続けてきたことでいいことばかり。心が穏やか
になってきた。前向きに考えられるようになってきた。まっ
いいかって余裕も出てきた。体力もついてきた。何より笑顔
が増えた。だって一日3回苦しくはあるけれど、美味しい、嬉
しいって思えてる。1カ月で3×30日＝90回嬉しい楽しい。幸
せにならないわけがない。最初の頃は本当に苦しかった辛か
った。今でもしんどさはあるけれど、心は楽になってきてい
る。体重増える恐怖より体重減る方が恐怖なんて変われば変
わるもんだ。そもそも、ご飯200g＋おかず大盛り＋αを食べ
続けているなんて自分が一番びっくりしている。できるもん
なんだねぇ、自分の可能性広げてね。凄いよ私。待ってくれ
ている人の元へ、私自身へ帰っていく。

　O先生もT先生も凄いって言ってくれてる。そうなんだ、私
凄いことをやっているんだ。続けてきたんだ。自信持とう。

　今日も3食完食、夕食はトンカツ。あんなに嫌だった避けて
いた揚げ物が今では美味しいって思えるようになった。美味
しいは幸せ、お腹は苦しいけどね。

第7章

2021年6月17日——どうしたの？　Ｂちゃん

6月17日木曜日。久しぶりに朝日を昇る瞬間からずっと見つめていた。鮮やかなオレンジから刻一刻と色を変えつつ煌めきを増してゆく。やがて、目を開けていられないほどに輝く。幸せなひととき。

　私、しんどい時もあったけど「生きることを止めない」私でもあったのだ。「生きたい」といつだって細胞は叫ぶのだ、心はどうあれ。この病気は、治療は本当にしんどいけど努力は必ず報われるのだ。O先生の言うように。

　しかし、本当に私と病気とのシーソーゲームなのだな。「二人の私」ではなく「私」と「病気」なのだ。二つは別物なのだ。これを明確にしておこう。「私」に「病気」が取り憑いているのだ。「病気」は治療によってなくなる、いなくなる。「私」が本来の「私」になっていくのだ。苦しくとも素晴らしく楽しいことでもあるのだ。

　私は病気を憎んだけれども、東洋医学では「病は決して忌むべきものではなく、人にその生き方や考え方の偏りに気づきを与える声とも言われている」らしい。だとすれば、病を得たのも、私の人生に必然だったのかもしれない。実際、時に私は、病気にならなかったら高慢ちきな人間になっていたかもしれない、と思ったりすることもあるからだ。

　私は、心のつぶやきを、心の声を文字にしている。率直に、心のままに。今、つくづく思うのだ。何かを手に入れるためには何かを手放さなければならない、と。治るためには、痩せていることや痩せていることに価値があるという考えを手放さなければならない。でも、痩せたこの身体が変わってい

くのは怖いんだ、嫌なんだ。手放すのは、悲しいような寂しいような思いもある。長年付き合ってきたんだ。愛着のようなものもあるのだろうな。理屈じゃないんよね。心がね、痛いんよ。でも、今のままで止まっていちゃ駄目なんよ。手放すと見えてくるもの。手に入れられるものがあるんよ。新しい私に向かう道は、苦しみも痛みも伴うけれども、喜び、幸せへと繋がっている。そう信じて前へ進む。

　Ｏ先生との面談。

　──田本さん、本当によく頑張った。自分が思っている以上に頑張っている。しんどくて思いがぐちゃぐちゃな時も食べてきたから。入院生活100日以上、ずっと食べ続けてきたからここまできた。見えてきた世界がここにある。あと少し。希望を持って胸張って退院しよう。

　私、最初の入院で初めての外出の時には、まだ食べるのが本当にとても怖くて食べられなくて、浮腫も酷くて、歩くことさえ真面にはできなくて。長い移動は車椅子じゃなきゃできなくて。そんな私が十数年経ってここまできた。森を軽やかに散歩もできる体力もついている。心も穏やか。食べる量なんて比べ物にならないくらい増えた。思っていた以上に長い時間がかかったけどやっとここまできた。辿り着いた。

　私と病気は別物で、私はちゃんとあって、そこに病気が取り憑いてしまっているだけ。私とは違うものだから私が大きくなっていけば病気は小さくなっていく、なくなっていく。グチャグチャな時、不安で怖くなっていく。私が常に二人いて「治りたい」と「病気でいたい」という相反するものが私の中

に同居していて、いつか私自身が分裂してしまうんじゃないかって恐怖があって、なんてしんどい辛い病気なんだと絶望的にもなって、にわかに暗雲広がりて心に雨をもたらせた。それも土砂降りの雨を。それが、別物なんだと明確になってくると落ち着いて、私を育てていけばいいんだと思えてくる。そして食べていって体重が増えてくると、見える世界、身体、体調、考えが変わってくる。すべていい方に。先生が、体重増えてくるといいことがあるよという言葉が実感できるようになってくる。それは体重が増えてきたからこそ見えてきたこと。わかったこと。体重増えるの怖がって、痩せていること、痩せていることに価値を置く考えを手放せないままでは、しがみついているままではわからない世界。怖いけど食べて体重増えていくとこんなに素敵な世界が広がっている。とっても時間がかかっても必ずそこへ行ける。行ってほしいって伝えたい。生きていることに絶望しかけていた私が生きていることが嬉しいと思えるようになった。そんな素敵な世界が待っていると。私、生きてきて良かった。私、きっと本を書くためにここまで生きてきたのだ。

　昼食：ご飯200g、かき揚げ3種、塩もみ、肉じゃが、牛乳
　かき揚げは、玉ねぎ×桜えび、さつま芋×グリンピース、長芋磯辺巻2個。

　かき揚げは油っこいし、さつま芋、長芋、じゃが芋の芋3種揃い踏みって本当しんどいって。

　苦戦していると、久々にBちゃん来たー。

　――お前ここまでできたんだなァ、よく頑張ったよ、ここま

でくるとは思わなかった。

「どしたのＢちゃん、いっつも意地悪なのに」

　——本当ここまでくるなんて思ってなかったよ。お前とは長い付き合いで、腐され縁っていうか多分っていうよりほぼ絶対離れられないだろうって思ってた。高をくくってたんだ、これまでがそうだったから。でも、今度は本気の本気だったんだなァ。参ったなァ。

「まだ先があるけど、本当しんどかったけどやっとここまできたよ。本当に長い長過ぎるくらいの時間がかかってきたけど、何せ十数年だもん。

　——けどここまできたんだ。もう行くしかないって肚を括ってんだろう？　怖くって何でも行こうって

「そう、行きたい、行ってみたい」

　——でもまだ先があるからな、どうなるか見てるぜ、頑張れとは言わないし言えないけど。よくやってきたよ、本当に。途中諦めかけてくれそうだったのに。しめしめって思ったのに。

「うん、しんどくて、もううんざりだって逃げ出したくなった。でも、ここで止めたら勿体ないし悔しいって思ったんだ。きっと後悔するって。きっと最後のチャンスだからって、踏み留まった、何とかね。やっとここまできた、逃げなくて良かったって思う」

「Ｂちゃん、私ね、今すべてが嬉しいんよ。生きてる、食べられてる、空が青いとか見るものすべて。何か変になっちゃったよ。どうしたんだろ、私」

──お前は元々そうじゃん。ガキみたいに何でもないようなことで喜んだりしてたじゃん。自分を取り戻してきたんじゃないか？　俺がこんなこと言うのも変だけど。

「だったら嬉しいけど。もしかして40kgが近づいてきてまた心が揺れてて、それでこんなふうに思ったりしてるんじゃないのかなァ？　どうなんだろ」

　──俺にはわかんないよ、けど、嬉しいっていいことなんじゃないの？

「まァ、そうだけど……」

　──まだ先があるからな、本当にゴールまで行けるのか見てるよ。病気である限り俺はいなくならないんだから。本当のゴール、治るまで行ったらサヨナラしてやるぜ。それまで俺はいるんだ。

「きっとサヨナラするよ。だって痩せていること手放したらこんなにいいこと、広い世界が広がっている、広がっていくんだから」

　退院が見えてくると遠い先の方にあった光が近づいてきた。あと少し、もうすぐみんなに会えるんだ。今までとは違う世界。イライラしたり、～でなければと窮屈な世界から、穏やかで、まっいいかって余裕を持った世界へと扉を開いたんだ。喜びの溢れた世界へ足を踏み入れたんだ。そのまま進んでいけばいい。芳則さんがいる、家族がいる、待ってくれている人たちがいる、そこへ帰っていくんだ、飛び切りの笑顔と共に。「負に反発する正の力」が湧いてきたのだ、溢れてきたのだ。このまま行こう、行くゾー。

摂食障害になったって、摂食障害とサヨナラしようと頑張っていけば広い世界へ行ける。Life is beautifull. 人生は素晴らしいって思える。摂食障害になったことさえも。苦しんだからこそ分かる。この病気の怖さが辛さが。病気にならないように、そして、なっても立ち上り立ち直ることができる、麦のように雑草のように。私はそれを伝えたい、怖さの先に広がる世界があると、一緒に歩いていこうって。苦しみの先には喜びが待っているからって。痩せていることを手放す、手放そうとする。受け入れ難い体重が増えることを受け入れようとする、受け入れる。苦しいけれども楽になっていく。摂食障害の治療は辛く苦しい。けれどその先に広がる世界がどんなに素晴らしいかを伝えたい。生きるのが辛かった、自分に匙を投げかけていた私が、生きているのが嬉しいと思える、生きていて良かったと思えるほどのものなのだ。

　3月2日、雨降る寒い日に入院した。コートを着て。今、夏のような日射し。覚悟して入院したものの、私に春は来るのだろうか、と思ったものだ。季節は春、桜から生命溢れる新緑へと移ろいやがて深緑。青葉が滴る如く繁り梅雨へと向かっている。私も辛く苦しい酷寒の冬を越え、今やっと春が来た。暗い冬を耐え光の春を迎えようとしている、やっと。春はいつか来るのだ、必ず。

　4カ月ほど前には生きることを止めかけた。でも生きることを止めなかった。治ることを諦めかけた。でも治ることを諦めなかった。そして今がある。最もわかりやすいのは爪だ。ボロボロで人に見られるのが恥ずかしいくらいだった。それが

今やほとんどの爪は健康的なピンク色をしている。「生きている」って示してる、「頑張ってきたね」って言っている。凄いな私。

　怖い怖い40kgまであと少し。行きたい、行ってみたい40kg。怖いけどきっとまた今よりも広い世界へ行ける。体重が増えるに従って私は変わってきたのだ、身体も心も。窮屈だった世界から広々とした世界へ、一歩ずつ少しずつ着実に確実に。

　6月18日金曜日。朝日は見えねどオレンジに光る雲を見る。これもまた良し。急にこれまでのことが堰を切ったように押し寄せてくる。これまでがあって今がある。私は私の人生を肯定する。私、一所懸命生きてきた。病気になって長い冬眠生活に入ってたけどやっと春を迎えられそうだ。生まれ変わるという還暦を前にして。

　昼食中、量が多くて食べるのがしんどくなった時、Ｓ栄養士の「田本さんは自分で食べていける人だから」って声が聴こえた。私、本当に多くの人たちに支えられてきたんだ。あと4分の1ぐらいまで来た。あともうちょっとだ。頑張ろう、ファイトじゃ。

　Ｔ先生に先日のＢちゃんとのやりとりを見てもらうと、いいんじゃないのかなって。病気が離れていっているのだろう。

　6月19日土曜日。朝から結構な雨が降って景色が煙っている。窓硝子を叩く雨、これもまた良し。

　Ｏ先生との面談。Ｂちゃんとのやりとりを見てもらう。

——現時点ではいいとも悪いとも言えない。病気はいろんな罠を仕掛けてくる、弱気な感じを装っているけど北風と太陽みたいなもので惑わそうとしているのかもしれない。田本さんが病気も悪いことばかりじゃなかった、親との関係が少し改善したなど思っているところに付け込んでいるのかもしれない。これが病気とサヨナラする契機となるのか、また取り込まれるのかはこれからの田本さんを見てから。どうあっても食べていけば、それさえ変わらなければ良い方へ向かっていく。あと1カ月後ぐらいにどうだったかわかる。

そうなのだ、とにかく完食。

最初は怖くて遠かった40kgが近づいてきた。心と身体に良い変化が起きている。40kgを目標設定してくれた先生に感謝です。

6月20日日曜日。久しぶりの青空。昇りゆく輝く朝日を見る。光を浴びた雲ははっとするほどに美しい、いい日になりそう。8Fテラスで御褒美コーヒー。風を感じて気持ち良い。空を雲を眺めながらゆっくりと香りを楽しみつつ味わう。森ではムクゲが咲いていた。デイゴは今が盛り。もう夏なんだなァ、季節は流れている。

今日も3食完食。美味しいけど苦しい、でも一食ずつ退院に近づいていく、一食一食大切に。

6月21日月曜日、夏至。入院16週間、112日、美しい朝焼け、昇る朝日を見る。退院に1日近づく今日が始まる。新しい一日

が始まる。

　O先生との面談。

　——よくここまで来た、あとは遅かれ早かれ40kgまで行ける、大丈夫。

「35kgまでしんどくて、35kg越えて36kgぐらいで足踏みして2週続けて停滞した時、本当にしんどくて。これまでならここで帰れているのにまだ半分ぐらいあって。それがポンと上がって37kg台になったら、これまでを振り返ってより残りの方が短くなって」

　——本当によく頑張ってきた。ここまで十数年もかかって何やってたんだろうって田本さん言ってたけど、その間に何度か入院して体重増やしていたから。体重減って萎れているところへ水をやったりしてたから今回ちゃんと栄養を吸収できた。枯れてしまっていたらできなかった。爪が戻ったのが何よりよくわかる。実感も持てるようになってきた。もう後戻りしたくないでしょう、前に行きましょう。明日の体重は気にしなくていい、必ず行けるから。体重増える怖さも普段はほとんどなくて体重が数字で表わされた時だけでしょう？

　そうだ、普段そんなに気になっていない、食べてる時もいろんなことを考えながら食べてる。

　——これから揺れることあっても残党だから、本丸はもう越えた、大丈夫。

　本当にしんどくて逃げたい時もあったけど、しんどくても何でも頑張ってきたんだ。完食継続してきて本当によかった。しんどかったー。でもあともう少し。これまでよりこれから

の方が圧倒的に短い、もう後ろを見ない、前を向いて歩いていくだけ。

　今までの面談の中で一番嬉しくて希望に満ちていた。
　はるかに青空広がりて　日射し煌めく　希望に満ちて

　6月22日火曜日。37.6kg、0.2kg減。ハァー、凹む。増えてるって思ったのに。もう泣きたい気分。
　にわかに暗雲たれこめて　涙の雨を降らせたり　心は涙で溢れそう
　朝食は全く食欲がなくなったけど、何とか完食。こんなに心は沈んでいても、入院して初めてのシシャモを嬉しい、美味しいって思えてる。食べられるって本当に幸せなこと。苦しんできたからこそ身に沁みている。食べることは人を繋ぐ。それを遠ざけるこの病気は、やっぱり悲しい。
　T先生が次回体重増えていたら1泊か2泊の試験外泊を、と言ってくれた。やったー、初めての外泊。一気にテンションMAX！　よーし、頑張るゾー。
　暗雲立ち去り晴れ渡り　光煌めく　青いよよ青

第8章

2021年6月23日──ザワック病棟

6月23日水曜日。今日も良い日にしよう。一日一日を一食一食を大切に。生きている間にあと何回食べることができるのかわからない。少しでも美味しく楽しく食べていこう。

　病棟の雰囲気が変わってきた。ザワザワして落ち着かない。入院患者が増えてきて何か酸欠状態、窒息しそう。本当入院生活ってストレスも多いわ。そんな中でも日々小さな幸せを見つけて過ごしてきた。でも、早く脱出しなきゃね。

　O先生との面談。

　——田本さん、摂食障害と闘うアスリートとして高いレベルで話ができるくらいレベルアップしている、自信持って。

　——病気が強いときは食べる食べない、点滴やドリンクなどにするしないといったレベルの話。今、田本さんは食べて食べ続けて、これまでの経過があって、今回減ったけど同じようにメニューをこなしていけばまた体重増えてくる、という実績がある、積み重ねがある。今は与えられたメニューをこなしているけど、試験外泊で家でもちゃんとカロリーを摂っていけるか試してみる。試験外泊で崩れる人もいるが、田本さんは大丈夫だろうということで外泊を勧めている。自信を持って。体重増えてないといっても大きく崩れていない。また増えていける。土台がちゃんと残っている。増えていない時もちゃんとやってきている。自信を持って。

　嬉しい、外泊したら何食べよう。まずはお刺身食べたーい。

　森から帰棟すると突然の雷雨。土砂降り。でも一気に涼しくなった。8Fテラスに出てみると風が心地良かった。

　実家に電話すると、母は膝の調子が悪いそうだ。どうか二

人共一日でも長く元気で過ごせますように。

　それにしても今のこの病棟は澱んでいる。何より五月蝿い。騒然として落ち着かない。いろんな患者さんがいる。マイナスの気を撒き散らす人もいる。引っ張られないようにしなくっちゃ。

　はァー、本当に五月蝿くてストレスMAX。もううんざり。早くオサラバせねば。その一方で体重増えるの怖がる奴もいる私、はァー、面倒。それでイライラしているのかなァ、全くもう。

　そんな中でも完食継続、やっぱ凄いよ私。

　6月24日木曜日。雲間にオレンジの朝日を見る。いい一日にしよう、と思っているのに、朝っぱらからあの婆さんの「スイマセーン」攻撃炸裂。「スイマセーン、スイマセーン、おしっこが出たんですけど」って何度も何度も叫んでる。ああ、もういい加減にして！食事中だゾ。参っちゃうよ全く。こんなんで治療的環境といえるのか、と怒りも込み上げてくる。何でわざわざデイルームに車椅子で連れ出して、何度も声の限りに叫んでいるのに放っておくんだよ。**ザケンナヨ‼** 婆さんも患者なら私も患者だ。治療のためにここにいる。ストレス溜めるためにここにいるんじゃない。いい加減にしろー、もっと静かに過ごさせてくれ、ここは病院だろうが‼

　もう何か、どねぇーもこねぇーもねぇぐらい心が騒々、沸々とする。看護師に思いを伝えるも、言ったとて詮ないこと。婆さんも症状なんだからしょうがないと今は諦めるしかないの

かと思ったりもする。アー、もう何なんだ、この病棟!!

　そんな精神状態にあっても完食継続している、完食継続できてる私って、やっぱ凄いよ、偉い、大した者だ。

　一刻も早く窮屈な病棟、ストレスの多い病棟から、広い世界へ戻っていこう。食べて食べて元気になって。ザケンナヨ!!　でも待て待て、こんなにイライラしているのも病気の残党の悪足掻きなのかも。体重増えるの怖いよーって叫んでるのかも。落ち着け、確かにストレスは多いが、解決策はあるはずだ、深呼吸して。悪魔に魂は売らない。しっかりと私は私の道を行く、治っていく道を前へ。とにかく食べる。

　〇先生との面談。病棟が騒がしくなったりしてイライラするけど、病気がしているのかもと考えて、完食を続けていることを話す。

　──素晴らしい考え方。高いレベルにきている。病気が強い時には食べない言い訳ばかりを考える。それに惑わされず、ちゃんと食べることに向き合えている、もう食べることは怖くないでしょ?

　確かにそうだ。もう、「食べる」って決めているし、食べ続けてきたから食べることが当たり前になってきている。行動が思考を変えていくのだ、と改めて分かる。

　──自分ではよく分からないかもしれないけど着実に進歩している。

　そうなのか、ちゃんと前へ歩いているんだ。

　6月25日金曜日。雲間の赤い朝日を見る、いい一日にしよ

う。

　はァー、今日は揚げ物Dayじゃ、辛いワ。昼食に揚げ魚の
スウィートチリソースかけ2切れと揚げ春巻2本、夕食に豚肉
のはちみつ味噌焼き3切れあるのに加えコロッケ2個も。あぁ、
これだけ揚げ物食べるとさすがにうんざり。こんなにいらな
ーい。当分揚げ物見たくない。でも、食べると美味しいなっ
て思えるんよなァ。途中で本当お腹いっぱいになるけど今日
も3食120％完食。凄いゾ私、偉いゾ自分。

　6月26日土曜日。一面の雲、どんよりしている。様々なこ
とが思い出される。最初の主治医O先生に会いたくなる。あ
の頃、1600kcalでさえ食べることができなかった私。今
2600kcal毎日完食しているんです、できてるんです。「決意・
実行・継続」しています。「凄いな」ってあの笑顔で言ってく
れますか。

　6月27日日曜日。雨の朝、それもまた良し。誕生日にBち
ゃんにサヨナラ宣言してもう3カ月が過ぎた。ずっと完食継続、
凄いぜ私。本当にしんどい時も揺れる時も決して崩れなかっ
た。私やっぱり本を書く、書きたい。この入院を記憶し記録
するために。

　6月28日月曜日。入院17週間119日。よく頑張ってるなァ私。
本当よくやってきたよ自分。雲間の赤っぽい朝日がオレンジ
色へと変わってゆく様を見続ける。今日も一日変わらずにや

るということやるだけ。明日は体重測定だ。

　やったー、新聞に掲載された。2カ月連続だ。フッフッフー。きっと明日は体重増えてる、はず。

「病院の神様」ほほ笑んで

田本英子　59　主婦
（岡山市北区）

　私には確信がある。「病院の神様」はいるのだ。諦めるのはもったいない。うつむきたくなる時こそ、前を向け、と。

　今度こそ治すのだ。

　そう決意し入院したものの治療は順風満帆ではない。嵐も吹けばなぎもある。つらい治療を4カ月近くも続ければ、逃げ出したくもなる。治ることを諦めようか、と弱気にもなる。

　しかし、そのたびに心の底が叫ぶのだ。本当は治りたい。つらくとも。

　後ろ向きな時こそ、前を向け、と。

　その力をくれるのはたくさんの出会い。私は見守られているのだ。揺れる心の内を聴いてくれる主治医。可能性を信じ支え続けてくれる看護師。これは私に向けられているのだ。

　と思える言葉の詰まったさまざまな本。昇る朝日を見られる病室。心に潤いをくれる敷地内の木々や花々、鳥たち。人を物を五感を通して私に治ろうとする力を呼び起こしてくれる。この出会いをくれたのが「病院の神様」だ。

　大丈夫だと、神様がほほ笑んだ。

　よし、全ての出会いを力に、一歩一歩ゴール目指して進んでいこう。きっと行けるよ、神様がほほ笑んだ。

2021年6月28日「ちまた」（山陽新聞）

　○先生との面談。新聞を見てもらう。

　──前回の時は決意表明だったけど今回は違う感じ。前回掲載の1週間後ぐらいに波が来て迷いもあったが、今はもう前へ。タイミングがいい。あとちょっとのところで力もらいますね。

「確かに。現在37kg以上になって、もう行くしかないって思えている。怖さもあるけど40kgまで行っていないから怖い。行ってしまえばこんなものかと思えるんだろうけど、それまでが怖い」

　　——40kgも41kgも同じ、行くまでが怖い。行ってしまえばこんなものかと思える。100kgになれと言っているんじゃない。適正体重に、と言っている。その数値はこれまでの統計から出されたもの。

　そうなのだ。それすら病気は怖がっている。どんだけボディイメージ崩れてるんだってことだなァ。

　　——明日の体重は気にしなくていい、今食べている量で体重増えていく。遅かれ早かれゴールできる。一喜一憂しなくていい。

　今日、パンツのヒップあたりがきつい感じがある。あーぁ、増えちゃったなって感じる。きっと増えてる、怖いけど嬉しい、変な感じ。

　今日も3食完食。とにかくやることやった、あとは結果を待つのみ。

　6月29日火曜日。入院120日。38.7kg、1.1kg増。やったー、外泊できる。本当私って2週分一度に増えるんよなァー。毎度いきなり1kg以上の増加はちょっと怖いけど、でも確実に退院が近づいた。あと1.3kg、もう少しだ、頑張れ!!　外泊したら髪切りたーい。

6月30日水曜日。赤い朝日が昇るのを見る。朝焼けも美しい。今日もいい日にしたい。今日で一年の半分が終わる。前半のうちの4カ月は入院生活、病院での日々。疲れたけどうんざりだけどあともう少し、頑張ろう。

　O先生との面談。7月3日〜5日の2泊3日の外泊とすることに決める。

　——食事は写メかメモ書きをして2,600kcal確保すること。外食OK刺身OK何でもOK。この外泊は田本さんが勝ち取った外泊。長くなったから息抜きというのではない。次へのステップ。

　——食べることが美味しい、楽しいと感じられるようになってきた。食べ続けてきたから。体重増えるの怖くても一歩踏み出して食べ続けてきた。病院で出されるメニューでなくて自分で食べていく。朝500kcalなら昼・夕1100kcalずつくらい。

「今、それ聞いて私凄いって思った。それだけのカロリー毎日食べてきたなんて、この年齢で、凄いんだ私」

　——そう。それを少しくらい少なくしてみようかなって思ったら少しですまなくなる。すぐ崩れていく。崩れるのは早い。病院と同じようなものを続けていく。それは、今は治療だけど続けていけば治療でなくなる。ただ欲しいもの、美味しいと思うものを食べていけば良くなる。田本さん食べる喜び美味しさをわかるようになってきた。よく頑張ってきた。この病気はそれを感じられない人が多い。人間は食べる眠るが基本、食べられなくなるとイライラしたりしてどんどん食べ

られなくなって身体が壊れ、いつか心停止してしまう。

　やっぱり本当に悲しい病気なのだ。私、絶対抜け出す。

　担当看護師Ｎさんが、顔色、肌艶、髪の艶が見違えるくらい良くなった。ちゃんと栄養摂ってきたから、と。

　食べるはやっぱり幸せ。

　今日も3食完食。午後からは外泊のことで頭がいっぱい。何を食べよう、どこで買おう、どこで食べようか……ああ、嬉しくてたまらない。思わず顔が緩む。うふふ。

　7月1日木曜日。今年の後半のスタートだ。昨夜は遠足前の子供のように興奮していたのかあまり眠れなかった。さすがに午後からだるい感じがあってベッドで横になる。入院記録を読み返していると同じようなことばかり書いているような気がする。でもこれが私の正直な気持ちなのだ、残さず書いていこう。心の声、叫び、つぶやきを。3食完食、心はもう外泊へ。髪切って、刺身食べて、美術館へも行きたーい。うー、ワクワクするゥ。

　7月2日金曜日。一面靄の朝。白っぽくて幻想的な世界が広がっている。これもまた良し。明日から外泊、ああ、待ち遠しい。明日よ早く来い。入院生活はもううんざり、ストレス多過ぎる。

　森散策。とーっても蒸し暑い。空気が肌に纏わりついてくる。昨夜の雨のせいか、芝生に様々なキノコが至る処に顔を出している。ずっと胞子で生きて時を待ち、時が来れば雨が

降れば一気に生命を咲かせる、逞しい生命力、見習おう。「生きる」はシンプル。私は頭でっかちだった。もっと楽にしてやろう、自分を。

　今日も3食完食。美味しい、苦しい、嬉しい。さァ、明日から外泊だァ。

第9章

2021年7月3日──待ちに待った外泊

7月3日土曜日。雲間から光り輝く朝日を見た、今日もいい日になる。

　待ちに待った外泊。嬉しくて、外泊中の計画を考えたりしていたら3時頃から目覚め眠れなくなる。まるで子供だ。ああ、ワクワクする。もちろん朝食を完食し、いざ外泊。さァ、髪切るゾー。ちゃんと2600kcal守りまーす。

　10時前に芳則さんのお迎え。院内のドトールなどで昼食を調達して、さァ、我が家へGo―。

　昼食：ミラノサンドA・B各1／2、牛乳、ヨーグルト、サラダ、豆腐、納豆、チョコ計約901kcal

　久しぶりに芳則さんと一緒の食事。嬉しい美味しい、お腹いっぱいだァ。心もいっぱい。破顔一笑。

　午後、馴染みの理容室でカットと顔剃りをしてもらう。今までとは少し違うヘアスタイルにする。入院してから一度もカットしていなかったから伸び放題になっていたので、ずっと気になっていた。軽やかになった髪とツルンとした肌になった。鏡の中の私に満足。気分上がりますゥ。ありがとう。

　お刺身目当てにスーパーに寄る。しかーし、残念ながら私のお眼鏡に適う品がない。切れ端Mixでカルパッチョを作ることにする。カロリー計算をして作ってくれ、食べるだけの病院食は楽だけれども、自分の目で選んで作るのはやっぱり楽しい。器もあれこれと選んで盛り付けて、さぁ、いっただきまーす。

　夕食：カルパッチョ（サーモン、カンパチなど300g）、豆腐、牛ゴボウ煮、チクワ、すまし汁、ミニトマト、オキュウ

ト、ご飯もちゃんと200g。（計900〜1200kcal）

　久しぶりの刺身おーいしい。幸せ。病院以上にお腹パンパンになる位しっかり食べた。満足満腹、苦しい、でも嬉しい。

　そしてお楽しみの入浴。病院ではシャワーだけだったから4カ月振りにゆーったり湯舟につかり手足を伸ばす。ああ、極楽極楽、生き返る、やっぱり家はいいなァ。心も身体も伸び伸びする。芳則さんと一緒に過ごす時間、かけがえのない大切なもの。一日中笑顔の私。

　入院124日目。試験外泊の一日はあっという間に過ぎていった。このまま時間が止まればいいのに、ずっと家にいたい、病院なんかに帰りたくない。

　7月4日日曜日。今日は倉敷の自然史博物館で開催中の宮沢賢治の作品にちなんだ鉱石の特別展へ行く。最終日に間に合って良かった。

　朝食：ご飯200g、みそ汁、納豆、ホウレン草ごま和え、ゆで卵、チーズ、キウイ、830kcalぐらい。

　病院の献立を真似て。病院では日曜日の朝食に必ず納豆が出る。納豆大好きなので参考にさせてもらった。もちろん完食。二人で食べるとやっぱり嬉しい、幸せ。

　さァ、博物館へGo。早い時間なのでまだ人も少なくゆっくり見られる。様々な鉱石が作品と共に展示されている。賢治は標本や文献などでそのイメージを膨らませていたのだろう、すごい情熱。「楽しいがらやる」を実践していたのだろうな。ますます賢治が好きになる。満ち足りたひととき。退院した

ら好きな時に好きな所へ行けるんだ。早く退院したい。

　スーパーへ寄る。惣菜などいろいろあって目移りする。しかーし、ここでもお眼鏡に適う刺身がなくガッカリ。鰹のタタキサラダ風を作ることにする。

　昼食：ご飯200g、鰹のタタキサラダ風、冷奴、チクワキュウリ、トマト、牛乳。

　料理したの久しぶり。台所の様子は芳則さんの勝手のいいようになっているから少し戸惑う。でも芳則さんも美味しいと言ってくれ嬉しい。お腹は苦しいけど幸せ。

　午後から実家へ行く。両親はまァまァ元気そうで安心する。両親から見て私は増えた体重ほどには変わってないみたいだ。7kgも増えたのにそんなに変わってないんだなァ。新聞掲載記事を両親の知人も読んでくれたそうで、小説家になったらいいのに、と言っていたって。ちょっと笑っちゃう。そんなに簡単にはなれないよ。でも本は出すよ、絶対。和やかな時間が流れる。

　今日ものーんびりと入浴タイムを満喫。

　さァ、夕食：ご飯200g、レバニラ炒め、ナムル、筍土佐煮、豆乳、チーズ。

　おかずはスーパーのお惣菜、カロリー表示しているから有り難い。味もまあまあ美味しい。何より二人で食べているのが嬉しい。時間よ止まれ。あっという間に外泊最終日。溜め息出ちゃう。本日、おやつのみかんを加えて約2,600kcalしっかり食べました、偉い。

　早く退院したい。40kgを怖がるよりも40kgになりたいと思

う気持ちの方が強い。

　7月5日月曜日。憂鬱な朝。本日帰院日。戻りたくないよ病院なんかに。ずっと家にいたい。

　朝食：ご飯200g、みそ汁、納豆、ヒジキ煮、ゆで卵、チーズ、キウイ、牛乳。

　外泊最後の食事。外泊中、ちゃんとご飯200gにおかずもしっかり、病院以上に食べた。偉いよ私。渋々病院へ向かう。思わず溜め息連発。入院した日もそうだったなァ。

　帰院し、T先生との面談。開口一番、

「40kgになったら翌日退院もOKですか」

　——いいよ、原則OKだけど40kgジャストだったら考慮あり。もう少し様子を見るとか。

　やった、一日でも早く退院したい。

　外泊時の食事メモを見てもらい大体2600kcalぐらい摂れたと思うこと、病院より苦しいくらい食べたこと等伝える。

　入院中よりも外泊中の方が苦しい位食べたから明日はきっと体重増えていると思う。どれぐらい増えているだろうか、早く40kgを突破して退院したい。40kgになるのを怖がるよりも早く40kgになりたい思いが強くなった。この2日間、活動量は病院よりも圧倒的に多かった。実際動いてみて、体重は増えたけれども、身体は軽くなった。楽に動けるようになったと実感できた。入院前は本当にしんどかったのに。やっぱり食べるって大切、体重も大切。体重や痩せていることに拘るのは馬鹿みたいに思えてくる。動ける身体こそ大切、動き続

けられる身体こそ大切、やりたいことをやり続けるために。私は本当に何をしたいのかそれが大切。

体重増えていくのはしょうがないと開き直るか。怖さが全くないわけじゃないけど、大切なものを手に入れるために。

Ｔ先生もＯ先生も、外泊中、ご飯200gを崩さず入院中より苦しいくらい食べたことを評価してくれた。家でも続けていける自信できた。

本日再入院となる。外泊時入院124日目だったから入院生活計125日となるのか。本当長いなァ、よく頑張ってるよ。病棟で七夕会。楽しいひととき、笑顔は大切。

本日も完食、明日を待つ。

7月6日火曜日。身長161.1㎝、39.25㎏。身長伸びた？　チーズと牛乳のおかげ？　体重0.55㎏増、やったァ、あと0.75㎏。外泊中頑張って食べて良かった。ほぼほぼ40㎏になった。もっとブタブタしているイメージだったが、なってみるとこんなものなんだと安心したりする。これくらいなら許容できる。やっぱりそこへ行ってみないとわからないのだ。そりゃ、お腹や腰回りや脚などにお肉がついてきたさ。それまでは本当にガリガリだったんだから。それをいいと思ってた、時には更に痩せようとさえしていたんだ。とにかく太るのが嫌だった。いくら痩せていても、「病的」に痩せているなんて思いもせず、思えもせず。今は、お肉のついたこの身体を何か元気っぽくっていいかもって思える。痛々しさは感じられない。痩せている時は「痛々しい」とも思わなかったけど。今、入

院当初の身体を思い描くと、痛々しいという表現がピッタリだと思う。何でそこまで自分で自分を追いつめてたの？

　体重が増えるのがとにかく怖かった、嫌だった。今でも全くないわけじゃない。でも、怖いから行かない、行けないままでいた私より、怖くても行こうとしている今の私の方が好き。行ってしまえば怖くなくなる。そこまでが辛く苦しい、逃げ出したくなる。当然のこと。でも、今、思うんだ。体重がこれだけ、こんなに増えたけれど私は私のまま。元の私を取り戻してきた。そしてより良く変わってきた。穏やかになって、いろいろと面倒臭いことを考えなくなってきた。「やっと起きたよ、目覚めたよ、私」って。食べるためにいろいろと理屈を付けて食べてたけど、食べるのが当たり前になってきた。肩の力が抜けて楽になってきた。何か心が広がった感じ。汲々、キチキチで縮こまり蹲っていた状態から解き放されて、じわーっとゆっくり伸びをして立ち上がってゆく感じがする。何かいいなぁ。笑顔になる。

　治療は辛く苦しい。したくないことをしてるから。でも続けていっていると、少しずつしたいことをしてるのかもって変わってくる。しんどさが軽くなってくる。そうなってくる。「続ける」って凄いこと。地味だけど大切なこと、価値のあること、意味のあること。途中で逃げ出さなくて本当に良かった。40kgなんて途方もなく怖い怖い数字だったのだ、4カ月ちょっと前には。それが目前に迫ってきた。やっとここまできたんだ、あともう少しだよ。

　3食完食してデブッとしたお腹はやっぱり嫌だなって思う、

正直。でも、その一方で、もうしょうがないよ受け入れよう
とも思う。外泊時の芳則さんと一緒の食事、本当に嬉しくて、
美味しいって思った。まァお腹は苦しいんだけどね。幸せな
ひととき。早く退院して芳則さんの笑顔の側に戻るんだ、私。

　7月7日水曜日。七夕。どんよりとした空。去年の7月8日の
日記に「過去に学び、未来を開き、現在に集中せよ」との言
葉があった。Respect the past, Herald the future, Concentrate
on the present。これ、今の私。摂食障害は自己への虐待、イ
ジメだと思った。自分を蔑ろにしてきたんだ。思わず、知ら
ぬ間に、そこに陥ってしまっていた。そこから抜け出そうと
決意した。これからは自分を大切にしていくんだ。これまで
の私は自分の思いは後回し、周りのことばかりを考えていた。
もっと自分に素直で良かったんだ。自分の思いを抑えつけ何
でもしょいこんで。自分一人で解決しようとしてできなくて。
もう止めようね。自分を大切に、自分の生命を大切に、それ
はまず食べること。生きる基本をしっかりとね、今トレーニ
ング中。でも進化してきたよ、未来に向かって。

　昼食：ご飯200g、鮎の塩焼き1尾、かき揚げ3個、冬瓜の煮
物、七夕ゼリー、牛乳。

　七夕の特別メニュー。大好きな鮎が食べられてとても嬉し
い、美味しい。栄養部の心遣いありがとう。

　今日はおやつに挑戦する。以前売店で見かけてからずっと
気になっていた、ホトトギスさんのブラウニー。手に取るも
買おうかどうしようかしばし逡巡。美味しそうだし食べてみ

たい。でも太るよなァ。1日2600kcalも摂っているのにその上食べることないし、体重ちゃんと増えているし。でも食べてみたいなァ。特設コーナーみたいだから、今度いつ入荷するかわかんないよ、食べてみたいに素直になろうよ。そうだよね、買ってみよう。やっと決断。飲み物は牛乳にしよう。味は色々あるけどクルミがいいな。さァ、おやつ。カフェのテラス気分で、いっただっきまーす。まずは香りを楽しもう。はァー、いい香り。ああ、すてきなお皿に盛りつけて、生クリームなんか添えたりしたら、もっといいのになァ、ちょっと残念。牛乳もステキなグラスでなんて、妄想しつつ一口齧ってみる。ちょっと苦味のあるしっとりした生地にクルミの歯応え、ゆっくりじっくり噛み締める。ほうじ茶の香りも広がって、ああ、美味じゃ。私、美味しそう、食べてみたいに素直になって自分から食べている。幸せだァ、至福のひととき、ごちそーさまでした。

　Ｏ先生との面談。

　──外泊で病院よりも活動量多いのに体重が増えていた意味は大きい。退院して日常生活を送りながら体重を増やしていけるということ。

　おやつを食べたことを伝えると

　──素晴らしい。怖いより食べたいが勝った。食事をちゃんと摂っているのに食べよう、食べたいと。食べて美味しかった、素晴らしい。これまで食べなきゃと思って食べていた。食べたい、食べようと自分から食べた。凄い変化。昼の鮎も、ホトトギスのブラウニーも偶然。努力している者にしか偶然

は訪れないという。外泊が思っていた以上に大きな力になった。4カ月前は食べないようにしていたのと全然違う、行動が思考を変えてきた。続けてきたから、幸せ楽しさが実感できてきた。

そうだ、私変わってきたんだ、いい方へ。

今日も3食完食、おやつも食べて満足満腹。苦しい、でも幸せ、嬉しい。

7月8日木曜日。夜中から降り続く雨。遠くの山が白く煙って水墨画のよう。今日も一食一食大切に食べていこう。ゴールは近い。

朝刊の記事に思わず釘付けになる。18日に真備で沢知恵さんのコンサートがある、と。行きたい。早速問い合わせて整理券を2枚入手する。もちろん芳則さんと一緒に行くため。これも神様がくれた出会い。怖いけど40kgまで行く。何としても来週に退院したい。よし、今日もおやつ食べよう。モチベーション大きく上がった。

今日は何にしよう。これがいい。ドリカポ。アーモンドスライスを振りかけたクッキー、食感良さそう。アーモンド大好き。飲み物はやっぱり牛乳。サァ、妄想カフェテラスで「いっただっきまーす」

ああ、芳ばしい香り。うーん、この食感、広がるバターの香り、サクッとカリッと、うんうんいい感じ、美味なり。

お腹や脚にお肉が付いてきたのやっぱり気になるけど、いいの、もう。怖いけど40kgになりたーい。コンサート行きた

ーい。

　今日も3食完食＋おやつ、凄いな私。

　7月9日金曜日。久しぶりに雲間からだけどオレンジの朝日
を見る。次第に煌めいてくる。眩しい。エネルギーの塊、太
陽。生命を燃やしている。深呼吸一つして私に取り込む。パ
ンツのお腹回りや脚の付け根あたりがきつくなった。ちょっ
と悲しいけど受け入れよう。怖いけど来週40kgになってコン
サートに行くんだ。

　今日のおやつはヨーグルト。バニラ風味でいい香り。ゆっ
くり一口ずつ味わう。

　今日も3食完食＋おやつ。結果が出ると嬉しい、怖いけど。
来週40kgになっていたい。

　今日も浮腫が酷くてしんどい、足を上げてしっかりマッサ
ージして楽になる。

　7月10日土曜日。入院130日。どんよりとして静かな森も風
情があって好し。今日も一途に、笑って。

　朝食：ご飯200g、みそ汁、炒め煮、ごま和え、ゆで卵、チ
ーズ、牛乳、バナナ1本。

　またしても炭水化物三銃士。ご飯、バナナ、ジャガ芋。で
もジャガ芋ってお肉と煮ると本当に美味しくなる。以前は「何
でこんなん出すん？」って被害的にとらえていたのが今は美
味しいって思える。食べ続けていくことで、体重増えていく
ことで食べるのが楽になっていくって本当だ。胃は120％で

しんどいけど心は楽になってきた。

　○先生との面談。おやつをあれからも食べていること、コンサートに行きたくて来週の退院を目指していること等話す。

　──お菓子も食べられるようになるとは思わなかった。あともう少し、ここで気を抜くと病気が取り込んでくる。ここまできたからこれぐらい減らしてもいいかなっていうふうになってくるから気を付ける。

　──トンネルの先の光が見えるところまで来た。けど、まだすぐトンネルがあるところ、もっと離れるまで、47〜48kgは必要。

　食べ続けて変わってきた。最初のうちは食べなきゃって目一杯肩に力入れて、義務的に渋々食べていた。今は美味しさがわかってきた。食べることは苦しく辛いことから少しずつ美味しい楽しい嬉しいへと変わってきた。揚げ物や、肉と一緒に煮たジャガ芋などの美味しさが食べ続けてきたからこそわかるようになってきた。怖くて先へ進めなかったら、ここには辿り着けなかった。怖くても歩いてきて良かった。

　体重増えてお腹も足にもお肉が付いてきた。見るのも嫌なものだったけど、しょうがないって思えるようになってきた。こんなに頑張ったんだって、よしよししたくもなるほどに変わってきた。食べ続けていくことで。

　本日のおやつはヨーグルト＋ドリカポ。ドリカポにヨーグルトを付けたりしてじっくり味わう。香りも味も良し、美味なり。

　本日も3食完食＋おやつ。美味しくいただきました、お腹は

パンパンでーす。怖くて行きたい40kg。

　7月11日日曜日。久しぶりに朝から日射しが強い、夏真っ盛り。今日もいい日にしよう。久しぶりに飛行機雲を見る。ちょっと嬉しい。まだ決まってもいないのに退院を想像して涙する。火曜日までわからないのに……笑っちゃうよ。
　今日のおやつは牛乳＋ドリカポ。ドリカポ美味しい、この食感大好き。怖いけど40kgに行きたい。水曜日に退院してコンサートに行きたい。2週続けて増えてたから今週はどうなるか心配になる。おやつを食べることで不安を払拭したいのかもしれない。こんなに食べているからきっと大丈夫って思いたいのかもしれない。40kgになっていますように！　パンパン。
　本日も3食完食＋おやつ。
　一日中できるだけ足を上げているようにしていたせいか浮腫は少し楽になった。夜、念入りにマッサージする。ありがとうって心の中で言いながら。

　7月12日月曜日。今日もいい一日にしよう。明日40kgになっていると嬉しい。怖いけど行きたい40kg。退院してコンサートに行きたい。
　今日のおやつは牛乳。ゆっくり味わって。3食完食＋おやつ。やることやって結果を待つ。神様お願い、怖いけどお願い、40kgになっていますように。
　O先生との面談。

——40kgは一つのゴールだけど気を緩めるとすぐまた病気に取り込まれる。田本さん、二度と戻りたくないって思っていても体重が減ってくると言い訳考えて食べないようになってくる。また戻される、田本さんにとって一日3回の食事が薬、治療中は。とにかく食べること。食べ続けていくこと。40kgはまだトンネルの出口、振り返ればすぐ戻ってしまう。怖い数字を言ったけど、47～48kgあるとちょっと安心できる。

T先生との面談。

——おやつまで食べているのは驚いた、凄い。

「私も信じられないけど、我ながら凄いと思う。とにかく今日もやることやった、大袈裟かもしれないけど人事を尽くして天命を待つって心境」

——それくらいのことだよ。

そうなんよね、それぐらい大きなことなんよなァー。怖いけど明日40kgになっているといいなァ。

7月13日火曜日。運命の日。38.45kg。何と0.8kgも減っている。そんなァ、こんなのってあり？　40kgまであと1.55kgもだよ。

　一面暗雲広がりて　黒一色の景色なり　一縷の光かき消され　闇に包まれ沈みゆく

あんなに頑張ったのに、あんなに頑張ったのに。お腹痛くなっても苦しくっても怖くっても食べ続けてきたのに。おやつだって食べたのに。人生最大級の努力をしてきたのに。それがこの結果？　なんで？　私にどねぇせぇ言うん。もうこ

れ以上食べられんわ。真っ暗な部屋の片隅で膝を抱えて蹲っている私が見える。肩が震えている。そりゃ快便も続いたよ、浮腫もすっきりしたよ。でも、でも、この数字はないだろう。一気に退院が遠のいた。明日どころか今月中だって難しいかもしれない、心は土砂降りだよ。涙の海で溺れそうだよ。

　　──頑張ってもお前は治っていかないんだよ。

って、Bちゃんが笑いながら言う。違う、違う、必死で振り跳く。

　　──しんどい思いまでして食べるのなんか止めちゃえよ。

Bちゃんが意地悪く言う。

　　心の中で泣きながら食べる。惑わされない。私は必ず治っていくんだ。やっとの思いで朝食完食。食欲も全くない中、Bちゃんの声にも抗って。私、崩れなかった。

　　心がしんどくてしんどくて、看護師Sさんに思いを吐き出す。

　　──浮腫が引いたり便がしっかり出るようになったのは健康になっているということ。余計な水分が抜けた状態。これからも続けていけば結果が出てくる。田本さん、今までの入院になかったくらい頑張っている。みんな知ってる。退院するって思いを大事に。

　　──モヤモヤを溜め込んだままでいると自滅したりするから吐き出して。

　　ありがとう。ポキッと折れそうになった私の心、ガラス細工のような脆さはあるけど、それを守る強さもあるのだ。人の力を借りながら。

これまでの経過から明らかなように体重をコントロールするなんて無理なこと。それをできると錯覚し、のめり込んでしまうこの病気はやっぱり恐ろしい。そこから抜けるのは本当に辛い、しんどい。でもずいぶんと抜け出せてきた。これからも変わらず完食継続。

　Ｔ先生を見かけ声をかけると、笑いながら「減ってたね」って、一言。ええーっ、何で笑ってるんですか？　私、この世の終わりくらい落ち込んでるんですけど……。

　先生も看護師もみんな平気でいる。私一人だけが動揺している。そうか、こういうこともあるって落ち着いて前を向けばいいのか。今まで通りやっていけばいいんだ。そうすれば退院へと向かっていくのだから。腐らず・弛まず・ひたむきに今日も3食完食＋おやつ。

　7月14日水曜日。赤からオレンジそして白く煌めく光へと移ろいゆく朝日を見続ける。今日も一日のパワーチャージじゃ。今日も笑顔で、一食一食退院に近づいていくのだから喜びと共に歩いていこう。

　Ｏ先生との面談。

　——田本さんが萎えてるって聞いて

　——1kgぐらいの変動は普通にあること。治療中は気になるだろうけれど、浮腫や便の状態もある。前2回は誤差の範囲も含めて大きく出たのかもしれない。今回、外泊時の活動量が増えたことやなんかが出てきたりして誤差の範囲も含めて少なく出たのかもしれない。僕たちも看護師も安心しているの

は数字だけじゃない。大きく減っているわけじゃない。田本さん、ちゃんと食べていっている。続けている。だから大丈夫と言っている。食べられていなかったらこんなことは言わない。みんなそれをわかっている。数字も気になるだろうけど続けていっていることが大切。

　——今、退院、40kgを目指して頑張って食べている。一日3回におやつもって退院してからも続いていくこと。退院したら終わりじゃない。それを今やっている。やれている、大丈夫、できているから。遅かれ早かれ退院になる。増えていく量食べている。数字だけじゃない、続けていくことが大切。

　そうなのだ、私、できてる。だから悪魔・病気が出てきてもそれを押しやって食べてる。それが大切なのだ。みんなわかってくれている。みんな見てくれている。みんな信頼してくれている。私はコツコツとこれまでをこれからも愚直に積み重ねていくこと。それが治っていくということ。やっぱり私は幸せ者だ。大きな愛に包まれている、有り難い。

　今日も3食完食＋おやつ。

　7月15日木曜日。どんよりとした空。今日もいい日にしよう。両親に電話する、二人共元気そうで安心する。退院まであともう少しだ。完食継続して退院まで頑張ろう。沢さんのコンサートは芳則さんとお義姉さんで行ってもらうことにした。お義姉さん、喜んでくれた。私の分も楽しんでくださいね。私も退院したらコンサートへ行くゾ。3食完食＋おやつ。

7月16日金曜日。今日も朝から蝉時雨。短い一生を一所懸命に生きている。私もそうありたい。今日も一日喜びを持って過ごそう

本日は揚げ物Day。三週間に一度巡りくるのだ。

昼食に揚げ魚1.5切れ、揚げ春巻2個、揚げシューマイ1個、他。

夕食に豚肉のはちみつ味噌焼き3切れ、コロッケ2個、他。

お昼は本当に揚げ物ばっかり。でも食べていくと結構美味しいって思える。春巻なんて病気が強い時には皮を残して中身だけ食べてた。今はちゃんと全部食べてる、そして美味しいって思える。変われば変わるものだ。夕食にまたしても揚げ物。私の体重が増えるのを応援してくれているのかーいって、嬉しいやら悲しいやら。でも食べてると美味しくなってくるんだよねー、不思議と。油の魔力かァ？

T先生との面談。

——今月中の退院、あと2週間あるからいけるかも。でも期限より結果で。

はい。ここまできたらやっぱり40kgになって退院したい、あと1.5kgぐらい、今月中は微妙なところだなァ……。浮腫も体重増えてくれば良くなっていくだろうって。本当、私って元々浮腫やすいんよねえ。今日もしっかりマッサージしよう。

揚げ物Dayでも3食完食＋おやつ、偉い。

7月17日土曜日。久しぶりに美しい朝焼け、昇りゆく輝く朝日を見る。今日もいい日に。

朝は昨日の揚げ物オンパレードが響いてかさすがに胃が重い。

　昼食直前に短い時間だったけどO先生と話せた。「この間のことはほんの小さなこと、来週は体重増えているから」って。何か元気が出て、嬉しさの中昼食をいただいた。

　昼食後、芳則さんが、大切な知人からの葉書をもってきてくれた。面会はできないのが残念だけど。葉書には、先日の新聞掲載の私の文章を読んで"気力に充ちてゐらっしゃる"との言葉。嬉しくなって元気もらっておやつを笑顔で食べる。

　夕食もその余韻の中、何か嬉しくてニコニコしながら食べた。美味しくいただく。やっぱりご機嫌で食べるといいなァ。この感じ続けていこう。美味しく楽しく喜んで。

　"喜べば、喜びごとが喜んで、喜び連れて、喜んで来る"らしい。多分、いや、きっとそうなのだ。今日はいい日。いいことあったから今度は体重増えているはず。

　今日も3食完食＋おやつ。

　ド〜ンと膨らんだタヌキッ腹。あーあ、って思いはまだあるけれど、これだけの量をちゃんと消化してくれる有り難いお腹だ。よしよしって撫でてやる。今日も一日本当にお疲れ様、よく頑張ったねぇ。

　7月18日日曜日。美しい朝焼け、昇りゆく光り輝く朝日を見る。今日もきっといい日になる。

　朝日を浴びながらご機嫌でいただく朝食。おばあちゃんの麩の味噌汁を思い出す。ゆで卵とチーズは毎朝のお楽しみ。

今日のゆで加減はバッチリ。どれも美味しい。ご飯200gは確かに多いけどこれが私の食べる量って思えてきた。続けるって偉大だ。

今日は2時から沢さんのコンサートだ。行きたかったなァ。でも芳則さんとお義姉さんにデートをプレゼントできたと思うと嬉しい。

昼食のメインはサンマの塩焼き。おばあちゃんは七輪で焼いてくれたなァ、幸せな思い出を噛み締めつつ箸を進める。

夕食。おかずの量が明らかに少ないので問い合わせてもらうと、代わって持って来てくれたのは、1.5倍どころか2倍はあろうかという量に。ちょっと笑っちゃうくらい。これが私の食べる量なのか、と改めて凄いなと思うと同時に安心もする。これが私の食べる量なのだ、と。少ないと体重増えなかったらどうしようって不安になるのだ。いやはや何という変化だ。幼い頃食べた親子丼を思い出す、何か懐かしい味。

3食共、思い出と共にいただく幸せな時間。とても嬉しい私。御機嫌だァ。

今日も3食完食＋おやつ、美味しくいただきました。満足満腹、苦しいけどね。

7月19日月曜日。今日も昇りゆく煌めく眩しい朝日を見る。パンツのウエストが少しきつくなっている、きっと体重増えているはず。明日は体重測定だ、結果やいかに。

O先生との面談。

──体重増える怖さ出てきても食べるという行為を続けら

264

れていれば大丈夫。おやつも続けている。コンサートに行け
なかったから終わりにするんじゃなくて続けているのも凄い。
明日の体重は気にしなくていい、必ず40kgになる。40kgにな
ろうとしている、大丈夫。

　──田本さん、これまでチャンスをすべて物にしてきた。こ
れまでを振り返って、こうだったと思えるのはそこを抜けて
きたから。

　かつて渋々食べていたメニューが今は美味しいって思える。
美味しく食べられる幸せ、もう手放さない。私、明るく笑っ
て食べていく。

　今日のおやつはアイスクリーム。散歩から帰ったら、暑い
ナァ、何か冷たい物食べたいって思ったんだ。お腹壊したら
嫌だなって思ったけどO先生の「下痢してもいいから欲しい
ものを食べたらいい」との言葉に背中を押され、思い切って
買う。8Fのテラスで太陽の光を浴び青空を眺めながら。蝉の
鳴き声、風の心地良さ、ああ、夏だねぇ。やっぱ夏はアイス
でしょ。いっただっきまーす。冷たい、美味しい、久しぶり
に食べた。美味しく食べて元気になっていくって何て幸せ。こ
の幸せ逃さない。

　溌剌と颯爽と歩いていこう。笑顔でいこう。

　今日も3食完食＋おやつ。やることやった。あとは結果を待
つだけ。

　7月20日火曜日。39.8kg、1.35kg増、やったー、あと200g。
先週と一変し退院がグッと近づいた。今月中に退院できるか

も。一気に1.35kgの増加は怖くもあるけど、それよりも喜びの方が圧倒的に大きい。しんどくても何でも、やることちゃんとやっていたら結果は必ず出てくるんだ。すぐには結果出なくとも続けていれば必ず報われるんだ。これまで140日完食続けてきた、その成果が今ここにある。続けるってとっても地味だけど本当に大切なこと。決意・実行・継続、それが治るに続く道。先週の今日は口がへの字になって情けない顔をしてたけど、今日は口角上がってる、頬が思わず緩んじゃう。

「すべてのわざには時がある」（旧約聖書「伝道の書」）努力は必ず報われる。やること続けることが大切、これまでの結果がそれを示している。どんな精神状態の時でも流されず、悪魔の囁きにも惑わされず続けてきた私を褒めてやろう。田本英子、あなたは偉い、凄い、大した者だ。

　今日は嬉しいことがあった。同じ病気のMちゃんとIさんが、私の体験や思いを熱心に聴いてくれ、私の言葉が心に届いたようなのだ。二人の力になれたならこんなに嬉しいことはない。

　今日ももちろん3食完食。

第10章

2021年7月21日——最後の大揺れ

7月21日水曜日。光り輝く昇りゆく朝日を見る。いいことがありそう。今日は大安の他にも良いことの重なるラッキーデーらしい。

　Ｏ先生との面談。

　——よく頑張った。40kgになったら作戦会議を開いてから退院しましょう。

　——40kgになって1～2週間様子見て安定してから

「もう140日ですよ」

　——140日までできたら150日も160日もそんなに変わらないでしょう、腰を据えて。

「もう十分、十分過ぎるほど腰を据えました。一日でも早く退院したい」

　妥協案として水曜日にバタバタと退院するのではなく土曜日くらいに、ということに一応落ち着く。

　しかーし、夜になり、にわかに病棟が騒がしくなる。急患？らしいがよくはわからない。何となく不穏な空気が。心がザワつく、落ち着かない。

　以前とは病棟の雰囲気が一変してしまった。静かで落ち着いた感じだったのに、ザワついている。心も身体も酸欠になりそう。患者も増えてシャワーの予約一つ取るのも争奪戦の様相だし、洗濯機、乾燥機を使うのもそう。何かにつけて追い立てられているようで落ち着かない。デイルームのTVの大音量にも辟易している。小さなことかもしれないが、トイレに設置されていたペーパータオルは不適切な使用が続いているという理由で設置中止となった。その一方で、デイルー

ムのテレビの時間外や大音量での視聴など不適切な使用をしているのに使用中止にはならない。読書や原稿を書いて過ごしていた静かで穏やかな日常は破壊された。そして、居場所をなくした私を病院内ジプシーへと追い遣った。喧騒の病棟を離れ、静かな場所を求めて、他病棟のデイルーム、8階カフェ前のテーブル席などへ避難するようになった。何で病室で寛ぐって当たり前のことが叶わないの？　何で私が我慢しなきゃいけないの？　集団生活のルールぐらい守ってよ。病院は治療する場所だろうが。それを保障してよ。もう病棟に対する不信、不満、怒りが沸々と湧き上がってきて抑えられなくなる。あんなに快適だったのに。もうこんな所、私にとっては治療環境でなくなった。ストレスを生み出す巣窟でしかない。40kgになっていようがいまいが水曜日には退院したい。本当はもう一日だっていたくない。今すぐにも退院したいくらいだ。もう嫌だ。一日たりとも長くいたくない。でも、本日も3食完食＋おやつ。凄いワ、私。

　7月22日木曜日。今日も光り輝く昇る朝日を見る。しかし、気分は晴れず。こんな病棟一日だって長くいたくない。やっぱり遅くとも水曜日には何が何でも退院する。ストレスの多いこんな生活なんてもう嫌だ。そんな思いの中でも朝食完食。食事中に何本もの飛行機雲を見る。何かいいことあるのかなァ。あるといいなァ。
　本日の担当看護師に、ザワついている病棟に反応してイライラしていること、やっぱり水曜日には退院したいこと、作

戦会議を開いても夕方には退院できるんじゃないかってこと、週末までいる必要ない、T先生、O先生、H先生が揃うのって火曜日か水曜日くらいしかないんだから、などなど一気に吐き出すと、少し落ち着く。けど、心は晴れず。

　同じ病気のMちゃんが、私が2600kcal摂っていることを話すと、「凄い、カッコイイ、憧れます」って。私がご飯200gを食べているのを話すと、Mちゃんもやってみる、一緒に頑張ると言ってくれた。私の体験が心に届いたと思うと本当に嬉しい。ありがとう。頑張ろうね。

　今日もいいことあった。3食完食継続した。

　来週40kgになっているに違いない。神様、お願い！

　7月23日金曜日。スポーツの日。美しい朝焼け、昇る朝日を見る。今日も一日幸せに近づいていく。病棟はやはり落ち着かない。私の居場所はなくなった。不信と怒りでもう無理。一日でも早く退院したい。これは病気が言わせてるんじゃない。自分ではどうしようもない状況を受け入れはするけれども、そこに長く留まる必要はないと思う。大きなストレスを抱えたままでいるよりも、場面転換も必要なことだろう。

　同じ病気のIさんに私の経験など話している流れで、私の「病院の神様微笑んで」を読んでもらうことになった。じっくり目を通してくれ、コピーしてもいいか聞かれたので、どうぞと答える。「田本さん本書いたらいいのに」と言われ、嬉しくなる。私の経験や思ったこと、話したことが力になれたらとても嬉しい。ありがとう。

森散策の後の牛乳の美味しいこと。暑い日にはやっぱ牛乳でしょ。瓶牛乳なら腰に手を当てグイッと飲みたい。で、プハーって一息、って風呂上がりか。

　今日も3食完食＋おやつ。やることしっかりきっちりやっていく。崩れるもんか。崩すもんか。

　7月24日土曜日。天気はいいけど朝から気分は最悪。6時前からTVの大音量が響き渡る。**ザケンナヨ！**　そもそもデイルームにテレビは必要なのか？　各自にテレビは設置されているのに。デイルームに置いておく治療的意義を説明してくれ。睡眠の妨げにもなる。不利益を被る患者がいるのに。無くしてしまえ。こんなところ一日だって長くいたくない。で、看護師にイラつく気持ち、すぐにも退院したい思いを伝えて少し落ち着く。

　やっぱりこんなところもう嫌だ。本当は今日にだって退院したい。こんなところ一日だって1分だって長くいたくない。もう、とにかく嫌でたまらない。

　O先生との面談。テレビのこと、ペーパータオルの件、とにかく患者が増えてザワついて五月蠅くて自分の居場所がないことを伝える。

「1カ月位前にも、のべつ大声を出す患者さんがいたり、患者数が増えたりしたけど、その時はまだ今より体重も少なかったし、退院して体重増やしていける自信もほとんどなかった。でも今はほぼほぼ40kgまで増やせたし、試験外泊で退院して体重増やしていける自信も持てた。ストレスの多い病棟にい

るより、家に帰って体重増やした方が私の精神衛生上いいと思う」

　——これまでもいろんな状況を乗り越えてきた。今そんな状態になっているのは他にも何かあるように思う。

　しばらく考え、

「多分、摂食障害と思われるガリガリに痩せた患者さんを見かけたり、以前にも入院していた過食嘔吐と思われる患者さんが今回は点滴をしている状態を見て、私も病気とサヨナラできない間はあんな状態になる可能性もあるんだって心がザワついたり見たくないって思いになっているのかもしれない」

　——同じ病気の人を見ると反応するのは田本さんだけじゃない。田本さんのしんどい思い分かった上で40kgになって達成感を持って退院した方が後々田本さんにとっていいと思う。39.8kgと40kg。たった200gだけどその差のもつ意味は数字以上に大きい。

「私もそう思うけど、もうここにいるのが嫌なんです」と泣きながら訴える。

　その後もO先生とやりとりする。面談室を避難所として使っていいことなど対策を提案してくれたりするうちに次第に落ち着いてきた。

「やっぱり本当の本当の私は40kgになって、40kgを達成して帰りたいと思っている。それにしても最後に来てこれかよ。神様どんだけ意地悪なんだ。何でこんな意地悪するんだ」

　——40kgを達成する喜びが更に大きくなるためのスパイスかもしれない。

「そんなんいらん」

　——今はそう思うかもしれないけど、肉にスパイスかけると更に美味しくなるように、感じられるかもしれない

　参ったなァ。最後の仕上げでこれかよ、全く。とにかく40kgになればいいのだ、40kgになって退院しよう。

　今日のおやつはアイスクリーム。マカダミアナッツの入ったお気に入り。はァー、美味しい。ひんやりと甘く、ナッツは香ばしく歯応えよし。いいねぇ。夏はアイスだ。心も満足。凄いよ私。

　心は何と移ろいやすいものなのだ。やっぱり駄目だ。夕食を食べている途中でここにいる意味がわからなくなった。ストレス多い中で過ごすよりも家にいる方がよっぽど精神衛生上好ましい。とにかく火曜日まではここにいようか。40kgになっていたら万歳して。なってなくってももういい。ここまで来たから悔しさはある。最後にきてこれかよって。でもストレス抱えて日々を過ごすのもう限界。あともう1週間、再来週の火曜日までなんて、もう無理だわ。40kgになってなくっても家で体重増やしていけばいいのだ。あの時退院して良かったと思えるようにしていけばいいのだ。とにかく水曜日には退院だ。可能ならば火曜日でもいい。もう限界。ザケンナヨ！　今日も3食＋おやつ。日・月と3食完食＋おやつ、最後までやることやり切って退院だ。どちらにしても清々しく笑顔で。

　夜、面談室で原稿を書いているうちにやっぱり40kgまで頑張ろう、40kgになって退院しようって気持ちになってきた。

こんなに頑張ってきたんだ。あと一踏ん張りだ。嬉し涙と共に退院しようじゃないか。

7月25日日曜日。やっぱり駄目。もうここにいられない。今朝も早朝からテレビの大音量が響き渡る。なんで注意せんの？　ルール違反じゃが。病棟運営にまた不信感持ったわ。入院続けるのはもう無理。外来で。とにかく火曜日まで。40kgになっていたら万歳して。なってなくっても家で頑張って。もういい。ここまできたから、そりゃ悔しさもある。最後にこれかよって。

朝も昼も半べそをかきながら完食した。こんな悲しい思いで食事するのは入院して初めてだ。こんな日々を一日でも長く過ごすなんてもう耐えられない。40kgになってなかったらもう1週間もなんて絶対無理。自分が可哀想過ぎる。今日、明日と3食完食＋おやつをやり切って火曜日夕方に退院する。決めた。スッキリした。

本日の担当看護師に思いを話す。話しているうちに涙が込み上げてくる。本当は、心の奥底では40kgになって帰りたいって叫んでいる。にもかかわらず、それなのに、40kgになってなくっても帰るって言っている私の悔しさ悲しさはきっと誰にもわからない。駄々っ子みたいって笑っちゃうけど。とにかくもう嫌なんだ。とにかくやることやり切って結果を見て帰る。40kgになってみんなに「おめでとう」って言われてエア花束もらってって退院のイメージしてたけど、それはもう叶わなくてもいい。この選択が良かったと思えるよう家で

頑張る。私きっとできる。今までどんな精神状態でも食べ続けてきた。今日だって泣きべそかきかき食べたんだ。自信を持てばいい。最後に来てこれかよって思いはあるけど、人生は思うようにはいかないもの。納得できるよう、後悔しないようこれからを生きていけばいい。あの時退院して良かったと思えればいいのだ。

とはいうものの、40kgになっていたいって思いは強いからそれに相応しいおやつをチョイス。ヨーグルトとホトトギスさんのくるみのブラウニーにする。これまでの御褒美も兼ねて、私へのプレゼント。よく頑張ってきたねぇ、40kgになっているといいね。犒いと期待を込めて、手を合わせて「いっただっきまーす」。ふぅー、心に沁みるなァ。私、自分で食べてるんだよ。美味しいって食べてるんだよ。ここまで変われたんだよ。凄いよ私。

ああ、神様、明後日、40kgになっていますように。私、やることやり切ります。だから微笑んでください。お願い。

夕食は泣くこともなく落ち着いた状態で完食。今日もやることやった。あと一日。違う病棟だったらテレビの音に悩まされることもシャワーの争奪戦もなく穏やかに最後まで頑張れたかも、と思っても詮ないこと。これもまた人生。ひと区切りつけてより良い未来を創るべく一日一日大切に生きていく。

7月26日月曜日。オレンジ色の朝日を見たけど心はブルーというよりブラック。重く沈んでいる。心が泣いている。不

信、怒り、大切にされていないという悲しみ。私はただ静か
に過ごしたいという病院なら当たり前のことを求めているだ
け、保障してほしいだけ。なのに私が面談室やドトール前へ
避難しなきゃならないなんて納得できない。おかしいよ。こ
れは私にとって「人権尊重」の問題なのだ。憤りと悲しさ抱
えて過ごすためにここにいるんじゃない。治療のためだ。な
のに何でこんな悲しい思いをさせられなきゃならないの？高
いお金を払ってまで。もうここにいる意味がわからなくなっ
た。きっとない。環境を変えた方がいい。こんなところ一日
だって長くいたくない。私が可哀想だ。こんなふうに思う私
って、ひょっとして自分を取り戻してきたからじゃないの？
私ってもともと人を大切にしないで蔑ろにするようなことに
対して人一倍怒りを感じていたもの。そういうことなんだ。病
的なんかじゃない。当然の反応、思いだ。

　今日一日やることやり切って明日の結果を見て即退院する。
目標達成できてなくってもこれまで続けてきた。どんな状況
にあっても食べ続けてきた自信が今の私にはある。今だって
こんな心で、それでも完食できてるんだから。あの時退院し
て良かったと思えるように、明るい未来を創っていけるよう
に、決意・実行・継続を愚直に行っていくだけだ。一日も早
く私をこんな変なところから解放させたい。

　ガリガリに痩せた患者さん、過食嘔吐の患者さん二人を見
てもザワつく心は静まり、間に合って良かったね、まだ栄養
剤や点滴を吸収できる、枯れ切っていなかったんだね、元気
になってね、って思えるようになった。今、私の心を穏やか

ならざるものにするのは病棟環境なのだ。

　〇先生との面談

　——40kgまで頑張るって言ってたのにどうしたんですか。

　私の思いを話す

　——半々だと思う。田本さんの本心が半分、病気が言わせているのが半分。田本さん、そんなに頑なじゃなかった。達成して退院するのとしないで退院するのは大きく違う。40kgという十数年見ていない数字を目前にして怖くなっているんじゃないか。これまでは1の位の変化、10の位は3のまま。それが10の位が4に変わる大きな変化だから。病気は随分小さくなってきている。本丸は倒して残党になっているのに大きく見せようとしている。いろんなことを言い訳に使って。

　　——退院すると活動量が増える。体重が減る可能性がある。減ってくると病気に引っ張られる。一人で抵抗するのは大変。入院中に目標達成して大丈夫って体験して。

　等々、先生は粘り強く、頑なになって閉じかけている私の心の扉をノックし続ける。諦めず、何度も何度も。最初のうちは何がなんでも退院すると決めているから先生の声は届かなかった。けれども先生とやりとりするうちに、本当の本当の私は目標達成して退院したいと思っている。40kgになりたい、なろうとしている、治ってゆくために。そう思い至る。やっぱり40kgになって退院しよう、その方がいい、と考えを改める。

　　——揺れてもちゃんと良い選択ができている。

　　——一流のアスリートですよ。

先生はやっぱりタフだ。

　Ｔ先生との面談。

　——いろんなことがあってイラついたりするのはわかるけど、それをそこまでの広がりになるのは冷静な田本さんらしくない。やっぱり不安定になっているんじゃないか。目標が近づくと大丈夫と思っていた人も揺れることがある。

　——40kgになってから退院する方がいいと思うよ。

　先生たちと話している間、話し終えてから、改めて落ち着いて考えてみる。病棟がザワついたり五月蠅かったりするのはこれまでにもあった。その際もしんどい思いを先生や看護師に話して踏み留まってきた。自分を納得させまた前向きになれた。しかし、今回は退院に酷く拘った。頑なになって、退院しかないと。あの頃より体重を増やしてきたし家でもやれる自信もあるし、それが正しいと思って。けれども、冷静になって考えてみると、私は待てない状態に陥っていたのだと思える。とにかく何が何でも退院したい、退院しかないと思い込み、駄々っ児のようになっていた。たった一日二日のこと。結果を見てからでもいいのに。やはり不安定になっていたのだろう、心が大きく揺さぶられていたのだろう。腹が立ったり苛ついたりするのは当然の反応だが、それを飽くまで退院と結びつけ退院の理由にしようとする、言い訳にする、こじつける、解決しようとする前に。Why？　あんなに40kgになって退院したいと思っていたのに。それを捨ててまで退院したいのか。しなきゃいけないほど辛いのか。じっくり考えてみる。心を見つめてみる。問いかける。

私、やっぱり40kgになって達成感と共に「おめでとう」って祝福されて退院したい。本当の私はずっとブレていない。変わらぬ思い、確固たる思いを抱き続けている。明日40kgになっていなかったとしてもあと1〜2週間のことだ。40kgになりたい、なるんだという思いと、怖がる病気との間で苦しみながらも39.8kgまできたというのに、あとほんの少しなのに、まだこんなにも不安定にさせるほど揺さぶりをかけてくるのか。それほど恐怖は強力なのか、ここに至ってさえも、と愕然とする。何て根深い、何て辛いものなのだ、この病気は。一体、いつまでどこまで悩ませたら気が済むんだ。治りたいのに治りたくない。全力で治る方へと走っていけない。足を引っ張る。それもこの最終盤に来て思いっ切りあらん限りの力でもって強力に。

　O先生とのやりとりを思い返すと、病気が最後の悪足掻きして、最後の力？を振り絞って私に取り憑きしがみつき離れるまいと必死になっている時って、先生の声が素直に聴けなくなる。何でも病気に結びつけて、と被害的になったり不信感を持ったりして耳を塞ごうとする。心の扉を固く閉ざそうとする。病気の思う壺だ。それに自分は気づかない。気づけない。病気も自分を守ろうと必死なのだ。それに乗っちゃいけない。冷静さを欠くとまんまと乗ってしまう。自分でもわからないうちに。だから医療者の声は大切なんだ。正しい道へ導いてくれる。なのに、というか、だからこそ病気は医療者の声を聴けなくさせる。そして病気に揺り戻されてしまう。何て根深い病気なんだ、全く。私、付き合いが長いから余計

そうなんだろうな。はァー、溜め息が出ちゃうよ。先生たち
が粘り強く声をかけ続けてくれたおかげで踏み留まることが
できた。おかしい、と気付けた。落ち着いて考えてみると、あ
んなに退院だ退院だと騒いでいたのが馬鹿みたいに思える。滑
稽でさえある。何だか憑き物に取り憑かれてしまっていたか
のように思える。

　40kgになって退院するという原点に、初心に立ち返る。や
っとここまで来たんだ。ここで逃げるように帰ってどうする。
勿体ないよ。勿体なさ過ぎるよ。ここまでこれまでの入院より倍速のペースで歩いてきた。走ってきた。看護師の言葉を
借りれば、「驚異的な数字」を叩き出してきた。週500gのペ
ースなんてとっても怖いんだ本当に。週200g位のペースの方
がゆっくりで怖さも小さくていいように思えるけど、実際に
両方のペースを体験してみると、週500gペースの方がいいと
思える。週200gとしたら10kg近く増やすとなると50週、1年
近くもかかってしまう。1年はしんど過ぎる。500gなら20週
5カ月ぐらい。しんどい辛い期間は短い方がいい。長くなると
余計しんどくなる。けど、怖いから少ないペースを選びたく
なるんよねぇ。1kgも増えてしまうという恐怖は、実際になっ
てしまうと1kg増えてもこんなものかって安心というか許
容できる変化になっていく。病気が強いと、1kgどころか1g
だって増やしたくないんよね、許せないんよね、どんなに痩
せていても。でもその先には死が口を開けて待っている。だ
から、「生きる」に向かって体重を増やしていこう。増やして
いけば、増えてもこんなものかってタフさが少しずつ身につ

いてきます。怖いのは怖いけど、過剰な、不必要な怖さはなくなってきます。

　最後に神様は病気の怖さとペースの速さの大切さを教えてくれた。

　けれども、その人その人に合ったペースがある。速かろうが遅かろうが、続けていければ、ゴールできればいいのだ。それに、しんどさを「強度×時間」で表せるとすれば、強度大×時間短と強度弱×時間長、との差はそんなに変わらないのかもしれない。

　今日も3食完食＋おやつ。やることやり切った。どんな時にも崩さなかった。凄いよ私。偉いよ私。あとは結果を待つだけだ。人事は尽くした。天命を待つのみ。

終　章

2021年7月27日──歓喜の涙

7月27日火曜日。運命の体重測定。40.15kg、目標達成！
数字を見た瞬間、思わず涙が溢れてきた。これで胸を張って
帰れる。明日は退院だ。神様は私に微笑んでくれた。ありが
とう。

　昨日まで駄々を捏ねたけど、やっぱり40kgになって退院し
たいと心底思っていたから嬉しさが心いっぱいに広がる。じ
んわりじんわり喜びが湧いてくる。「ありがとう」という感謝
の思いが湧き上がってくる。ゆずの「栄光の架橋」が頭を巡
る。

　　もう駄目だと全てが嫌になって

　　逃げ出そうとした時も

　　想い出せばこうしてたくさんの支えの中で歩いてきた

　　悲しみや苦しみの先にそれぞれの光がある

　　さあ行こう振り返らず走り出せばいい

　　希望に満ちた空へ

　それにしても本当に怖い病気だ。すぐに取り込もうとして
くる。冷静さを無くす。頑なになる。駄々っ児のようになる。
先生に私の気持ちがわかるもんかとか意地悪するとか悲劇の
ヒロイン気取りになる。耳を塞ぎ心を閉じさせ医療者の声を
聴けなくさせようとする。心が揺れる最中にあっては自分を
冷静には見られない。本当の自分なのか、病気の仕業なのか
判断できない。病気の声を本当の自分の声と錯覚し治療から
遠のいていく。病気が遠のかそうとする。そんな時でも、ど
んなに患者の心が揺れていても先生たちは動じない。その状
態を受け入れ、その上で進むべき道を示してくれる。その声

は病気にとっては認め難いものであるため心の扉を閉じ拒否しようとする。色々と言い訳を並べ立てて。それでも先生たちは諦めない。心の扉をノックし続け、病気が遠のかそうとする正しい声を届けようとする。何度も何度も。何てタフなんだろう。

　はァー、考えるだに根深く恐ろしい。そしてその治療は辛く苦しい。逃げ出したくもなるわ。当然といえよう。で、そこで踏み留まるのか逃げ出すのか。大切なのは自分はどうしていきたいのか。自分にとっての幸せは何なのかと考えること。自分の中に確固たる座標軸を持とう、作ろう。自分一人で思いつかないときは一緒に考えてくれる人を見つけよう。医療者は現状を理解し苦悩を受け止め、そして必要なことすべきことを指し示してくれる。信頼に足る存在だ。大切なパートナーだ。

　かつての担当看護師Ｎさんと話す。この病院での最初の入院から今回の入院まで私の経過を知ってくれている。

　──日々の積み重ねが未来を創る。行動しないと結果は出ない。

　──ずっと病気と共に生きてきた、杖のようにして。でも杖なしでも生きていける。ない方がより良く楽に。手放したほうが幸せ。

　──そんなに馴染みでもない近くにあった店がなくなったら、やっぱり何となく寂しかったり違和感があったりする。でもなくても別にかまわない。

　──しんどくなるとどうでもよくなる。最初にどうでも良

くなってくるのが食べること。そのパターンでここまできた。新しいパターンを手に入れた。せっかく続けてきたことをこれからも手放さない。

　──これからも葛藤とかあるだろうけれどこれまでも乗り越えてきた。

　──40kgを超えたのは大きい。40kgを超えないと完治はない。これまでずっと40kgを超えたことがなかった。それを超えた。自信を持てた。次へと繋がる。ずっと付き合ってきたから離れるのは大変だけれども。

　朝、食事中にO先生が外来前にわざわざ来てくれて「おめでとう」って。思わず泣いてしまった。涙が止まらない。嬉し涙と共に食す朝食。ちょっとしょっぱい。涙と共に食事した者にしか人生の深みはわかるまい、なんて言葉が浮かんできた。誰かの言葉なのか私の心の声なのか。

　40.15kg、私の金字塔。この達成感、喜びを味わずして退院してもいいだなんて、本当勿体なさ過ぎる。本当憑き物が取り憑いていたとしか思えない。やっぱりおかしかったんだ、あの時の私は。人生初の120％の食物を一日3回食べ続けるという偉業を、治りたいって一心でどんな時にも毎日欠かさなかったのだ。その努力が報われるのに、目前にして捨ててしまおうとするなんて、馬鹿げているよなァ。

　部長回診は、これまでのことが思い出され、涙が流れて止まらなかった。先生たちに感謝の思いでいっぱいになった。部長先生が、長い入院で退院が近づいてくるとこれまでのことを振り返ったりしてちょっと病気が出てくることがある、で

も引き戻されるわけじゃない、治療は進んでいる。と言ってくれた。

その言葉に安心する。私だけじゃないんだ。そして確実に治療は進んでいるのだ。このまま歩いていけばいいんだ。私は良くなっていっている。自信を持っていいんだ。病気は離れていっているんだ。

看護師さんたちにこれまでのお礼を言う。本当にありがとうございました。

最後のシャワー。お世話になりました。30分って制限があって、あっという間で時間を気にしながら忙しなかった。予約の争奪戦も辟易したなァ。退院したら時間を気にすることもなくゆっくりとゆったりと湯船に浸かれる。至福のひとときが待っている。

最後の晩餐は、ご飯200g、鯛の有馬焼き2切れ、麻婆茄子、ナムル、ヨーグルト。

ゆっくり味わっていただきました。ありがとうございます。

デイルームは相変わらずの大音量だがそれも今日までだ。

今日は一日中嬉し涙と感謝感謝の一日だった。皆さん本当にありがとうございました。私、やったよー。本当の私に、本当に欲しいものに一歩近づいたんだ。

最後の夜は幸せに包まれて眠りについた。

7月28日水曜日。いよいよ退院だ。朝から日差しが眩しい。お日様も祝福してくれている。ありがとうございます。

早朝3時頃に目が覚めて、あの店へ行こう、あの人に会おう

とか楽しいこと考えていたら眠れなくなった。子供みたいだね。試験外泊で体力がついたのを実感し、それも大きな力にもなって今日の日を迎えることができた。149日間の入院生活にも今日でピリオドを打つ。約5カ月前の絶望は、昨日歓喜に代わり今日はその余韻に浸っている。これからも嵐もあるだろう。けれどもここまでやってきた、続けてきた、乗り越えてきた。その経験に裏打ちされた自信がある。辛く苦しくしんどい時も前へと歩き続けてきた。40kgの壁を越えた。十数年もの長きに渡り越えられなかった壁。大きな壁。目前に迫ってくると心は大きく揺れ動いたけれども支えられて越えることができた。越えてしまえばあっけなかったようにも思う。壁を越える。目前に迫ってくると更に大きく立ちはだかるようにも見えた。実際そうだった。けれども歩みを止めなければ必ず越えられることを身を以って学んだ。決意・実行・継続、これさえ忘れなければ、怠らなければ、完治というロングゴールにきっと辿り着ける。必ず。

　午前中にO先生との最後の面談。

　これまでのことを振り返ると涙が溢れてくる。

「最後駄々っ児のようになって、59歳なのにまるで3歳児があれ買ってーって地団駄踏みながら自分の要求を通そうとするかのようになった。でも先生が心の扉を叩き続けてくれたから踏み留まれた」

――BMI15を超えたから僕らの声が聴ける。入るようになった。15以下だと聴けない。ちゃんと頭に栄養がいって良い判断ができるようになった。

やっぱり体重は大事なのだ。頭に栄養＝考えが変わってくる。それをもたらすのが行動＝食べること。行動＝食べることを続けること。

　先生はいつも情熱的にそして希望を持ち続けられるように支えてくれた。本当にありがとうございました。固い握手をして最後の面談は終わった。

　入院中最後の食事は先生の許可をもらって、病院食ではなく院内のレストランでお祝いランチをいただく。メニューは色々あってしばし迷ったけれど、やっぱり御褒美ランチに相応しいのはステーキでしょ!!　おめでとう。ありがとう。病室で食べるのとは、雰囲気も器も違う。まず目で見て楽しんで、香りを楽しんで、サァ「いっただっきまーす」。うーん、美味しい。やっぱり出来立てはいいなァ。ゆっくりじっくり味わっていただく。思わず笑顔になる。はァー、幸せ。御馳走様でした。

　午後からはH先生の栄養指導。食べたいものを食べていけばいい。現在摂っているカロリーを確保して一日3食。難しく考えなくていい。惣菜などを利用したりして、続けていくことが大切。

　そう、せっかく続けてきた量とリズム。これからも継続だ。ありがとうございました。

　そして夕方、T先生との面談は芳則さんとの3者面談。私の頑張りを評価してくれて、退院後外来のあり方を。まずは40kg維持、そして増やしていく。体重を増やすための積極的入院もあり、との説明を受ける。

入院はもう二度と嫌だ。自分で食べて体重増やしていく。Ｔ先生との付き合いも長くなった。もう何年になるだろうか。厳しくも優しい先生。これからも外来でよろしくお願いします。ありがとうございました。

　さァ、いよいよ病棟とのお別れの時が来た。看護師さんたちに最後の挨拶。お世話になりました。ありがとうございました。と、看護師皆さんが拍手で送ってくれた。思いもかけない出来事に涙が溢れて止まらない。ＭちゃんとＩさんも看護師さんと共に見送ってくれた。Ｉさん、向日葵を添えたメッセージをくれてありがとう。とても嬉しかった。皆さん本当にありがとうございました。149日間お世話になりました。朝から夕方まで涙々の一日。こんな日が来るなんて5カ月前には想像もできなかった。暗闇の中を絶望と共に彷徨っていた。今、煌めく光の中、喜びと感謝を胸に力強く歩いている。「治りたい」という志を持ち、高い目標を掲げ、紆余曲折を経て149日間の挑戦を成し遂げた。それをチーム田本のみんなが評価してくれ、確固たる自信を得た。

　決意・実行・継続を地道にコツコツと怠ることなく積み重ね、目標を達成した。波乱万丈、疾風怒濤、紆余曲折。甘味、苦味、塩味、酸味、何という凝縮された濃密な日々だったことか。辛くて泣き、悲しくて泣き、嬉しくて泣き、こんなにドラマティックな日々はそうそう体験できまい。よくやったよ私。凄いよ自分。一所懸命だったねぇ、本当にお疲れ様でした。ありがとう私。

　限界って、壁って、本当はなくて、自分で作っているもの

なのかもしれない。超えようと、飛ぼうとすれば、そして、諦めなければ、いつか必ず超えられるんだ。どんなに怖くても、どんなに辛く苦しくても。自分自身、支えてくれる人、出会う人・物、全てを力に変えて。ありがとう、ありがとう。全てにありがとう。心こめて、愛こめて、ありがとう。

<あとがき>

　自分で自分が厭になり、生きるのを止めたいと思う時もあった。治るのを諦めかけた時もあった。けれども、どんな時にも芳則さんは変わらず側にいてくれた。彼は神様からの最大のプレゼントだ。彼の大きな愛があればこそ、ここまで来れたのだ。

　人生は地層のようなものだ。そして、様々な邂逅に彩られている。この149日間の旅は、大切な愛おしい時間は、私の心に深く刻み込まれ、これまでの私に積み重なり、今の私を作り上げている。昨日、今日、明日。過去、現在、未来。今日は昨日になり、明日は今日になる。点は線になり、時は紡がれていく、滔々と。

　私は生きている。私は生きていく。死ぬまで生きていく。宝物を心に抱いて。

　今、心から言える。人生は素晴らしい。生きているっていいもんだ。

　今回の旅で、これまでよりも、しなやかに、逞しくなった私。自分への信頼を取り戻した私。これからも、小さな幸せを見つけながら、感謝を忘れず、笑顔を連れのうて、「治る」に向かって歩いていくよ。そして、いつか必ず治るんだ。必ず。諦めなければ思いは叶う。生きてさえいれば。

【著者紹介】

田本英子（たもと・えいこ）

1962年岡山県生まれ。川崎リハビリテーション学院卒業。作業療法士として病院、診療所に勤務。義肢装具会社で福祉機器の開発に携わる。母校の教員、介護教室の講師などを務める。2008年摂食障害と診断され、現在も治療中。

Dear ― 149日間の旅

2023年11月30日　発行

著　　者　　田本英子
カバーデザイン　横幕朝美
発　　行　　**吉備人出版**
　　　　　　〒700-0823 岡山市北区丸の内2丁目11-22
　　　　　　電話 086-235-3456　ファクス 086-234-3210
　　　　　　ウェブサイト www.kibito.co.jp
　　　　　　メール books@kibito.co.jp
印　　刷　　株式会社三門印刷所
製　　本　　株式会社岡山みどり製本

ISBN978-4-86069-725-9　C0095